Du monde entier

CATERINA BONVICINI

L'ÉQUILIBRE DES REQUINS

roman

Traduit de l'italien
par Lise Caillat

nrf

GALLIMARD

Titre original :

L'EQUILIBRIO DEGLI SQUALI

En souvenir de Sandro Dorna.
Et à Turin, ville magnifique.

1

Admissions

RÉGION PIÉMONT — *A.S.O. ORDINE MAURIZIANO*

HÔPITAL MAURIZIANO UMBERTO I — TURIN

CONSULTATION PSYCHIATRIQUE

Fiche N° 5252525
Identifiant 919311
Patiente entrée le 28.06.2006 à 13 h 54 : admise pour *tentative d'autolyse* par absorption de Noctamide et de Xanax.
Code triage : vert.
Critère d'admission : syndrome dépressif.
Un flacon de Noctamide hier soir et une boîte de Xanax ce matin.
Actuellement lucide et clairvoyante.

PREMIÈRE CONSULTATION PSYCHIATRIQUE

Patiente conduite aux urgences suite à l'absorption d'une dose *inadaptée* de benzodiazépines. Modérément ralentie au plan idéomoteur à l'examen, néanmoins lucide, clairvoyante et disposée au dialogue. *Déclare* vivre seule à Turin, *prétend* être une artiste. *Se plaint* d'une vague insatisfaction par rapport aux relations humaines, *nie* tout comportement antérieur similaire. BZD prescrites pour insomnie. Mère souffrant de syndrome dépressif, décédée suite à une tentative d'autolyse à Turin, 1980.

Étant donné la disponibilité des parents pour passer la nuit avec elle, on estime pouvoir accéder à la *pressante* demande de la patiente de réintégrer son domicile, sauf contre-indications de l'interne. Pour approfondissement de la situation clinique, possibilité signalée à la patiente et à la famille de s'en référer au Centre de santé mentale de quartier (via San Secondo 29 *bis*).

2

Mais moi, je me libère toujours

Il est deux heures et demie, une lumière froide détoure avec précision les montagnes. Elles viennent toutes à ma rencontre alors que j'entre dans la ville. Je me laisse porter par le périphérique et pense *Turin m'aime donc, regarde quel accueil.*

Certains jours, je découvre une sorte de douleur à être heureuse. Quand elle est trop forte, j'ai du mal à la supporter. Mais au final, je la supporte, et comment. J'ai exactement le physique requis, la capacité d'un grand vase : je peux en contenir une quantité honteuse, si je veux. Et je veux. Bien sûr que je veux.

Je regarde les cimes couvertes de neige qui renvoient la lumière. *Je pourrais contenir toute la chaîne montagneuse.* La beauté est presque féroce, mais je pense *Elle tient.* Sous le coup de l'émotion, j'accélère et tant pis pour l'excès de vitesse. *La chaîne alpine entière, tout tient.* J'ai l'impression d'avoir le grand-angle dans l'œil : je vois le mont Blanc, le mont Rose, le mont Viso, peut-être même les Dolomites. Le ciel est si pur.

Je suis née ici, mais j'ai du sang sicilien au fond. Turin et Palerme ne sont pas si éloignées. Dans ma tête, elles se rencontrent en un point précis, avec la même inéluctabilité que deux diagonales. Je prends mon crayon et je dessine un point sur le mur. ICI.

C'est mon point de départ, pour tout. Beaucoup appellent cela le sentiment de la mort. Moi, je lui ai trouvé un autre nom : c'est ma *joie de survivre*.

Petite fille, je passais toutes mes vacances en Sicile, chez les parents de mon père. Mes grands-parents m'emmenaient à la messe à San Giuseppe dei Teatini. Je restais une heure le nez en l'air, hypnotisée par la voûte. Je regardais les couleurs étouffées par le marbre et l'or, tuméfiées de richesse. Et les statues entassées les unes sur les autres, qui suggéraient moins un triomphe divin qu'un ossuaire, une fosse commune inversée.

À Palerme, les morts m'apportaient même des cadeaux. Plus beaux qu'à Noël, plus gros. J'attendais avec impatience le 2 novembre.

Je me souviens encore d'un vélo rouge. Je tournais comme une furie dans la cour de mes grands-parents en jouant de la sonnette : *Merci chers morts,* et je pédalais de plus belle, *merci. C'est exactement le vélo de mes rêves, chers morts.* Papa l'a expédié à Turin par le train de fret : il est arrivé tout cabossé. *Merci quand même, chers morts.*

À Turin, cette familiarité est plus souterraine, c'est un discours qui procède par soustractions. C'est un sentiment tout aussi obsédant mais silencieux, qui prend voix dans les espaces vides. C'est pourquoi j'ai la manie de me promener dans les rues à l'aube, quand il n'y a personne dehors. Même le dimanche matin. La ville abandonnée me raconte quelque chose de très intime. Quelque chose que je sais, que je partage, que j'ai besoin d'écouter et de réécouter, de *reconnaitre.*

En tout cas c'est une belle journée de février, il est deux heures et demie et je viens tout juste d'obtenir le divorce. Pour évacuer un peu de tension, je décide de faire un long tour en voiture. Comme ça, pour le plaisir de voir la chaîne alpine. J'ai un rapport étroit avec ces montagnes : je les regarde depuis trente ans. Elles savent tout de moi. Elles savent que je n'ai pas eu un mariage heureux, par exemple.

D'ailleurs, personne ne m'avait avertie. Nicola était un garçon joyeux, plein de vie, parfois plein d'entrain. Il souriait toujours avec les yeux. Un peu bizarre, d'accord, mais rien qui laisse présager le pire. On s'est connus, on est tombés amoureux, on s'est mariés. Tout s'est passé très vite, avec l'enthousiasme brûlant de nos vingt ans.

Tout aussi rapidement, j'ai dû faire face à sa première crise maniaco-dépressive. Quand c'est arrivé, sa mère m'a téléphoné et m'a dicté le numéro de son psychiatre. Comme ça, froidement, d'une façon presque mécanique, zéro-onze, etc.

« Appelle-le, toi.

— Moi ?

— Ben, tu es sa femme. »

Je n'avais jamais associé à ce mot une telle responsabilité. Je m'étais mariée jeune, j'avais d'autres choses en tête.

« Il ne t'a jamais parlé de ces troubles ? » Cela sonnait comme un reproche, comme si mes vingt ans l'avaient inhibé. « Il en souffre depuis l'adolescence, c'est étrange.

— Non. Jamais. »

Peut-être est-ce la sécheresse de ma réponse qui l'a touchée, je ne sais pas. Je m'attendais à un *Voilà, je le savais* suivi de toute une subtile stratégie de culpabilisation. En fait j'ai perçu un coup de frein, semblable à de la pitié : « Peut-être qu'il avait peur », m'a-t-elle dit.

Moi aussi j'avais peur. Ça, ma belle-mère ne l'avait pas envisagé. Ma mère est morte ainsi. Un après-midi elle s'est jetée du balcon, j'avais six ans.

« Et s'il arrive quelque chose ? » Je craignais que ma voix ne révèle davantage d'angoisse. Au contraire je me suis aperçue que mon ton s'était complètement déshumanisé. J'ignorais si je devais m'affoler encore plus ou bien me sentir soulagée. Alors j'ai attendu la réponse.

« Il n'arrivera rien. Tu dois seulement veiller à ce qu'il prenne ses médicaments, c'est tout. Et puis ça passe. Tu t'habitueras. »

De fait, je me suis habituée.

Souvent Nicola venait me chercher à l'université, interrompant le cours. Le concierge frappait, trois coups discrets, puis il apparaissait dans l'embrasure de la porte : « Sofia Ballarò ? Sofia Ballarò est ici ?

— C'est moi. » Je me levais.

On n'entendait pas une mouche voler, tout le monde me regardait. Je sentais trop d'yeux sur moi, alors je me courbais et cherchais à dissimuler mon visage derrière mes cheveux.

« Quelqu'un vous demande. C'est urgent.

— Merci. »

Je sortais de la salle et trouvais Nicola planté dans le couloir, son manteau boutonné de travers et une petite valise à la main.

« Sofia, me disait-il, je voulais te dire au revoir. Je m'en vais.

— Où ?

— Je vais me tuer.

— O.K., salut. » Et je retournais en cours.

Mais parfois je me faisais piéger. Quand il fermait à clé toutes les portes en acajou de notre appartement, par exemple. Celle entre l'entrée et le couloir, celle entre le couloir et les deux chambres à coucher, et celle de la chambre à coucher. C'était un labyrinthe de portes, chez nous. Je les enfonçais toutes à coups de pied. Après je regardais mes jambes, étonnée, les bouts ronds de mes bottes, *Quelle force, la vache,* et je me tournais vers l'encadrement, éventré, les pans de bois précipités à terre ou pliés en avant, les serrures arrachées. Deux portes tenaient à l'oblique sur leurs gonds et une était à l'horizontale sur le parquet.

En général, je le trouvais sur le lit, en larmes. Les petits flacons de barbituriques rassemblés sur la table de chevet, cinq ou six, tous vides.

« Tu as tout pris ? » Je le secouais.

« Je les ai vidés dans le lavabo. » Une voix exténuée, très éloignée de la sienne, comme si cela l'avait épuisé de les boire même juste mentalement.

Alors je récupérais les flacons et pensais *Demain il faut que j'appelle le menuisier.* Et j'allais me le noter sur le calendrier de la cuisine : « Tél. menuisier ».

Quand Nicola a fermé de l'intérieur la porte blindée, j'ai dû appeler les pompiers. Ils ont pris l'escalier, ont brisé persiennes et vitres. Le gyrophare illuminait le museau de mon chat, qui s'était mis à la fenêtre pour comprendre. Je voyais sa tête noire qui pointait à travers le carreau cassé.

« Faites attention au chat ! » je criais.

L'ambulance aussi est arrivée, mais il n'y avait pas besoin d'un lavage d'estomac. Nicola avait juste pris quelques Temesta. Il était trois heures du matin, je rentrais juste d'une soirée. J'avais mal aux pieds, j'ai enlevé mes chaussures.

« Mademoiselle, ne restez pas pieds nus », un pompier m'a arrêtée, « il y a du verre partout. »

Puis ils m'ont fait remplir un procès-verbal, j'avais l'esprit embué, j'ai rendu aux pompiers la mauvaise feuille. La lettre de Nicola, *Adieu Sofia,* au lieu du procès-verbal.

Un soir — j'étais seule à la maison — j'ai ouvert la fenêtre du salon. Je me sentais tellement fatiguée. Je suis montée sur le rebord et je suis restée là un petit peu. Puis je suis descendu et je l'ai quitté.

L'abandon a provoqué une crise épouvantable. Il a renversé les meubles, jeté dans la rue des disques, des livres, des cadres, des habits, des vases. Les voisins ont appelé le 17. Nicola a grimpé sur le toit. Mais il n'a pas sauté : il interpellait les gens en bas. Donc les gendarmes ont eu tout le temps de le récupérer.

J'avais à peine bouclé mes valises, j'allais partir. Quelque part, loin. Peut-être en Sicile. Ils m'ont téléphoné, je l'ai rejoint à la clinique. Il fallait le mettre sous surveillance, sinon il allait dire au revoir à tout le monde et adieu la cure, au diable Basaglia. Ses parents disaient : « Vas-y toi. Nous, on est trop vieux. Et le voir dans cet état, cela nous brise le cœur. »

Je ramassai la naphtaline qu'il avait éparpillée dans la salle de bains, à genoux sur le carrelage, rapidement parce que Nicola essayait de la manger, mais je pensais *Si quelques billes m'échappent et qu'il s'empoisonne, tant pis.*

Quand il s'est senti mieux, je l'ai ramené à la maison. Il voulait fêter son retour, il voulait trinquer. Alors je suis allée dans la cuisine et je suis revenue avec une bouteille de bière glacée.

« Et le vin rouge ? il m'a demandé. Où sont passées les bouteilles que j'ai achetées dans les Langhe ? Tu les as éclusées pendant que j'étais à la clinique ? Tu as invité tes amis pendant que j'étais là-bas ? »

Je n'avais invité absolument personne. J'avais été seule comme jamais. Et ces bouteilles n'avaient pas été touchées. Je les avais simplement cachées pour éviter qu'il ne mélange l'alcool et les neuroleptiques.

« Tu ne devrais même pas boire cette bière. Contente-toi de ça. »

Je fumais et ne parlais pas.

Au début il était rigide, il me regardait agacé. Comme si c'était ma faute, l'hospitalisation et tout le reste. Puis il a éclaté en sanglots.

« Excuse-moi », et il pleurait, il pleurait en se tenant les tempes entre les deux mains, comme pour ne pas les laisser s'échapper, « excuse-moi. Comment ça va ta thèse ?

— Je l'ai rendue », énervée par cette question trop contingente.

« Malgré tout ça ?

— Malgré tout ça. » J'ai dégluti avec un aplomb dont je ne soupçonnais même pas l'existence.

« Malgré le bordel que j'ai foutu ?

— Oui », plus humblement.

« Tu es forte, alors.

— J'avais une échéance. » Je crois l'avoir dit avec candeur.

Nicola s'est remis à pleurer : « J'ai épousé une femme forte, quel bonheur. Mais quel bonheur. C'est une chance que pour un peu je ne mérite pas. » Puis il a relevé le visage, il m'a bien regardée. Non, mieux. « T'es même pas une femme, t'es une gamine. Tu n'as que vingt-quatre ans et tu es déjà forte. Tu es émouvante, Sofia. »

Cette insistance sur ma force me perturbait. J'ai commencé à balbutier : « Je ne sais pas, je ne sais pas. S'il te plaît, allons nous coucher. »

J'étais lasse de son corps, de son haleine : au lit il me tenait dans ses bras et je me sentais étouffer. Mais il y avait quelque chose entre mes côtes qui m'empêchait de le repousser, une espèce de blocage au niveau du sternum, comme une boule dense, dure et gonflée, que je ne savais comment appeler.

Puis il y a eu les délires paranoïaques. Une fois, pour *me protéger*, il m'a enfermée à la maison pendant dix jours. Les prises éventrées avec le tournevis : « Le téléphone est sur écoute, il disait, il faut faire attention. »

Avec une grande précaution, il a même brûlé mon téléphone portable dans la cheminée.

Nicola était en stage chez un avocat et il était sur une affaire délicate, c'est là que tout a commencé. Sur un fond de vérité. Au début j'y croyais : il me parlait de menaces d'un client lié à la camorra. Rien d'étrange dans le monde d'un pénaliste, je me disais. Je préférais imaginer des problèmes sérieux plutôt qu'un énième séjour en clinique avec lui. Quand il s'est mis à parler des services secrets américains, mon thriller a pris fin. Je commençais à comprendre, mais c'était trop tard, j'étais déjà prise en otage. Et cela a duré dix jours.

Il me caressait avec des gants. Il ne les enlevait jamais, pour ne pas laisser d'empreintes digitales autour de lui. C'était des gants de cuir noir qui appartenaient à sa mère. Parce qu'il avait de petites mains, des doigts fins et fuselés.

Un soir, tandis que Nicola dormait, j'ai pris l'extincteur qu'il avait caché dans la salle de bains (« S'ils essaient de mettre le feu à l'appartement, il est ici, rappelle-toi Sofia, entre les serviettes »), j'ai ouvert en tirant un grand coup la fenêtre qu'il avait scellée avec du silicone et j'ai sauté. On avait déménagé depuis peu, et j'avais choisi un premier étage, par sécurité. J'avais quand même un peu peur de m'élancer. *Si je me fais mal, au lieu d'appeler une ambulance, il va me laisser me vider de mon sang et mourir.* Mais j'ai préféré prendre le risque. Je suis bien tombée, je me suis juste légèrement tordu la cheville. J'ai couru malgré tout, et même vite.

J'ai trouvé une pharmacie ouverte, de garde cette nuit-là. J'y suis entrée comme l'éclair et me suis assise sur un tabouret, sous une pyramide de préservatifs. Je n'arrivais pas à parler. Pas à cause des pleurs : je ne pleurais pas du tout. À cause de la toux, je m'étais mise à tousser. On m'a donné un calmant, j'ai expliqué quelque chose, entre deux quintes.

Le pharmacien a pris la situation en main.

« Soyez tranquille, je m'en occupe.

— Vous ne pouvez pas lui envoyer une ambulance et les gendarmes, je disais, allez savoir quel abominable complot il s'imagine. »

Mais le pharmacien était intraitable : « Mademoiselle, on ne peut tout de même pas le laisser comme ça. »

Une voiture de police m'a embarquée. L'ambulance attendait devant l'entrée. Sur la pelouse il y avait trois gendarmes, ils criaient dans un mégaphone : « Sortez, s'il vous plaît. »

Derrière eux, il y avait un psychiatre prêt pour la piqûre. Nicola s'était barricadé.

« Sortez, on ne vous veut aucun mal. »

Ils sont entrés par la force, l'ont immobilisé à quatre, le médecin lui a planté l'aiguille dans la veine, dans un élan du bras, comme si c'était un coup de poignard ou une piqûre à un cheval. Nicola criait, criait.

Au bout d'un quart d'heure, il était plus calme. Il tournait autour de l'ambulance. Mais il ne voulait pas monter. Deux volontaires du 15 essayaient, avec courtoisie, de le convaincre : « Allez, venez avec nous. »

Nicola secouait la tête et me regardait de travers : « Traîtresse », il disait doucement. « Traîtresse. »

J'étais assise sur les marches, devant l'entrée de l'immeuble, les coudes sur les genoux et les mains sous le menton. Il ne s'approchait pas, il marchait à quelques mètres de distance, allait et venait : « Toi aussi. »

Puis, d'un coup, il est monté dans l'ambulance : « Toi aussi, traîtresse. »

Ils voulaient l'attacher, il s'est agité à nouveau. Il a tenté de s'échapper mais désormais il était pris au piège, ils l'ont endormi.

Attentionné, le pharmacien m'a accompagnée à l'hôpital. Une infirmière a fermé derrière elle une lourde porte en fer. « Vous êtes de la famille ?

— Je suis sa femme. » J'ai senti un frisson en prononçant ce mot.

L'infirmière m'a remis les effets personnels de Nicola. Sa montre, son portefeuille, une cuillère qu'il avait dans sa poche, ses clés et son briquet Bic.

« Il ne peut rien garder. » Elle m'a tendu un sac transparent de congélation, ou un sac de la morgue.

À l'appartement, par contre, je ne voulais pas y retourner, alors j'ai demandé au pharmacien s'il pouvait me déposer à l'hôtel. Je suis entrée dans une chambre, j'ai posé le sachet transparent à côté de la télévision. J'ai ouvert le minibar et je me suis pris un whisky. Je me suis étendue sur le lit sans enlever mes chaussures. Puis j'ai sorti de mon sac à main une petite écharpe en soie rose, achetée à Porta Palazzo. Je parcourais le plafond des yeux. Il n'y avait pas un endroit où l'accrocher, juste la grille de la climatisation. J'ai pris une chaise, je me suis hissée, j'ai laissé l'écharpe là. Elle tombait le long du mur : il était impossible d'y suspendre quoi que ce soit. Alors je suis retournée au lit. Je regardais l'écharpe qui décorait la cloison comme un ruban.

Le papier peint rose m'angoissait. J'avais besoin de m'endormir en pensant à quelque chose de beau. Mais rien ne me venait à l'esprit. Seulement le collier de perles de ma mère, allez savoir pourquoi.

C'est le soir de mon anniversaire : dix-huit ans. Papa dépose un paquet sur mon oreiller.

« C'est un cadeau de la part de maman. »

Je lève doucement les yeux, un peu effrayée. Je n'aime

plus recevoir de cadeaux des morts. J'enlève le papier rapidement et l'écrin me tombe des mains. Je me penche pour le ramasser. Puis je prends une grande respiration. Je ramène mes cheveux sur ma nuque et tend le cou à papa. J'ai les muscles des épaules tendus.

« Tu peux me l'attacher, toi ? »

Le lendemain je mets mon collier de perles et je sors. Je marche sous les arcades, après la piazza Castello je tourne à droite. Je m'arrête un moment piazza Vittorio, pour regarder les façades blanches, les lucarnes. *Dieu qu'elle est belle.* Et je marche rapidement vers le Pô.

Je traverse la rue en courant sans regarder le feu. Sur le pont il y a un homme, les coudes appuyés sur le parapet. Il regarde l'eau. Je passe à côté de lui et aussitôt il s'écarte. Mais pas trop, il va à peine plus loin. Je m'appuie sur le parapet de la même manière, à quelques mètres de distance. Le monsieur me sourit, c'est inattendu : « Vous vous souvenez dans quel état il était cet été ? Ça, il s'est bien repris.

— En effet », je réponds. C'est moi qui ne veux pas me montrer trop familière, cette fois.

Je reste un moment à regarder le fleuve, pas vraiment gonflé, mais plein d'énergie. Puis je relève mes cheveux, les attache avec une pince et enlève mon collier. Je le tiens une seconde dans ma main, comme pour le soupeser. Et je le jette dans le Pô.

Le monsieur me regarde, un instant désorienté. Mais heureusement, Turin est une ville étrange. Et il a compris quelque chose : il ne sait pas de quoi il s'agit, mais il respecte mon geste. Au fond, tout au fond, on perçoit même une note d'empathie.

Mais c'était inutile de penser à mon anniversaire, dans ce putain d'hôtel, cette foutue soirée : je continuais à tousser. Je crachais mes poumons sur l'oreiller. Alors j'ai eu une idée. J'ai commencé à dire doucement, à voix basse : « Morts, je voudrais un nouveau collier de perles. »

L'abat-jour dessinait un carré de lumière au plafond.

« Et un fard à paupières couleur café. »

En réalité tout est devenu plus facile. Après l'hospitalisation et la convalescence, Nicola avait repris pleine possession de son humanité, franchement merveilleuse.

« Maintenant pars, Sofia.

— Me tuer ? » Je riais comme une idiote.

Heureusement il riait lui aussi. Pour m'aider à me sentir moins coupable, je le sais. Et moins seule aussi.

« Pars où tu veux. »

C'était dès lors très difficile. Je me sentais autorisée à être heureuse au point que je ne parvenais plus à courir vers le bonheur. Dans cette confusion, même l'envie de faire l'amour avec lui m'était revenue.

« Ben, on pourrait ouvrir une bouteille de barolo. »

Nicola a réfléchi un instant, il était tenté.

« Moi, je prends une bière, c'est mieux. Ouvre-la pour toi. Prends la meilleure.

— Non, non, tu plaisantes. Je t'accompagne avec une Beck's. Il fait chaud, le rouge c'est trop lourd. »

On se regardait comme au premier jour, quand il ne s'était encore rien passé. Et retrouver ce sentiment tel quel, avant d'être gâché par la maladie, nous procurait à la fois joie et mélancolie.

« Pars, Sofia. Pars tout de suite, vite. Maintenant, tant que je réponds de moi et que j'ai le courage de ne pas être égoïste. Évitons les cérémonies, elles sont dangereuses. Il suffit d'un verre et d'un revirement, une faiblesse, n'importe laquelle. Cours. Ne pense pas aux choses matérielles. Saisis l'occasion, vite. »

J'étais si abasourdie. Je n'arrivais pas à comprendre si c'était un nouveau chantage ou la manifestation d'une générosité lointaine.

« Mais je cours où ? » cela m'a échappé. Sans doute parce qu'à cet instant, moi, j'étais incapable de m'échapper.

« Pff, Sofia. Tu es une personne intelligente, non ? »

J'ai hoché la tête, désorientée.

« Tu n'es pas capable de trouver un prétexte ? Il faut que ce soit moi qui te le donne ? Des vacances, que saisje. En Sicile, vu que c'est une obsession chez toi. Ne m'oblige pas à te prendre un billet d'avion. Je suis lucide, d'accord, mais n'en profite pas. Ce serait trop me demander. »

Je pleurais. Comme s'il me chassait de la maison. J'ai même eu la mesquinerie de m'en prendre à lui. Mais Nicola, ce soir-là, voulait vraiment m'aider. Donc il n'a pas sourcillé. Il m'a laissée faire, m'emballer, choisir la voie la plus facile pour moi.

« Ah oui ? Tu es en train de me dire de faire mes valises ? À moi ? Et moi qui t'ai secouru toutes ces fois... Qui est allé avec toi dans cette clinique dégueulasse, hein ? Qui ? Ta mère ? Non, bien sûr. Très bien, très bien, je ne te dérange pas plus longtemps. » Puis je me suis retournée d'un coup. Et, sincèrement offensée : « Tu es sûr de vouloir me chasser ? »

Nicola me regardait avec une infinie tristesse : « Sûr. »

J'ai claqué la porte avec orgueil, carrément. Mais la

porte, après toutes ces interventions des pompiers, ne fermait plus. Alors je me suis acharnée, je tirais et rien à faire, elle faisait un bruit sinistre et bloquait à hauteur de la serrure.

« Merde, merde, il faut appeler le menuisier ! » j'ai crié.

Puis, soudain plus libre, sans même me retourner pour regarder derrière, j'ai descendu l'escalier.

3

Le démon

Mon père est un homme tranquille. On le comprend à la qualité de ses rides : ce sont des signes tracés par le soleil, non par le tourment. Il a trouvé un démon en dehors de lui. Et il le caresse, le tient par l'aileron, l'hypnotise en lui posant une main sur le nez.

Il dit que c'est un animal élégant, qui n'a rien de monstrueux. Il dit qu'il est indispensable à l'équilibre de la mer et qu'il faut le protéger. Il dit que ce n'est pas du tout un démon.

Une fois par semaine il m'envoie des nouvelles. C'est-à-dire, un film tourné sous l'eau : on communique ainsi. Moi je lui écris des messages et lui me répond par des vidéos. Il monte les prises, insère un fond musical et me parle en voix off.

La vidéo est en pièce jointe, je l'ouvre. Un commentaire apparaît en surimpression : *Le Cap, 9 février 2004.* Je vois une étendue bleue qui scintille et un ciel strié d'orange. Puis une île rocheuse et nue, pleine d'otaries.

Un albatros voltige les ailes déployées. Il ouvre et ferme son bec, comme s'il chantait en playback : *Ne me* *quitte pas*[1*]... J'éclate de rire. Papa adore Jacques Brel et le fait chanter aux tortues, aux lions de mer, aux crabes.

La musique se termine et il apparaît. Il est assis sur le bord du bateau, il a une bande de crème blanche sur le nez.

« Coucou, trésor, tu as vu ce coucher de soleil ? Maintenant ouvre bien les yeux. Tu vas voir un bestiau d'une tonne sauter avec tout le corps hors de l'eau, comme un poisson volant. En Afrique du Sud les requins blancs ont cette habitude. Pour capturer une otarie, ils sont prêts à faire des acrobaties de dauphins. »

Il me montre une marionnette en polystyrène : « Voici l'appât. On a fabriqué un faux phoque. Maintenant on va l'attacher au bateau et on va lui faire faire du ski nautique. »

Il m'indique la queue de l'objet flottant en forme d'otarie : « Là, on a inséré une petite caméra sous-marine. Tu vas voir la bouche du grand requin blanc de si près que tu auras l'impression d'être à l'intérieur. »

Puis il sourit : « Ce matin, à l'aube, une belle femelle de quatre mètres a mordu. Elle est sortie complètement de l'eau et a fait une pirouette en l'air avec la grâce d'un plongeur olympique. »

Il se baisse et ramasse l'appât du matin. Il me montre la marionnette en polystyrène déchiquetée par une morsure : « Elle s'est aperçue tout de suite de son erreur et a lâché prise dès la première bouchée. Pauvre trésor, elle a dû être déçue. »

Il se tourne et m'indique la mer, une ombre obscure tourne autour de la barque : « Mais l'après-midi elle est

1. Les mots suivis d'un astérisque sont en français dans le texte.

revenue et on a pu y remédier. On lui a lancé un thon, elle a apprécié. Elle le méritait après cette chorégraphie. Elle est encore un peu nerveuse, tout à l'heure elle a grignoté un morceau de la passerelle. Mais elle est sociable. Je lui ai donné le deuxième thon de mes propres mains. Tant que j'y étais, je lui ai fait quelques caresses. Regarde. »

La proue du bateau à moteur plane et l'appât commence à rebondir sur les vagues comme une planche de surf. Au bout d'un moment, quelque chose bouge à la surface, rapide comme le bateau. Le grand requin blanc saute hors de l'eau, effectue une galipette et retombe sur le dos en déplaçant une masse d'eau énorme.

Papa applaudit, la barque ralentit puis s'arrête. Ricky, son assistant, attrape la corde et récupère la fausse otarie. Papa examine l'appât, avec deux doigts il retire une dent pointue et triangulaire : « Elle nous a laissé un petit cadeau. Ça te plaît, Sofia ? C'est pour toi. Dans quelques jours tu recevras un ravissant pendentif. Je vais lui dire merci. »

Je vois papa qui descend sur la passerelle, il a presque les pieds dans l'eau, un bras tendu en avant et un thon à la main. Tout à coup le requin saute et attrape sa récompense. Mais il reste ainsi, la bouche grande ouverte et le museau hors de l'eau, parce qu'à la dernière minute papa lui a confisqué son repas pour lui poser une main sur le nez. Le requin est immobile, comme hypnotisé. Papa se tourne vers la caméra : « Si tu touches le nez d'un requin, il entre en transe. Maintenant je peux lui faire une caresse sur le museau. »

Je vois les doigts de mon père qui glissent, délicats, sur la surface blanche.

« De quoi as-tu peur, Sofia ? C'est une créature merveilleuse. »

Pourtant, je suis en très mauvais termes avec les requins. Ma peur est si atavique que je ne fais plus de bains de mer. Je m'aventure seulement en eau peu profonde, transparente. Si je ne vois pas ce qu'il y a dessous, je suis prise de panique.

Papa me demande sans cesse de me raisonner, mais j'en suis vraiment incapable. C'est plus fort que moi.

« Ce n'est pas la bonne attitude. Si tu as peur, tu te mets dans la position de la proie. Et l'animal le sent. Il faut rester calme. Souviens-toi de ça, Sofia : il a tout aussi peur que toi. »

Jacques Brel reprend et je vois mon père qui nage sur le dos d'un requin blanc, en le tenant par l'aileron. *Quand on n'a que l'amour**, chante Brel.

Peu ont le courage de plonger sans protection avec les requins blancs, mais mon père ne joue pas les héros. Il a les pieds sur terre, ou plutôt dans l'eau.

« Je suis trop vieux pour être inconscient. Je plonge sans cage seulement si les conditions sont bonnes. La mer doit être calme et l'eau ne doit pas être trouble : je dois toujours pouvoir voir où il est, et surtout s'il en arrive d'autres. Il est là le vrai danger, qu'un autre squale se présente à l'improviste.

« Et puis j'observe longuement l'animal avant. Je dois savoir à qui j'ai affaire. Ils ont des caractères différents, comme les chiens et les chats. Il y a l'agressif, le timide, le sociable et curieux.

« Crois-moi, je n'entre dans l'eau que si je suis sûr que le poisson est vraiment tranquille. Et, surtout, je tiens compte de moi. Si j'ai peu dormi, si je suis nerveux, souffrant ou particulièrement fragile, tu peux être sûre que je reste sur le bateau. Tu sais, c'est une question de respect et de connaissance : de la mer, du requin et de soi-même. En quelques mots, c'est une question d'équilibre, Sofia. »

Il y a des fois où j'ai besoin de lui. De mon père, j'entends. Mais peut-être aussi de son équilibre.

« Certains requins restent sur le sable, les requins-nourrices, les requins-tapis, les requins-anges... Le requin blanc non, il ne touche jamais le fond. Et tu sais pourquoi ? Parce que le fond, c'est lui, il n'en a pas besoin. Ce n'est pas une réponse scientifique, naturellement. D'ailleurs la science seule, sans lien avec l'imagination, ne me suffirait pas.

« C'est un poisson préhistorique, tu sais ? Il est né parfait. Pareil à lui-même depuis des millions d'années. C'est un archétype vivant. Pour nous il est devenu l'archétype de la mort, mais il y a erreur : ce poisson c'est la vie, la vie éternelle. Et moi j'ai besoin de son aileron. Je suis si neuf et fragile, et on m'a fait avec un besoin d'immortalité disproportionné. Cette bête antique, je n'y peux rien, elle me complète. »

La vidéo s'interrompt, traversée par une ligne grise. Mon père se tourne vers la caméra sous-marine et me dit au revoir de la main, en s'éloignant avec le requin.

4

La peau des femelles

« Papa, j'ai rencontré un homme intéressant. Il s'appelle Arturo, il a quarante-cinq ans. Il est grand, blond, il a des jambes longues et maigres, et un peu de ventre. Il parle peu. Il a un sourire irrégulier, une enfilade de dents tordues que je trouve très sexy. Il ne porte que des chemises parfaitement repassées mais il est capable de se présenter avec une barbe de trois jours. Il est obsédé par l'élégance mais il porte un maillot de corps. Souvent, dans ses mocassins luisants, il a des chaussettes trouées. Je crois que je suis amoureuse. Je me surprends à sourire toute seule en montant les escaliers. Je suis même devenue plus belle, je marche l'air absorbée et les gens se retournent pour me regarder. Je dégage une sorte de sensualité involontaire : c'est la sensualité du bonheur, je le sais. »

C'était en septembre 2004 et, à Turin, l'automne n'était pas en avance. Une lumière tiède et encore douce réchauffait l'élégance un peu froide des façades.

En réponse, j'ai immédiatement reçu une vidéo d'Australie. La bande-son était plutôt ironique : *La chanson des vieux amants**. Mon père avait monté ensemble, comme pour une bande-annonce, une série d'images d'archives sur le thème. Je voyais des requins de toutes sortes qui s'accouplaient. Ailerons blancs et ailerons noirs, requins gris ou mouchetés, tous occupés à tournoyer, entrecroisant leurs queues et frottant leurs branchies, souples et légers comme des serpents, un peu pathétiques même, dans leur façon de se lover tels des amants éperdus, le museau tourné vers le sable ou vers le cône de lumière qui fend l'abysse.

« Malheureusement je n'ai jamais réussi à voir deux requins blancs faire l'amour. Qui sait à quelle profondeur cela se passe. Mais les femelles qui viennent de s'accoupler se reconnaissent tout de suite parce qu'elles ont sur le corps une cicatrice. Le mâle, pour bien tenir sa compagne, la mord. En clair, il lui plante ses trois mille dents dans la chair. Ces dents triangulaires que tu connais bien, longues de sept centimètres comme le pendentif que tu portes autour du cou. Ce n'est pas un hasard si la nature a doté les femelles d'une peau plus épaisse. Pour elles l'amour doit être une expérience bien douloureuse. Mais ne crains rien, Sofia. Après tout la nature t'a donné à toi aussi une peau plus épaisse. »

Je l'avais rencontré à une fête. Arturo était assis à l'écart, dans un fauteuil, les jambes croisées. Il regardait autour de lui, l'air perplexe. Il semblait presque joyeux dans sa solitude.

Il souriait de-ci de-là, un peu au hasard, à tous ceux qui passaient devant lui, avec gentillesse et distance à la fois. Il ne parlait à personne. De temps en temps il ajustait son pantalon qui remontait sur ses mollets, découvrant ses chevilles fines et ses chaussettes tombées sur ses chaussures. Je voulais faire sa connaissance à tout prix, il m'attirait terriblement.

Au bout d'un moment j'ai pris mon courage à deux mains et j'ai trouvé une excuse : « Tu bois du barbera? Donc il en reste. »

Il m'a souri, a soulevé la nappe qui recouvrait une petite table ronde et a brandi une bouteille : «Je n'aime pas le blanc. J'ai caché la dernière bouteille de rouge ici. »

J'ai ri : « Sous la table, il n'y aurait pas aussi des tartines au thon et à l'artichaut par hasard? »

Il s'est pris au jeu. Il a mis une main dans sa poche, a fouillé un peu, puis il a haussé les épaules et m'a souri à nouveau : «Je croyais en avoir encore une dans ma veste. »

Tout de suite après il s'est levé, il m'a pris une chaise et un verre. À Turin, les gens sont très bien éduqués, ce n'est pas qu'une illusion.

«Je m'appelle Sofia, salut. » Et j'ai lancé un regard qui allait au-delà de la courtoisie.

« Arturo. »

On est sortis ensemble un mois, mais rien, il ne se passait rien de rien. Arturo était gentil et c'est tout. Il m'invitait à dîner puis allait se coucher. J'étais presque convaincue de ne pas lui plaire et puis un soir, en me raccompagnant chez moi, il m'a donné par surprise un baiser au coin des lèvres. Le baiser le plus discret du monde : j'ai vacillé.

« Bonne nuit, Sofia.

— Bonne nuit », mais je restais là.

«Je t'appelle demain. Comme ça on se met d'accord pour la semaine prochaine.

— D'accord, bien sûr. » J'ai baissé la tête et donné un coup d'épaule dans la porte. « Alors salut. »

Puis je me suis retournée d'un coup, je l'ai regardé droit dans les yeux : « Écoute, j'aimerais faire l'amour avec toi. » J'en avais marre de toutes ces cérémonies.

« Vraiment ? » Arturo me fixait incrédule.

Un mois de regards sans équivoques, d'effleurements provocateurs, d'invitations pas tout à fait ambiguës, et lui n'avait rien compris.

Pourtant, au lit, il était tout sauf maladroit. C'était un amant très raffiné, bien au contraire.

On était encore enlacés, sous les draps. Arturo me caressait nerveusement les tempes. De temps en temps il tapotait mon front de son index, comme un petit marteau. On aurait dit un tic.

« Sofia, il faut que tu saches. »

J'ai relevé la tête : « Tu as quelqu'un d'autre ?

— Non, non. Voilà, tu vois... » Il a poussé un soupir. « Je souffre de dépression. »

J'ai éclaté de rire. Il l'a mal pris.

« Excuse-moi, je ne voulais pas. C'est que... Non, je sais qu'il n'y pas de quoi rire. Vraiment pas. C'est que..., que... » Mais je riais. Je n'arrivais pas à m'arrêter.

« C'est si amusant ? » Rigide.

« Non, au contraire. » Je me suis frottée les yeux. « C'était un rire nerveux. C'est peut-être de ma faute.

— De ta faute ? Ma dépression ? » C'est lui qui riait, maintenant.

« Cette loi des séries. »

Je lui ai raconté mes antécédents. Mais de façon

hâtive, synthétique, presque pour souligner la simple répétition.

« Désolé, je ne savais pas pour ta mère.

— C'est comme ça.

— Et ton mari, comment va-t-il maintenant ?

— Je ne le vois plus.

— Si tu ne te sens pas. Je veux dire, sache que je comprendrai. »

J'ai bondi en avant : « Si je ne me sens pas de quoi ?

— De commencer une relation avec moi. C'est difficile de vivre à côté de... Enfin...

— Mais qu'est-ce que tu racontes ? »

Toujours est-il qu'au début il ne semblait pas dépressif du tout. Au contraire. Il était constamment en effervescence, comme si cette relation avec moi lui avait redonné vie. Il était même moins maniéré qu'avant. Il riait vulgairement, c'était un moulin à paroles, il voulait toujours m'emmener ici et là. Aujourd'hui on va en Ligurie, demain au lac d'Orta. Il s'était révélé libertin, passionné, courageux dans la manifestation de ses désirs. Sous sa cravate en cachemire et son gilet rigoureusement assortis, se cachait un homme qui avait envie d'oser. Je me moquais de lui : « Tu es un personnage des *Hauts de Hurle-Vent* déguisé en personnage de Jane Austen.

— J'en ai beaucoup entendu sur mon compte, mais celle-là on ne me l'avait pas encore sortie. Je t'apprécie vraiment, Sofia. Tu as peut-être trop de qualités.

— Trop ?

— Parfois je me sens *inadapté.* » Mais je n'ai pas accordé de poids à cette phrase.

En tout cas il aimait bien manger, boire les meilleurs

vins. Et mon corps lui plaisait, il n'en perdait pas un centimètre. Il y avait presque de l'angoisse dans son désir de profiter de la vie.

On était au restaurant et il était là, en face de moi, occupé à goûter les sauces d'une fondue bourguignonne, à faire cuire dans l'huile un morceau de viande après l'autre, tout joyeux, en veine d'anecdotes, loin d'être fermé, tout au plus lent pour en venir au fait, perdu dans toutes ses digressions.

Au bout d'un moment je l'ai interrompu : « Mais tu n'es pas dépressif. »

Arturo m'a regardée droit dans les yeux : « Attends. »

Le ton, d'un coup glacial, m'a laissée sans voix.

« Tu sais, c'est par vagues. » Il s'était déjà radouci. Je sentais qu'il voulait me faire comprendre quelque chose. « Le problème est plus profond. J'avais une très haute idée de moi-même et j'ai dû la recadrer.

— Mais de quoi est-ce que tu parles ? De ton mariage ?

— Non, non », il riait, peut-être un peu amer, en tout cas il riait. « Ma femme a très bien fait de me plaquer. Elle avait raison. Et puis », il m'a regardée de la tête aux pieds, « je peux t'avouer quelque chose ? Elle ne me manque pas. Elle est partie et je n'ai presque rien ressenti. Peut-être qu'on n'aurait même pas dû se marier. »

Je lui ai souri les lèvres serrées, un peu embarrassée par tant de froideur. Mais au fond, tout au fond de moi, j'étais satisfaite. Pas de fantômes, quel soulagement.

« D'accord, j'ai ouvert un cabinet de conseil à Turin. Et j'ai bien quelques clients, heureusement. Mais à vingt-cinq ans j'étais à Londres, dans une banque d'affaires. Une grosse banque d'affaires. Et cela me manque, cela me manque rudement.

— Je comprends. » J'ai mis un gressin dans ma bouche.

« Non, tu ne peux pas comprendre. J'étais à peine diplômé et j'étais déjà riche. Mais ce n'était pas l'argent, tu sais ? C'était ce frisson. Je veux dire le risque continu, la finance pure.

— La finance pure ?

— Comme les mathématiques pures, quelque chose de parfaitement virtuel. Je brassais des idées. Et tout commençait par une intuition. Un truc exaltant. Une drogue, presque. En fait je travaillais quinze ou seize heures par jour, minimum. Comme tous les autres cinglés qui étaient avec moi, dans les *dérivés*. Tu sais ce que c'est ?

— Non, je n'y connais rien. » J'ai haussé les épaules.

Arturo, dans un élan de tendresse, a tendu un bras et m'a caressé le visage.

« Des outils financiers que nous, dans notre jargon, on appelle *synthétiques*. Tout est dit. Un truc qui n'a plus rien à voir avec la réalité, en fin de compte. Seule la bourse compte, la spéculation à l'état pur. Cela n'a même plus rien à voir avec l'évolution des entreprises. L'entreprise peut être au plus mal et l'outil financier coté peut s'envoler. Tu vises le grand écart ? »

J'ai fait oui de la tête.

« Ben, moi, j'étais le roi des grands écarts. Je vendais et j'achetais avec un timing parfait. Et avec les taux, les commissions, les courtages, je me suis acheté cette maison à Turin et d'autres appartements, que j'ai vendus ensuite. Quand tout s'est arrêté.

— Pourquoi tout s'est arrêté ?

— Parce que quand tu commences à avoir trente, trente-cinq ans, dans ce secteur tu es vieux. Dans la tête, qu'ils te disent. Et toi, qui n'as même pas eu le temps de vivre, parce que tu étais toujours là, dans ce bureau merdique, sur le coup tu n'y crois pas. Vieux? Moi? Et comment le suis-je devenu? Mais quand? Pourtant c'est vrai, tu rates quelques coups, c'est presque physiologique. À cause du stress, à cause de la fatigue, parce que cela peut t'arriver après dix ans de délire ininterrompu d'avoir quelques absences. Fatales, c'est ça le problème. Il suffit de trois opérations ratées et tu es dehors.

— Et tu en as raté?

— Oui, au bout d'un moment j'en ai raté.»

J'ai baissé un peu la tête : «Mince.

— C'est comme ça. Sauf que de temps en temps ça me fait mal. Et ce mécontentement a un poids, il s'enracine en moi, en un point toujours plus profond, que je commence à ne plus maîtriser. Ne me regarde pas comme ça, Sofia.

— Comment?

— Avec admiration. Simplement parce que j'ai été sincère. On sait très bien tous les deux que c'est ridicule. Ce monde exige bien autre chose de nous. Non?»

En tout cas il avait raison : il suffisait d'attendre. En l'espace de peu de temps a surgi la seconde âme d'Arturo. Disparus le libertin, le bon vivant, le *viveur**, leur ont succédé le pantouflard, l'escargot accroché à sa coquille, celui qui s'ennuie de tout. Fin des escapades et plus aucun restaurant. Il avait toujours sommeil.

«Je suis fatigué. Tu viens chez moi?»

J'y allais, je cuisinais. J'arrivais carrément avec les courses, vu que son frigo était toujours vide, même s'il y avait un supermarché juste au-dessous de chez lui. Il ne faisait même plus l'effort de me parler. Il remplissait son verre de vin et se mettait à fixer le mur. Nous n'avions pas encore assez d'intimité pour assumer de longs silences.

« Quelque chose ne va pas ? »

Arturo haussait légèrement les épaules : « Ça recommence. Les médicaments ne servent à rien, cela fait cinq ans que ça dure. Si je m'écoutais, je dormirais et c'est tout.

— Qu'as-tu fait aujourd'hui ?

— Je suis allé déjeuner avec un type qui s'occupe de *finance structurée.* C'est une chose qui peut t'intéresser ?

— Oui, bien sûr. » C'est toujours mieux que de rester là à fixer le mur avec lui.

« Il n'a aucune envie de financer l'opération que je lui ai proposée, voilà le résultat. Il me manque le *brand.*

— Le quoi ?

— La marque, Sofia. Je ne suis personne, moi. C'est un petit monde, tu résistes seulement si tu es un grand nom. Les bonnes intuitions ne suffisent pas aux grandes banques. Et puis ce n'est peut-être même pas ça, le problème. Peut-être que je n'ai plus de bonnes intuitions, voilà. Je suis vieux, c'est *eux* qui ont raison.

— Tu as quarante ans, Arturo.

— Justement.

— Mais qu'est-ce que tu dis ! Arrête, tu es dans la force de l'âge, tu es au sommet de tes capacités. Je peux imaginer un déclin, mais plus tard, bien plus tard. »

Arturo était trop intelligent pour se laisser rassurer par moi. Il finissait par s'irriter, il m'attrapait par le bras et me traînait vers le canapé, brusque et affectueux à la fois : « C'est un monde qui te brûle très rapidement, celui-là. Tu devrais faire attention toi aussi, Sofia. Allons voir s'il y a quelque chose de décent à la télévision. »

Souvent il venait chez moi et on ne parlait même pas. On faisait l'amour et puis on s'endormait tous les deux. L'après-midi, on s'endormait. On se voyait pour dormir.

C'était des moments d'une intimité folle, au fond. On restait ainsi, bouche contre bouche, à s'échanger la respiration lourde du sommeil. Une fois on a poussé jusqu'au matin suivant, on a dormi de quatre heures de l'après-midi jusqu'au lendemain six heures.

Il s'est levé d'un bond et a regardé par la fenêtre. Une lumière rose teintait le bâtiment en face, caressant les volutes de Juvarra.

« Mais quelle heure est-il ?

— C'est l'aube, je crois. »

Après tout un hiver comme ça, j'ai commencé à ne pas me sentir très bien non plus. C'était peut-être de la suggestion, de l'empathie, je ne sais pas. Le fait est que, en l'espace de quelques mois, j'ai commencé à montrer les mêmes symptômes, comme si la dépression était contagieuse. Nos coups de fil, petit à petit, s'était transformés en déclaration de guerre.

« Salut, Arturo. Comment vas-tu aujourd'hui ?

— Mal, merci.

— Moi non plus je ne suis pas en grande forme. Ce matin je n'ai pas réussi à me lever. Je viens de me réveiller. Normalement j'ai un rendez-vous à midi, mais je n'ai pas envie d'y aller. Seulement je ne sais pas quelle excuse inventer. Je devrais peut-être faire un effort, c'est un galeriste intéressé par mon travail.

— Personne ne peut te comprendre mieux que moi. Dans une demi-heure je dois rencontrer un chef d'entreprise, il paraît qu'il est intéressé par une opération que je lui ai proposée. J'en ai déjà le souffle coupé. Imagine qu'hier je suis allé à Milan, dans un fonds d'investissement, je suis entré dans un bureau et je me suis senti défaillir.

— Une crise d'angoisse ?

— Je crois que oui. J'ai vu les murs vaciller et j'ai dû demander une chaise. On m'a apporté un verre d'eau. Quand j'ai commencé à boire, je me suis aperçu que ma main tremblait. Si tu savais comme j'ai eu honte. C'est le pire endroit où afficher ses faiblesses. »

Mais le printemps est arrivé. Les douces couleurs de la saison ont commencé à s'agiter dans mon sang, j'avais une envie folle de refleurir, c'était une envie inquiète. J'étais nerveuse comme les arbres gemmés. Je ne dormais plus : je souffrais d'insomnie. Je ne mangeais plus et courais dans tous les sens. Je sentais dans mes os une vitalité, presque un peu agressive, incompatible avec lui.

« Excuse-moi, si tu vas trois jours à Londres, je pourrai venir aussi.

— Non, Sofia, rien qu'à l'idée de t'avoir sur mes talons, je suis déjà complètement épuisé. Tu as trop d'énergie.

— Mais je te laisserai travailler. J'irai me promener de mon côté et on se verra le soir.

— Je t'ai dit non. J'angoisse rien que d'y penser. »

Plus il me repoussait, plus je m'agitais. Je perdais le contrôle et devenais logorrhéique.

« Mais pourquoi je t'angoisse ? Je ne comprends pas. Explique-moi.

— Il n'y a rien à expliquer.

— Ah non, trop facile. Mais maintenant tu vas faire un effort.

— N'insiste pas, Sofia. Je t'ai dit que je n'étais pas bien ces temps-ci. J'ai envie d'être seul, c'est simple. »

Pour moi ce n'était pas simple, donc je l'exaspérais : « Alors tu en as rien à faire de moi.

— Non, j'en ai pas rien à faire. Mais je ne veux pas que tu viennes à Londres.

— Tu ne me désires plus ?

— Non, franchement, en ce moment je n'éprouve aucun désir. »

C'était tellement plus facile quand j'étais comme lui. Une confrontation sans empathie demandait au fond plus de maturité. Ce que je n'avais pas.

J'épuisais l'espace de sa boîte vocale avec des messages délirants. Comme un oiseau contre une vitre, je me heurtais à son téléphone éternellement éteint.

« Il est trois heures du matin, j'ai essayé de te joindre toute la journée. Sur ton portable tu ne réponds jamais. Je n'arrive pas à dormir, je ne comprends pas pourquoi... » Bip.

Je recomposais le numéro. « ... Et ne me dis pas que c'est la dépression, la dépress... » Bip.

« Me revoilà, encore moi. Je suis loin d'avoir fini. »

Au bout d'une semaine j'ai eu un coup de téléphone. Arturo préférait la jouer calme, m'affronter une fois la colère passée : « Sofia, j'ai écouté tous tes messages. *Il faut qu'on parle.* »

« Une phrase banale est toujours une menace. C'est l'équivalent d'une histoire écrite pour un public qui veut tout de suite savoir comment ça va finir, et qui n'aime pas être désorienté. C'est impossible de lui ôter ce pouvoir de suggestion, la banalité est évocatrice, autant que la poésie. Sauf que la poésie incite à de nouvelles associations, tandis que la banalité aboutit à une recognition. Et tout s'arrête là.

« En fait, papa, j'avais déjà compris et j'éprouvais une certaine claustrophobie. J'attendais Arturo, immobile. Heureusement les hommes sont plus complexes que leurs phrases.

« Il est arrivé, en sueur, agité. Il a commencé à me dire : "Peut-être que c'est mieux qu'on s'éloigne un peu. Je suis incapable de te donner quoi que ce soit en ce moment." J'essayais de ne pas le regarder, pour ne rien lui montrer. Je voulais le laisser seul avec le discours qu'il s'était préparé. Je savais très bien que ce n'était pas ce qu'il voulait, je le faisais exprès. Il continuait à me demander : "Tu ne trouves pas ? Ce ne serait pas plus *juste* ? Ce ne serait pas mieux *pour tous les deux* ?" Et moi, rien. Muette, aucun indice, aucune satisfaction. Au bout d'un moment, il s'est laissé tomber sur le canapé. Je l'avais contraint à être un peu plus sincère. "J'ai de la peine à me tenir debout, à travailler, à inventer une connerie quelconque pour convaincre un client. Je ne peux pas prendre en charge autre chose, tu comprends ? Pour moi tu es un poids." J'ai tourné les yeux, doucement. Il en a tout de suite profité, essayant de remonter la pente : "Je suis déjà un poids pour moi-même. Alors imagine supporter quelqu'un d'autre." À nouveau je me suis faite sphinx. *Tu ne m'auras pas. Il m'en faut plus pour m'apitoyer.* Mais Arturo en avait assez de se démener. Et sa fatigue m'a trompée. Il a conclu hâtivement, pour vite s'enlever cette épine du pied : "Considère-toi libre,

Sofia, s'il te plaît." Je n'avais plus rien à perdre, donc je lui ai répondu : "Moi je me sens libre quand je travaille." Je voulais lui faire envie, au moins. D'ailleurs je disais la vérité. »

5

Née sous le signe de Saturne ?

Peut-être ai-je embrassé ce métier dans l'idée de jouer les artistes maudites. Après tout c'était un binôme presque infaillible : art et folie, sous l'obscure bénédiction de Saturne. Ben voyons.

Je descends tout droit de Leon Battista Alberti : lumière, perspective et une rigueur implacable. Je m'enferme dans mon bureau, je travaille et m'apaise.

On me dit : « On ne dirait pas un bureau d'artiste. »

Les gens sont toujours un peu déçus. Je suis très ordonnée, c'est pour cela qu'on ne dirait pas. J'ai besoin de tables vides, d'avoir la tête libre. Le désordre autour de moi m'empêche de démêler le mien, mon désordre intérieur. Et démêler, pour moi, c'est le secret de tout. Même si c'est très difficile et que je n'y arrive pas toujours. Souvent le chaos domine et me prend à la gorge, il s'éparpille en feuilles jetées sur la surface luisante du bois, s'étale en livres ouverts les uns sur les autres, dans lesquels je ne trouve pas la bonne page ou l'image que j'ai en tête. Alors je sors sur la terrasse.

Turin est très belle vue de haut. La nuit elle est capable de n'être plus qu'un discret diamant rouge sur la

Mole Antonelliana, l'infini ou une virgule. Parfois la flèche d'Antonelli disparaît dans le brouillard et de tout le dôme il ne reste que la courbe au néon de Merz.

Une telle séparation, toutefois, attriste aussi. Je sens que cela ne peut pas durer. Le monde en dessous me repousse. Alors je retourne à l'intérieur. Patiemment je commence à ranger, à refermer ce qui ne sert pas, à jeter les feuilles inutiles, les notes qui me mettent dans la mauvaise direction. Progressivement le bureau redevient net. J'y passe aussi un coup de chiffon, pour être sûre. Puis je m'assois et regarde le mur blanc.

Alors je commence à entrevoir les deux premières lignes de mon travail, et un point. Le point où elles se rencontrent. Je prends mon crayon et trace un trait léger sur le crépi : ICI.

C'était dimanche, et j'étais sortie de chez moi à six heures du matin. Une pluie légère humidifiait les rues vides. Je marchais avec l'appareil photo autour du cou.

Je suivais des yeux la bande d'asphalte sèche qui courait, collée aux portes cochères, le long des rideaux baissés. De temps en temps mon attention s'échappait vers un lampadaire ou un angle orné de fresques, et j'en avais le souffle coupé. Quand c'étaient des colonnes anthropomorphes ou de soudaines extravagances de stuc qui venaient rompre cette régularité, alors je ressentais pendant quelques secondes le besoin de fermer les paupières, comme pour me donner une deuxième chance et ne pas me laisser surprendre par la vision.

Et dire que dans le quartier du Quadrilatère, je choisissais scrupuleusement certains parcours, juste parce que j'avais l'impression de me promener dans Prague. Mais cette Prague abandonnée, pleine d'envolées architectoniques puis tombée dans le silence, m'apparaissait par moments insidieuse.

Je marchais, je marchais. Au-delà de piazza Castello, en descendant sous les arcades de la via Po, autour de la piazza Vittorio. Au bout d'un moment j'ai débouché piazza Maria Teresa et d'un coup j'ai relevé la tête. J'étais distraite : je ne m'attendais pas à cette ouverture. Il fallait que je m'arrête pour digérer cette vision. J'avais la sensation de ne plus parvenir à supporter les surprises, pas même les petites. Du temps, je demandais du temps, même pour regarder une place que je connaissais bien.

J'ai cherché un banc et je me suis assise. Pendant un petit moment, je suis restée recroquevillée sur mes genoux, occupée à jouer avec une feuille. Puis j'ai tourné doucement le cou, dessinant du menton une courbe ascendante. Je me sentais écrasée par quelque chose, l'espace vide qui m'entourait, en fuite vers le ciel, m'étouffait.

Je me sentais prisonnière d'une estampe : sur toute la place n'apparaissait pas une silhouette. Je parcourais des yeux les quatre côtés, passant rapidement en revue les façades des immeubles, l'une après l'autre, jusqu'au vertige. Puis j'ai basculé en arrière d'un coup de rein. L'image s'est arrêtée à nouveau.

J'avais devant moi une vue de Paris peinte par un artiste nordique, précis, maniaque même dans cette façon de se concentrer exclusivement sur l'architecture, un peu malade ou sans passion. La lumière froide de l'aube détourait les lucarnes et les cheminées, les éloignant du présent. Les alignements réguliers de fenêtres — toutes aux volets fermés — étaient éblouissants dans leur immobilité.

Je commençais à avoir froid. J'ai resserré mon écharpe et j'ai entendu un tintement qui provenait du fond de mon manteau. J'ai glissé une main dans ma poche et me suis aperçue que la doublure était trouée. Mes pièces étaient tombées dans l'ourlet. Je me suis levée et, en me penchant sur le côté, j'ai plongé le bras dans ma poche pour les récupérer.

« Vous vous sentez bien ? »

Je me suis redressée d'un coup. Il y avait un jeune homme devant moi. Je l'ai regardé, un peu désorientée. Je croyais être seule.

« Oui, merci. Mes pièces de monnaie sont tombées dans la doublure de mon manteau. »

J'ai retourné la poche et lui ai montré l'étoffe déchirée. Le jeune homme m'a souri, puis a disparu.

J'aime Turin vide. Elle me semble plus vraie quand elle est silencieuse.

De toute façon, je la remplis moi-même : de requins. Oui, parce que dans mes œuvres, Turin devient une ville engloutie. Entre les immeubles nagent des requins blancs, des requins-tigres, des carcharins, des gris de récif, des requins à pointes noir et blanc, des requins-marteaux. J'utilise le matériel de mon père, je passe des heures et des heures devant l'ordinateur à monter les images. Paradoxalement, au bout du compte, ce n'est pas le poisson qui ressort, mais la façade baroque. Celle devant laquelle on passe tous les jours, sans la voir.

Pour arrondir les fins de mois je fais des photos de mariage. C'est assez frustrant, parce que je ne supporte pas le tumulte, surtout visuel. Mais les gens qui se marient, c'est un vrai business et ce que je gagne le week-end me permet de faire ce que je veux toute la semaine. Puis j'ai découvert que ce n'était pas un effort totalement inutile. Parfois, renoncer à l'art aide à réfléchir sur l'art.

Au début je n'avais pas compris que je disposais de cette opportunité : j'essayais désespérément de faire ce qui me plaisait, un point c'est tout. Naturellement mon goût n'était jamais en accord avec celui des clients, je finissais par décevoir aussi bien moi-même que les autres. Je m'entêtais, je voulais démolir tous les puits, tous les clochers et les marches d'escaliers.

« On ne pourrait pas prendre ce décor ?

— Non. »

Et les jeunes amants, contraints de se regarder dans les yeux, sans l'aide de pyramides de fleurs et de cathédrales de desserts, dévoilaient trop de vérités. Les doutes devenaient visibles, les peurs, les hypocrisies, les espoirs les plus naïfs comme les calculs les plus froids, les rôles déjà établis.

Parfois, au moment de la livraison, des tragédies éclataient.

« Mais qu'est-ce que c'est que ça ? Ma femme est en larmes. »

Certains refusaient carrément de payer leur dû.

Puis j'ai arrêté. Quand j'ai compris que j'avais là une occasion en or pour m'insurger contre le marché : c'est-à-dire d'y rester. Je me suis rendu compte que plus les photos étaient fausses, plus les mariés les trouvaient vraies.

« Regarde, c'est vraiment toi, là.

— Chéri, ton expression typique. »

J'ai appris à les contenter, dans toute leur prévisibilité. En appuyant sur la pédale du kitsch, pour commencer. Mon ironie n'était même pas perçue : je récoltais immédiatement un tas de compliments et, chose bien plus importante, de nouveaux boulots pour les semaines suivantes grâce au bouche à oreille.

Au fond il suffit d'être tordu. Quand je mets les mariés dans des positions étranges ils sont automatiquement contents. Mais attention : être tordu ne signifie pas être visionnaire. Eh non, cette opération est par nature subversive, cela ne va pas. Je dois rester soigneusement dans l'illusion de l'originalité. Tout doit suggérer une chose connue, sinon les gens prennent peur. Les visions renvoient à une réalité, l'artifice éloigne de la réalité. Et c'est la deuxième chose qu'on préfère.

Une seule fois je suis tombée sur un couple qui m'a laissée faire. Eux ils n'avaient peur de rien. Ils ont vu mes photos de Turin et m'ont dit : « C'est toi qui décides.

— Même un choix extrême ?

— Par exemple ?

— Ne jamais vous photographier ensemble.

— Le jour de notre mariage ?

— Exactement. »

Ils se sont consultés d'un regard.

« C'est d'accord. »

Et c'est ce que j'ai fait. Je ne les ai jamais photographiés ensemble, sinon de dos, quand ils parlaient avec la même personne, qu'ils regardaient la même chose ou couraient dans la même direction. Sur toutes les autres photos apparaissait seulement l'un des deux, et — presque comme par magie — dans un angle on apercevait toujours une partie de l'autre. En feuilletant on pouvait voir le marié de trois quarts qui saluait quelqu'un en agitant le bras et au fond à gauche, son nez et son menton à elle. Ou bien la mariée qui riait en mettant la main devant sa bouche et en bas, son épaule et sa jambe à lui. Sur aucune ils n'étaient vraiment seuls.

Mon père s'est remarié mais il n'a pas eu de chance la deuxième fois non plus. De toute façon, il s'intéresse bien plus aux requins qu'aux femmes.

« Claudia est partie. Elle m'a fait une scène et elle a pris le premier avion pour l'Italie. C'est de la faute d'un mako. » Je me souviens parfaitement de cette vidéo, c'était l'été 2003.

Papa est en Louisiane, dans le delta du Mississippi. La caméra le filme jusqu'à la taille, il est assis sur le bord du bateau, prêt à plonger. En fond, il y a une mer bleu foncé et une tour de fer.

« La construction que tu vois derrière moi, c'est une plate-forme pétrolière. Là-dessous se rassemblent plein de poissons. La mer est très profonde à cet endroit, presque trois cents mètres. Pour attirer les makos à la surface on a dû harponner un paquet de thons.

« Le mako est un requin plutôt agressif et très rapide, il peut nager à plus de trente kilomètres heure. Il saute souvent et il est capable de se jeter sur un bateau. Tu peux le reconnaître à son museau effilé et à ses dents fines en forme d'hameçon. C'est une bête magnifique, Sofia. Je me suis baigné avec lui et je lui ai donné à manger dans l'eau, de mes propres mains. »

Il a l'œil rieur, il ne semble pas si affecté par le départ

de Claudia. Il a déjà oublié de me raconter ce qui s'est passé, pris comme il est par son poisson.

«J'avais un couteau sur moi, par prudence. Mais tu me connais : jamais je ne ferais de mal à un requin. C'était juste une précaution, avec les makos je ne suis pas très à l'aise. C'est la première fois que je viens par ici.»

Je vois mon père qui agite lentement ses palmes et tient dans ses mains un morceau de poisson. Puis une silhouette argentée, taillée comme un sous-marin, le rejoint rapidement. Le museau pointu du requin fonce droit sur lui, les dents fines et aiguisées apparaissent et attrapent le morceau de poisson. Le mako se démène et mon père tient l'appât fermement.

«Il me secouait dans tous les sens. Mais je ne pouvais pas céder. La règle est la suivante : avoir toujours de la nourriture à proximité, sinon c'est moi qu'il risque de dévorer. Les rôles doivent être clairs : je lui *offre* son déjeuner, je ne *suis pas* son déjeuner.»

Puis je vois le museau du requin s'approcher de plus en plus de l'écran. L'image tremble, des petites bulles apparaissent. En voix off, papa commente : «C'est rien. Le mako a juste pris la caméra de Ricky dans sa gueule. Mais, comme tu le sais, il a les nerfs solides, lui : il ne la lui a pas laissée.»

Voilà à nouveau mon père sur le bateau, encore assis sur le bord, torse nu cette fois, la combinaison enroulée autour de la taille. Ricky tend un bras devant l'objectif et me fait coucou de la main. C'est lui le caméraman, l'auteur de toutes les vidéos que papa m'envoie.

«Claudia était une passionnée de plongée, je ne m'attendais vraiment pas à une telle réaction. Elle est remontée sur le bateau avec le cœur qui explosait sous sa combinaison et m'a dit : "Ah non, désolée, je ne suis pas prête à me faire dévorer pour toi. Ça suffit." Mais c'était juste un accident. »

Ricky rit et l'image saute. Ce n'est pas seulement l'assistant de papa, c'est aussi son meilleur ami et il tente de dédramatiser.

« On était tous les trois dans l'eau. J'avais un thon jaune dans les mains et je le grattais avec mon couteau pour attirer l'attention de quelque requin. En moins d'une seconde un mako de trois mètres est arrivé. Et j'ai commencé à lui donner à manger.

« Je mettais une main sur son ventre pour me tenir loin de sa bouche. Quand il se tournait, pour éviter une confusion malheureuse entre ma jambe et le thon, je me tournais aussi. Bref, le ballet se déroulait à merveille, entre nous s'était instaurée une certaine harmonie.

« Seulement je n'avais pas pensé au courant. Il était fort, je ne m'en étais pas rendu compte, et il nous avait pas mal éloignés du bateau. Au bout d'un moment il n'y avait plus de thon et le mako était toujours là. En clair, il avait encore faim.

« Il a commencé à tourner autour de Claudia, parce que c'était la plus petite des trois, donc la créature marine qui lui faisait le moins peur. Ce sentiment toutefois n'était pas réciproque : Claudia terrorisée a commencé à s'agiter. Alors je lui ai fait signe de nager vers le bateau et d'un geste j'ai dit à Ricky de la couvrir. Moi j'étais le dernier et j'essayais de distraire le poisson.

« Par chance le courant poussait la pâture dans la bonne direction. Au bout de quelques minutes, le mako s'est lassé de nous et est reparti traquer l'odeur du sang.

« Les imprévus, ça arrive. Par exemple je croyais pouvoir construire quelque chose avec Claudia. J'étais convaincu d'avoir trouvé une femme pour moi. Tant pis. »

6

Poisson d'avril

J'ai rencontré Marcello au casino de Venise. C'était le 1er avril 2005. Une date qui aurait dû me faire réfléchir. *Ton poisson d'avril, Sofia. Le requin d'avril.*

On avait atterri là par hasard, entraînés par d'autres. Mes amis s'étaient jetés sur le black jack et moi je m'étais réfugiée dans la salle des machines à sous où je jouais avec le levier pour faire passer le temps. Marcello aussi errait, plutôt perdu, les mains dans les poches.

C'est comme ça qu'on a fini par se retrouver côte à côte, tabouret contre tabouret, à insérer en soupirant une pièce après l'autre. On s'inspirait une sympathie mutuelle, tellement peu pris par le jeu.

« Mais tu t'amuses, toi ?

— Bof, pas tant que ça. »

Marcello a tendu le bras et s'est présenté. Tandis qu'on se serrait la main, j'ai tiré sans conviction sur le levier. Tout est tombé. Les pièces sortaient comme la lave d'un volcan, sonnantes et trébuchantes. On a échangé un regard stupéfait.

« Alors ensemble on gagne. »

À cet instant, la folie du jeu s'est emparée de nous.

On avait découvert qu'il suffisait qu'on se touche pour décrocher le jackpot. Toutefois il y avait une règle : on ne devait jamais faire le même geste. La chance nous récompensait seulement quand nous usions de fantaisie. *Maintenant je pose une main sur ton cou. Maintenant je te prends par la taille. Maintenant je te caresse une cuisse. Maintenant je te touche le ventre.* Le hasard devenait de plus en plus érotique. Et on gagnait, et on gagnait.

On est restés là jusqu'à la fermeture du casino, entourés d'une petite foule de voyeurs, on ne savait plus où mettre nos jetons.

Puis on a disparu ensemble dans les ruelles. On n'avait pas de but. Il ne m'avait pas demandé : « Où veux-tu aller ? » Ou bien : « Tu veux qu'on cherche un bar ouvert ? » Ou : « Tu veux que je te raccompagne à l'hôtel ? » Non, rien. On marchait et c'est tout, de pont en pont. On parlait de nos gains.

« Mince, trois mille euros.

— Il faut qu'on imagine un moyen de les dépenser ensemble.

— Eh oui, ce serait moche de se les partager.

— Non, bien sûr, on les a gagnés en couple.

— Qu'est-ce qu'on pourrait faire ? Comment flamber une telle somme d'un coup ?

— Je me le demande.

— Moi aussi. Et puis il est trois heures du matin, tout est fermé.

— Ben, on peut faire une espèce de caisse commune. Pour aller au cinéma ensemble, par exemple. Concerts, expositions, spectacles, tout ça gratuit pendant un an. Comme tu habites Turin toi aussi, pas de problème. Sinon on peut s'acheter un billet d'avion et partir quelque part.

— Je suis marié.

— Ah. » Une pause. Puis j'ai fait comme si de rien n'était : « Et tu restes combien de temps à Venise ?

— Jusqu'à dimanche.

— Bon, on a un jour et une nuit pour trouver une solution. »

C'est un vrai soulagement de se sentir tenus par une échéance. C'est peut-être un moyen pour savoir si on est prêt à aller jusqu'au bout. Tout est dans l'urgence de mettre une limite. Quiconque a un tant soit peu d'intimité avec ses propres faiblesses sait qu'il ne la respectera jamais.

« Mais où sommes-nous ?

— Ça...

— Tu sais comment retourner à ton hôtel ? Moi je n'arrive pas à m'orienter ici.

— Oh, merde, merde ! J'ai oublié mes amis au casino. Je ne sais même pas où ils habitent, j'étais leur invitée. Mon téléphone n'a plus de batterie, tu peux me prêter le tien ?

— Je l'ai oublié dans ma chambre.

— Alors tu es pire que moi. »

On s'est assis sur une marche.

« Je peux t'avouer une chose ?

— Je t'écoute. »

Franchement, je m'attendais à un baiser. On se plaisait tellement.

« Je n'ai pas envie de retourner à l'hôtel. J'ai peur de croiser toute l'équipe de tournage. Ils sont peut-être encore dans le hall, à boire un dernier verre.

— L'équipe de tournage ? Tu travailles dans le cinéma ?

— En ce moment on tourne une publicité. Il paraît que je suis le réalisateur.

— Pourquoi dis-tu *il paraît* ? C'est quoi ? De la modestie ?

— Va savoir, peut-être. Cela m'est venu comme ça. Ces derniers temps je ne sais pas très bien qui je suis.

— Aïe, c'est grave.

— Tu crois ? »

On a éclaté de rire. On était pressés.

« Bon, qu'est-ce qu'on fait ?

— De ta vie ? » Je le regardais de manière si rassurante.

Marcello a éclaté de rire : « Cette nuit.

— On entre dans le premier hôtel qu'on trouve et on dort là.

— Comme ça on aura même résolu le problème de l'argent : on cherche un hôtel de luxe et on dépense tout.

— Ah non, on a dit le premier qu'on trouve. Cela ne marche pas.

— D'accord. Si c'est un taudis, que sais-je, l'hôtel Laguna, deux malheureuses étoiles, on entre dans l'hôtel Laguna. Si c'est le Danieli, on entre au Danieli. »

On a bondi sur nos pieds, on s'est donné la main et on a commencé à courir. *D'accord, direction l'inconnu.* Mais on s'est arrêtés un peu plus loin, devant une bifurcation. Un rien suffit à ébranler le courage : une petite marche, un pont, une route qui se divise.

« Et là qu'est-ce qu'on fait ? Droite ou gauche ? » On était essoufflés.

« Bof, gauche.

— Alors à gauche toute. Et peu importe où on va. »

Pour finir on est vraiment tombés sur l'hôtel Laguna. On fixait l'enseigne, ébahis.

« Je n'arrive pas à le croire. C'était un nom que j'avais lancé au hasard.

— Eh bien, nous y voilà. »

On s'est regardés et on s'est embrassés. Mais juste un instant. C'était comme un baiser déjà donné, on n'avait pas besoin de temps, pas besoin de découvrir.

On s'est approchés de la porte vitrée, et on a sonné.

« Quelle chambre tu veux ? Dis un numéro.

— Trois cent deux. »

Le gardien est venu vers nous les yeux mi-clos.

« C'est possible d'avoir une chambre pour cette nuit ? »

Il a bâillé, a fait glisser une feuille sur le comptoir et nous a demandé nos papiers.

« Une signature, s'il vous plaît. Si vous voulez des serviettes, c'est payant. Trois euros. La chambre double, c'est trente euros. »

On a échangé un sourire. Marcello s'est penché vers moi et m'a susurré : « On a justement besoin de dépenser. »

Puis le gardien nous a donné une lourde clé en cuivre : « Trois cent deux, troisième étage. »

« Sofia, ma chérie, aujourd'hui je me sens vraiment heureux. J'ai nagé au milieu d'un banc de dauphins.

« Tu sais qu'ils parlent ? De multiples manières, d'ailleurs. Ils utilisent une série de sons qui correspondent à des significations précises (nous, on en a découvert trente, mais Dieu sait combien leur vocabulaire est vaste). Ils ont aussi un deuxième langage, impénétrable pour nous, fait d'ultrasons.

« Mais la chose la plus poignante c'est qu'ils communiquent avec leur corps, comme nous. Ils se touchent et chaque geste veut dire quelque chose. Ils joignent leurs nageoires comme nous on se tient la main. Ils se frottent comme on s'enlace. Ils ont besoin d'un contact physique autant que les êtres humains.

« Parfois, pour se faire comprendre, ils adoptent une posture précise. Toi, tu t'assois ou tu te lèves ? Tu te couches ou tu te mets à courir ? Eh bien, eux aussi. Ils s'immobilisent d'un coup, à la verticale : c'est un message. Ils le font par deux, souvent. Qu'est-ce que cela peut vouloir dire ? "Je t'aime", "Moi aussi". Qui sait ? Comme j'aimerais pouvoir les comprendre.

« Ils sautent, se retournent et échangent des choses. Ils s'imitent aussi entre eux. Ou bien ils t'imitent toi, inconnu débarqué au milieu du groupe, pour te faire savoir que tu es le bienvenu. Je me mets la tête en bas et eux aussi. Je touche le fond d'une main et eux avec le museau. Je bouge une algue et ils viennent la chercher.

« Ils ont un langage aussi complexe que le nôtre, désormais on le sait. Et pourtant ils sont prêts à se contenter d'un dialogue élémentaire, bien qu'infiniment mystérieux, pourvu qu'ils bavardent avec un humain. Du moins autant que la nature le permet. D'ailleurs moi aussi je me contente de parler à travers une algue, pour le plaisir de communiquer avec eux. »

Mais quand on s'est retrouvés dans cette chambre, étendus sur un dessus-de-lit en chenille rouge, on s'est sentis complètement abandonnés par le jeu. On n'avait plus d'enjeux à défendre, ni de hasard, ni de rue à prendre sans réfléchir. Tout était extrêmement précis. Seuls les mouvements exacts devenaient naturels. Il ne manquait aucune touche sur mon corps et je ne manquais pas une touche sur le sien. Cette possibilité seulement, ou mille, mais toujours la seule à cet instant. On faisait l'amour d'une façon un peu trop profonde pour être deux étrangers.

Tous les objets ont commencé à se retourner contre nous. La chasse d'eau ne marchait pas, le jet de la douche inondait en traître, l'eau était soit gelée, soit bouillante, le minibar ne s'ouvrait pas. Même les plombs ont sauté. Alors on s'est mis dos à dos.

« On dort ? »

Les choses n'étaient pas en harmonie, mais nos dos étaient en harmonie. D'émotion, nous nous sommes endormis.

Le lendemain matin, quand on est descendus payer, le gardien a levé une main pour me rendre mes papiers. Seulement les miens.

« Je ne sais comment m'excuser, c'est terrible. Cela ne m'était jamais arrivé, je vous assure. »

On fixait ma carte d'identité, qu'il continuait à tenir serrée, en essayant d'imaginer ce qui avait bien pu arriver au permis de Marcello.

« En vingt-cinq ans ici, jamais, jamais. »

Et nous toujours là, silencieux, incapables de deviner, tous nos talents de magiciens anéantis d'un coup.

« Votre permis est tombé dans le tiroir-caisse, monsieur. »

On a commencé à rire, emportés par le soulagement.

C'est ça le problème. C'est le tiroir-caisse. Ce n'est pas nous qui sommes pris au piège, non, c'est le permis de conduire.

« Sauf que moi, je n'ai pas les clés. C'est le propriétaire qui les a, mais il est à Padoue. Je l'ai appelé, il revient le plus vite possible, mais cela va prendre un peu de temps. Puis-je vous offrir quelque chose en attendant ? Avez-vous pris votre petit déjeuner ? »

Il nous a accompagnés dans une petite salle éclairée au néon et il a appelé une grosse dame qui s'est immédiatement présentée avec deux croissants industriels, scellés dans du plastique : « Café ou cappuccino ? »

Marcello était très agité, il a mangé les deux croissants, tout caoutchouteux qu'ils étaient. Il versait continuellement du sucre dans son cappuccino.

« Et si ma femme me cherche ? »

Il avait suffi qu'il soit confronté à un geste quotidien, à la saveur du café, et il était revenu soudainement à un matin quelconque. Alors j'ai changé de sujet.

« J'espère que mes amis n'ont pas passé la nuit au commissariat, d'habitude je ne disparais pas comme ça. Il faut absolument que je m'achète un autre chargeur pour mon portable. »

Marcello a posé une main sur son ventre : « J'ai une douleur terrible ici, j'ai peut-être pris froid. J'ai passé une nuit merveilleuse, Sofia.

— Merci. »

Il voulait se lever. Il n'avait pas le courage de le faire, il était juste en position. Les mains sur la table, bras tendus, comme pour se redresser. Mais il restait assis. « Il est tard, je dois vraiment y aller.

— Et tu me fais cadeau de ton permis de conduire ? »

On a ri encore. Que c'est bon de savoir qu'il y a un permis pris au piège. Que c'est amusant : c'est lui qui est pris au piège.

Puis il a repris son sérieux.

«Je n'avais jamais trahi Simona. Je ne m'en serais jamais cru capable.

— Ben, maintenant tu sais qui tu es», je lui ai répondu. «Tu n'as plus besoin d'utiliser le conditionnel.»

Marcello a éclaté de rire à nouveau : «Tout semble facile avec toi. Tu arrives à rendre n'importe quelle chose légère.»

Vers midi, on est sortis de l'hôtel Laguna, le permis dans la poche et une bouteille de spumante de supermarché en main («Nous sommes vraiment navrés pour ce contretemps, nous vous prions d'accepter ce cadeau»). On avait un problème de plus.

«Moi, je n'aime pas le spumante.

— Moi non plus. En plus il est chaud. Laissons la bouteille sur un pont.

— Bon d'accord. Quelqu'un la prendra.»

Mais dès lors nous étions curieux, on voulait voir qui allait la récupérer.

Bref, on s'est mis à l'affût. Tout le monde regardait la bouteille et personne ne la touchait.

«Écoute, allons-y. Qu'est-ce qu'on en a à faire du destin d'une bouteille de spumante chaud?

— Oui, tu as raison», et il m'a suivie.

Mais quelque chose nous troublait légèrement. On continuait de se retourner, de jeter des coups d'œil vers cette bouteille abandonnée sur les marches. Puis, plus rien, on s'est remis en route.

J'avais réussi à acheter un chargeur et à joindre mes amis, qui ne s'étaient pas inquiétés.

« Mais tu plaisantes, on ne s'est pas du tout affolés. On s'est dit : Elle est partie avec le type du casino, demain elle va se pointer ici toute guillerette.

— Ah, tant mieux. Je ne sais pas si je viens. Je vous appelle plus tard, O.K. ? »

Marcello était à la traîne. Il marchait comme quelqu'un qui ne trouve pas de lien entre lui et le paysage qui l'entoure. À chaque pas il semblait dire : « Mais qu'est-ce que je fais sur ce pont ? Sur cette marche ? Que fait-il avec moi ce soleil pâle ?

— Allez, appelle de mon portable. Je me mets en numéro caché. »

Je lui touchais l'épaule avec mon téléphone. Il était tendu. Je sentais qu'à ce moment là, il ne tolérait plus aucun contact avec moi, pas même à travers un morceau de plastique. Même s'il a finalement pris le portable. Je regrettais ma générosité, je voulais le lui arracher des mains. *Plouf, dans le canal. C'est facile, Sofia.* Je n'ai pas eu le temps d'imaginer le téléphone sombrer dans l'eau trouble qu'il parlait déjà avec sa femme, à la fois soulagé et haletant.

« Ah, oui ? Tu n'as pas essayé de me joindre ? Non, excuse-moi si je t'ai dérangée alors... je ne savais pas que tu... D'accord, trésor, on se voit demain à la maison. Mais tu es sûre ? Tu veux que je t'appelle ce soir ? Ah, tu sors. Mais je peux toujours t'appeler sur ton portable. Tu l'éteins ? D'accord, oui, oui. Parfait, salut. »

Quand il me l'a rendu, ce n'était plus le même objet. C'était un téléphone contaminé. *Dans le canal, Sofia.* Je marchais sur l'extrême bord, les yeux plissés, fatiguée par une lumière que je ne reconnaissais pas comme mienne. *Dans le canal.*

« Mais qu'est-ce que tu as fait ?

— Je l'ai jeté.

— J'ai vu. Mais pourquoi ? »

Je n'ai pas répondu, je montais les marches quatre à quatre plusieurs mètres devant lui. Marcello m'a rejoint en courant. Son cœur battait la chamade. Je l'entendais même si je lui tournais le dos. Je me suis retournée d'un coup et lui ai posé une main sur la poitrine pour vérifier. Puis je lui ai souri. *Tu as vu ? Je te connais déjà, même de dos.* Lui aussi m'a souri, avec une envergure inattendue. Avec abandon, presque : « Où va-t-on maintenant ? »

« Le plus incroyable c'est que les dauphins se donnent des noms. Chaque individu correspond à un sifflement déterminé. Et chacun a une nageoire dorsale différente de celle des autres, qui est un peu comme un visage, un nez, la forme des yeux. Bref, ils se choisissent entre eux et s'appellent. "Eh, toi, oui toi, Sofia, viens me voir." Ils ressentent les liens affectifs avec force : de couple, d'amitié, de maternité et de paternité. Les dauphins, on en a la certitude, aiment. »

Le soir, on est allés dîner dehors. Et on n'a pas payé l'addition. On était tellement pris par nos discours qu'on a oublié. On s'est levés et on est allés au cinéma, comme ça, sans réfléchir. Dans le restaurant il y avait pas mal d'agitation, personne ne nous a arrêtés.

Une heure plus tard, tandis qu'on faisait la queue devant la billetterie, on a eu un doute.

« Et l'addition ?

— Oh mon Dieu. »

On se sentait joyeusement voleurs. *On ne paiera aucune addition.* On riait, ventre contre ventre, emplis de soulagement. *Comme c'est bien de ne pas payer.*

On n'a pas fermé l'œil de la nuit. On était dans son hôtel, couchés sur le lit, on se touchait partout : derrière les plis du cou, sous les aisselles, sur les rides d'expression du front, autour de la bouche, lentement.

Il faut beaucoup de confiance. Moi, je n'aime pas du tout être fixée comme ça. J'ai peur que quelqu'un ne voie quelque chose que je ne peux pas voir, quelque chose que je ne peux pas contrôler. Ce qui m'a vraiment stupéfié, c'était d'être si prête à me laisser regarder en profondeur.

Après on s'est bu une bière fraîche et on a ouvert un paquet de cacahuètes.

« Et il nage au milieu des requins ?

— Mais ne va pas t'imaginer je ne sais quoi. En fin de compte papa mène une vie tout à fait banale. Ennuyeuse aussi, comme tout le monde. Il passe parfois des semaines en bateau sans croiser un seul poisson. Il dort mal, mange des trucs dégueulasses, regarde la télé dans une langue qu'il ne comprend pas. Et puis il en a tellement vu que ça ne le touche même plus. Il les observe comme si c'était des chats.

— Et toi ?

— Moi quoi ?

— Tu n'as jamais nagé au milieu des requins ?

— Pitié ! J'en rêve seulement, c'est mon cauchemar récurrent. »

Marcello a mis un coussin sur son ventre. Avec ses

doigts de pied il torturait la bordure du drap. Il ne me regardait plus.

« Il y a quelque chose de trop irréel dans tout ça », il m'a dit en fixant le téléviseur éteint.

« Sache que je suis on ne peut plus vraie », je lui ai répondu.

« Je pensais aux requins. » Il voulait se rattraper.

« Ce sont des poissons en chair et en os. En fait non, parce qu'ils n'ont pas d'os. Ils sont faits de chair et de cartilage. Ça te va, le cartilage ?

— J'ai peur de ne pas être à la hauteur, Sofia.

— Mais qu'est-ce que tu racontes ?

— J'ai peur de te décevoir, vraiment. J'ai toujours peur de décevoir tout le monde, je ne sais pas pourquoi. C'est ma plus grande peur. »

Et moi qui, au contraire, craignais qu'il ne se défile, je me suis énervée. Je me suis levée pour aller aux toilettes. Il m'a suivie. *Qui t'a donné l'autorisation de me regarder pisser ?* Cependant je le laissais faire. J'ai déchiré un bout de papier hygiénique et me le suis passé entre les jambes, indifférente. Il me regardait avec une espèce de tendresse.

« Tu es sexy quand tu fais pipi. »

Au fond son regard ne me dérangeait pas. Je me suis levée, il s'est approché.

« Toi aussi tu dois faire pipi ?

— Oui.

— Je peux te le faire faire, moi ? Je n'ai jamais essayé.

— Tu dois le tenir comme ça, avec deux doigts. Pas ceux-là ! Avec ces deux-là. Oriente un peu vers le bas. Plus bas, voilà. Bravo. »

J'étais très satisfaite.

« C'est comment pour la dernière goutte ? Refais-moi voir.

— Comme ça. Essaie. Plus doucement, Sofia. Voilà. Mais décidée.

— Comme ça ?

— Bravo. »

Il m'a souri. Puis il m'a pris les bras, m'a poussée vers la chambre et m'a jetée sur le lit. Il avait une érection, il a posé son sexe sur mon visage pour me le montrer : « Rappelle-toi que la femme, entre nous deux, c'est moi. »

7

Bestiaire

Dommage, dommage. Claudia était vraiment sympathique. D'ailleurs je la fréquente toujours, je vais dîner chez elle au moins une fois par semaine. Mais quand ce mako s'est interposé, l'espace d'un instant je me suis réjoui. Non que j'eusse voulu me libérer d'elle, non, pour l'amour du ciel. Par contre j'ai espéré me libérer de sa fille. Entre Camilla et moi, il y avait un conflit d'intérêt insoluble.

Je ne saurais décrire ma douleur, ou ma rage folle, en ouvrant des vidéos de mon père durant cette période. Oh, bien sûr, Camilla était une petite fille qui avait besoin d'affection, abandonnée par son père à l'âge de deux ans. Mais merde, merde, elle avait le triple de mon courage. Quelle claque, le salut de Camilla face à la caméra, ses petits pieds sur la passerelle et la grande silhouette sombre à quelques mètres. Ensuite c'était le numéro de cirque, *en mon honneur*. Et en plus ils me l'envoyaient, pour que je me sente membre de la famille (« Sofia, tu nous manques tellement, sans toi on ne se sent pas au complet »).

« Trésor, mon amour, disait mon père, regarde Camilla

qui met sa petite main sur le nez du grand requin blanc. Si elle le fait, elle qui a huit ans, tu peux le faire toi aussi. Pourquoi as-tu si peur, Sofia ? Pourquoi ne viens-tu pas en bateau avec nous ? Regarde, elle, comme elle est tranquille. »

Je bouillonnais. Collée à l'écran de l'ordinateur, seule avec mes névroses, abandonnée à la distance sidérale de la technologie, je regardais. Oui, je regardais.

Camilla qui m'envoie un baiser. Camilla qui descend sur la passerelle soutenue par mon père — *une belle vague, comme j'aimerais qu'il y ait une belle vague.* Camilla qui pousse un petit hurlement pour accroître le suspens et mon père qui la tient encore plus serrée, tandis qu'il ordonne à Ricky de plonger un grand thon sanguinolent près de l'hélice du bateau — *requin, je t'en prie, dédaigne le thon et avale cette petite garce.* Camilla qui sert la main de mon père, émoustillée — *requin, dévore-les tous les deux* —, la bête sublime qui bondit hors de l'eau et la main de papa qui se pose sur le grand nez avec celle de Camilla. Et elle qui ferme à demi les yeux de bonheur, renverse la tête et sourit.

La grande gueule, les fameuses trois mille dents, l'épouvantable gencive rose, le museau blanc ramassé autour de la pointe grise et luisante : tout, l'immense symbole tout entier, le monstre de mon inconscient, la mort blanche, tout, tout ridiculement dompté par une mouflette de huit ans.

« Camilla a du cran, c'est incroyable. Hier elle est descendue dans l'eau avec moi, on s'est baignés avec un requin-tigre, c'était magnifique. On est partis sans bouteilles, avec masque et palmes. De temps en temps on plongeait en apnée. Elle m'a juste demandé de lui tenir la main, tu imagines. J'avais pris un harpon. Tu sais, moi, je n'ai besoin de rien, mais elle est petite. On ne sait jamais. »

À la différence de sa mère, Camilla était disposée à se faire dévorer. Ou peut-être pas, peut-être qu'elle n'avait pas conscience du danger, qui sait. En tout cas elle n'avait pas peur, et ça c'était pour moi un affront insupportable. Je pleurais de rage devant chaque vidéo.

Connards, fichus connards, restez entre vous. Le sommet de la chaîne alimentaire, ça ne m'intéresse pas. La puissance, le défi à la mort, l'héroïsme : ça ne m'intéresse pas, ça ne m'intéresse pas. Avec la mort, si vous me le permettez, j'ai un rapport plus intime. Moins *spectaculaire.* Je n'ai pas besoin de vraies gueules, de trois mille vraies dents, d'un vrai museau blanc. J'ai déjà tout en moi, merci. Connards, connards trop grandioses, laissez en paix ces pauvres poissons, ils n'y sont pour rien.

Toutefois me défouler ne servait à rien. Il restait toujours quelque nerf enfoui. À cause d'une morveuse de huit ans capable de toucher un requin blanc, alors que moi non.

Heureusement il y avait Tommaso pour compenser. Grâce au grand frère, ces promenades en bateau dont j'étais exclue m'étaient déjà plus sympathiques. Parce que lui, il s'en contrefoutait des requins. Il se posait confortablement sur les coussins de la dunette et jouait à la Game Boy. Les yeux rivés à l'écran, hyperconcentré sur les obstacles qu'il devait braver en pressant frénétiquement les boutons. Comme si ces sublimes bestioles ne jaillissaient de l'eau en continuation, dans une cascade d'éclaboussures et une avalanche d'écume que, même en rêve, Vénus n'avait pas provoquées à sa naissance. Non, Tommy ne se laissait pas émouvoir. Jamais.

De temps en temps, il se levait pour manger un cracker avec de la crème de sardine, en s'étirant d'ennui. Et aux performances camillesques, il accordait à peine un coup d'œil, distrait, transversal, voire un peu sceptique.

Claudia et mon père tentaient de l'impliquer : « Tommy, tu ne veux pas venir voir le grand requin blanc ? »

Il hochait la tête, flegmatique.

« Tommaso, c'est un spectacle extraordinaire. À ne pas manquer. »

Il haussait les épaules, retournait dans la dunette, ouvrait son sac à dos et sortait sa collection de cartes *Magic. Ses propres monstres.* Si on voulait communiquer avec lui, il fallait d'abord s'intéresser à ces bêtes-là.

Certains plans de Ricky sur le monde parallèle de Tommaso me faisaient exulter. Ricky, comme moi, avait une admiration particulière pour Tommy. Tandis que tous les autres se focalisaient sur l'effervescence camillesque et la frénésie alimentaire des gros poissons, Ricky s'asseyait patient à côté du petit garçon : « C'est quoi, ces cartes ? Fais-moi voir. Je les filme avec ma caméra. »

Tommy soulevait les cartes, une par une, sans s'émouvoir le moins du monde de cet instant de gloire unique accordé à lui et non à sa sœur : « Cette espèce de dragon est un Nodorog Gruul. Gruul signifie "commettre une énorme erreur". Il faut le caresser.

— Et cette chose informe avec un œil central et les pattes sur la tête ? »

— Dis, Ricky, ça t'ennuierait de te laver les mains avant de toucher mes cartes ? »

Enfin, Claudia était amoureuse. À cette période, elle était vraiment amoureuse. Non seulement elle autorisait sa fille à se baigner au milieu des requins, mais elle essayait en plus de dissimuler son regard inquiet.

« Quel courage, Milla ! Tu t'es bien amusée ? »

Mais quand elle la frottait avec la serviette, entière, les deux pieds sur le teck ferme du bateau, son regard trahissait un certain soulagement.

« Maman, je peux retourner me baigner avec Ferdy ? » (Ferdy, c'était mon père, qui lui pardonnait même le y, lui qui ne l'avait jamais toléré. Pour tous les autres, c'était plus sobrement Nando.)

« Non, trésor — je voyais Claudia un peu pâle —, tu as les doigts tout fripés. »

Elle était clairement partagée. Elle avait une attitude ambiguë à l'égard de Tommaso également. D'un côté elle était déçue que son fils snobe aussi vertement le grand spectacle de la nature, sa sœur si courageuse, sa mère, et surtout le héros que sa mère aimait. Cependant elle ne pouvait s'empêcher de bénir l'existence de ces cartes édentées.

« Tommy ? Nando va faire un tour en zodiac parce qu'on lui a signalé la présence d'un banc de requins-bouledogues dans la baie, là-bas. Tu ne veux pas aller avec lui ? Tu pourras les voir de près, sans aller dans l'eau. »

Réponse de Tommy : « Pfff. Je suis vraiment obligé ? »

Intervention immédiate de Camilla : « Moi j'y vais ! »

Regard alarmé de Claudia : « Mais tu ne te baignes pas, tu viens juste de manger. »

La nutrition dans cette famille me fascinait au moins autant que le bestiaire personnel de Tommaso. Claudia, professeur de tennis, corps androgyne tout en muscles, visage doux et régulier, cheveux courts et bruns, vouait un véritable culte aux protéines.

Le sang n'était pas seulement autour de la coque du bateau, mais il dégoulinait aussi dans le frigo, rouge, mélangé au givre, sur le plan de travail de la cuisine autour du papier d'emballage humide du boucher, et surtout dans les assiettes en carton de tout l'équipage. Chaque soir, un beau filet rouge sang avec un soupçon d'huile d'olive vierge extra pour tout le monde. Et les requins ne pouvaient que tourner autour du bateau et baver d'envie en sentant cet agréable fumet qui s'échappait des hublots. Ils avaient les mêmes goûts.

8

Tous les âges d'une rencontre

Après Venise, il y a eu toutes les autres villes. Se voir à Turin était trop dangereux, d'après lui. Notre liberté était ailleurs, toujours et nécessairement *ailleurs*.

C'était la phase de l'excitation, de la frénésie. On entrait dans un bar au hasard, on commandait un café puis on disparaissait dans les toilettes. On a fait l'amour dans toutes les toilettes de tous les aéroports où on est passés : Fiumicino, Malpensa, Caselle, Linate. Ce n'était même pas une perversion. Notre unique perversion était l'impatience en soi.

On allait au cinéma, on choisissait un film en version originale, et finalement on ne comprenait rien parce qu'on se tripotait comme des gosses de quinze ans, avec un œil sur les sous-titres de temps en temps. On prenait la voiture et on n'arrivait jamais à destination. À chaque fois il fallait qu'on s'arrête dans quelque rue isolée. On faisait l'amour par téléphone, via chat, par sms, n'importe où, à n'importe quelle heure. Il y avait une part de passion et une part de timidité.

Parfois Marcello me voyait soudainement sombre : « Qu'est-ce tu as, Sofia ?

— *J'ai les idées noires.*

— Pourquoi ?

— Je pensais à la fin de notre mariage. » Et j'éclatais de rire.

Mais il n'y avait pas tellement de quoi rire. Il ne me restait plus qu'à brûler les étapes comme ça, pour compenser l'absence de futur. J'éprouvais le besoin de vivre a priori la mélancolie de l'après. Pour le plaisir de m'imaginer un peu épanouie, sans doute.

On était à Bologne, assis par terre, piazza Maggiore, en train d'assister à un concert et de s'embrasser au milieu des étudiants qui, au contraire, étaient sages et ne s'embrassaient pas à tout-va. Moi, la musique ne m'intéressait pas, j'écoutais avec une curiosité bien plus grande le pavé froid sous mes cuisses, mes jambes libres, sans bas. Le vent soulevait la poussière et m'obligeait à fermer les yeux. Marcello avait posé son menton sur mon cou, il respirait dans mon oreille.

« Je ne me suis jamais sentie aussi jeune.

— Comment ? » La musique était trop forte. Marcello n'avait pas entendu.

« Ce n'est pas important. Je te le dirai tout à l'heure. »

Quand le concert s'est terminé, on est allés dans un bar à vin, via del Pratello. On a commandé une assiette d'antipasti et une bière glacée. Marcello ne se remettait pas de cette phrase, que je lui avais répétée dans le silence des arcades désertes.

« Comment fais-tu pour te sentir jeune avec moi ? J'ai les cheveux tout gris.

— Moi aussi j'ai un cheveu blanc, c'est le seul qui frise. ICI. »

J'ai attrapé un fil d'argent sur le dessus du crâne et je l'ai tiré.

Il avait peut-être raison, au fond il y avait quelque chose de triste dans notre bonheur hors du temps.

«Je suis avec ma femme depuis quinze ans, Sofia. On a grandi ensemble.»

J'ai tout de suite compris le lien. *J'ai les cheveux gris donc je ne peux pas quitter ma femme. J'ai les cheveux gris parce qu'elle les a vus devenir ainsi.* Je me suis allumé une cigarette : «Tu devrais te faire la boule à zéro.»

Il a baissé le regard : «Je n'en serai jamais capable, Sofia.»

Pour me défendre, je me suis distraite. Une pensée érotique volante — comme une mouche, zzz. Marcello m'avait offert un fauteuil de bureau en cuir pivotant qui chatouillait pas mal notre imagination. Celui qui s'asseyait dans le fauteuil devait raconter le fantasme qu'il avait en tête. L'autre s'occupait des choses pratiques. Fantasme érotique du jour. Slide. PowerPoint. Business plan. Au travail. Cela fonctionnait ainsi.

«À quoi penses-tu?

— Au fauteuil que tu m'as offert.» Sourire malicieux.

Mais il ne se prenait pas au jeu. Il se sentait peut-être trop lâche pour être excité : «Je croyais que tu pensais à mon mariage.

— Écoute, on s'inventera un équilibre», je lui ai répondu.

Mais il n'était pas convaincu : «Peut-être que tu ne t'en rends pas compte, mais chez moi tout est on ne peut plus réel.

— Qu'essaies-tu de me dire?

— J'ai une femme qui repasse mes pantalons, Sofia. »

J'étais aveuglée par la colère : « Laisse-moi rire. Tu as une femme de ménage qui vient tous les matins, tout au plus. Réel, réel. Encore cette histoire. D'accord, mais ayons une conversation sérieuse alors. Vu que tu continues d'insister sur ce point. Selon moi, tu confonds la banalisation de la réalité avec l'analyse de la réalité. Ce n'est pas par hasard que tu me parles de ta femme qui repasse tes pantalons. Dans ta tête, c'est une image parfaite, qui renvoie mieux que n'importe quelle autre à la vérité, sans doute avec une majuscule, et à tout le pathétique qui l'accompagne. Dommage que tes pantalons soient repassés par Mme Ines. Qu'est-ce que tu dis de ça ? »

Marcello m'a pris la main : « Excuse-moi, je ne voulais pas te blesser.

— C'est mon intelligence que tu as blessée. Épargne-moi les répliques de séries télé.

— C'est que notre relation me semble tellement excessive.

— C'est peut-être là sa beauté. »

« Les dauphins vivent en groupes, mais certains optent parfois pour un destin solitaire. J'en ai connu un en Australie qui préférait la compagnie des hommes à celle de ses semblables. Il s'était détaché du groupe et venait tous les jours sur la plage jouer avec les baigneurs. Il aimait beaucoup être l'étranger, il s'efforçait même d'apprendre notre langue. C'était un voyageur, un être en quête d'autres mondes. On pouvait lire en lui toute la joie et tout le tourment de ce choix. Il a été tué une nuit, par des types qui voulaient s'amuser. Ils lui ont laissé des initiales incisées sur le dos, un cigare enfoncé dans l'évent et une bouteille en verre encastrée dans le bec. Ces humains qu'il aimait tant. »

Quoi qu'il en soit, au bout de quelques mois, nous avions déjà atteint un autre âge. Nos désirs aussi avaient changé : on était émus par la normalité. Plus les choses étaient sensationnelles, plus elles nous troublaient. On se sentait rassurés seulement devant un plat de pâtes maison.

Du coup on a commencé à se voir à Turin aussi. On éprouvait le besoin de sortir de ces espèces de vacances ininterrompues que devenait notre relation. Marcello prétextait un voyage d'affaires et venait jusque chez moi. On mettait la table dans la cuisine et on restait là, devant une salade de poulet et une bouteille de rouge, à parler jusqu'à trois heures du matin. Puis il nous fallait juste un lit. Notre manière d'inventer aussi avait changé. Elle était devenue nue.

Quand on s'est aperçus qu'on n'avait plus besoin de rien, on a vraiment pris peur. C'est arrivé une nuit, pendant un long moment de calme. On ne disait rien, on ne faisait rien, quelque chose de sérieux s'était imposé.

On s'est immédiatement agités. Fin du calme. Fin de la révélation. J'avais envie d'une cigarette, il avait soif. On s'est levés, on s'est heurtés, on a trébuché. Nos besoins satisfaits, cigarette pour moi, eau pour lui, dans le lit on ne trouvait pas notre position. On a éteint la lumière. Cul contre cul, on avait peut-être quelque chose à se dire.

« Sofia ? Qu'est-ce qu'on va faire maintenant ?

— On va trouver un équilibre. »

Je lui ai caressé les poils du dos, un peu au dessus des fesses. *Il l'a gobé.* Marcello a tout de suite rallumé la lumière et s'est assis.

« Sofia, tu continues à t'abreuver de ce mot.

— Lequel ? » Je ne le regardais surtout pas en face.

« Équilibre. »

La vérité m'a piquée au vif. J'ai fondu en larmes. *Puisque tous mes efforts sont incompris, ou démontés si facilement, autant pleurer.* Un bon gros chagrin, dense, avec quelques hoquets de bronchite au milieu, sincère.

Marcello a été touché : « D'accord, *je te suis.* »

J'ai tout de suite séché mes larmes avec la manche de mon pyjama. C'était un geste pas très gracieux, tant pis. « Tu me suis ? Eh non, *suivre* c'est trop facile. Pourquoi ? Tu n'as pas une volonté propre, personnelle ? Tu dois obligatoirement subir celle d'un autre ? Tu peux m'expliquer comment tu fais pour diriger un film sans avoir de personnalité ? »

Marcello est resté silencieux un moment. Puis il a enfilé un tee-shirt parce qu'il avait froid. Je l'avais probablement blessé. « Je travaille sur un nouveau projet. Je peux te faire lire le scénario ?

— Tu veux que je te dirige ? »

J'avais été trop dure, je m'en voulais. Ce n'était pas dans mes intentions. Je voulais lui donner du courage, au contraire : « C'est un honneur », j'ai rectifié.

« Mais l'orque marin, le fameux *Orcynus orca,* a une caractéristique encore plus émouvante : il connaît l'amour éternel. Quand il tisse un lien, c'est un lien qui dure toute la vie. Le langage des orques est encore plus complexe que celui des dauphins, entre eux ils utilisent carrément un lexique familial. Et ils parlent, ils parlent en continuation, sous l'eau et hors de l'eau, et ce sont des dialogues poignants. Je les écoute sans comprendre, mais j'en perçois toute l'intensité. Et je les envie. »

On s'était accrochés à une idée très convaincante. *Notre relation est une relation saine.* Les êtres fragiles ne peuvent se passer de théorie. Notre devise était : *Faisons-nous du bien.* Un système infaillible pour s'assurer la destruction réciproque.

Je n'ai pas perdu de temps. J'ai tout de suite démoli son scénario : « C'est très mauvais, ils vont te descendre. Il y a des longueurs épouvantables. Le problème numéro un, c'est le livre duquel tu es parti, qui est nul. Tu dois l'oublier. Tu t'en fous : invente, donne un coup de pied dans la trame. Sens-toi libre.

— Tu as raison, je vais le faire. Merci.

— Et puis, si tu peux, libère-toi aussi des répliques qu'ils t'ont écrites. Ce sont des dialogues de soap opera, ça ne vole pas plus haut que ça. Improvise plutôt, il en ressortira quelque chose de mieux, c'est certain.

— C'est vrai. Merci de me le faire remarquer. »

Marcello savait se remettre en question, il écoutait tout avec une grande humilité. L'ennui c'est qu'il écoutait tout le monde, sans distinction.

« La costumière m'a dit que le personnage de la mère n'allait pas. Tu en penses quoi, toi ?

— Je pense que la costumière ferait mieux de penser à ses costumes. Merde, Marcello, mais c'est le film de qui ?

— Le mien ? »

Notre relation était tellement saine qu'on réussissait à

être bien ensemble même déprimés. Car, à force de se soutenir mutuellement, on coulait à pic tous les deux.

«Tu m'as redonné confiance en moi, tu m'as aidé à me sentir plus libre, à croire un peu plus en mes idées et à ne pas chercher sans cesse l'approbation des autres, mais...

— Mais?

— Je vais encore plus mal qu'avant, Sofia.»

On était à Rome, dans un hôtel. Marcello avait ouvert la fenêtre, pour prendre une bouffée d'air. Il me parlait en me tournant le dos, le bruit de la circulation était omniprésent et la rue tremblait sous une chape de chaleur et de pollution.

«Je joue ma carrière, avec ce film.

— Tout se passera très bien. Courage.» En même temps je pensais *Ensemble on gagne.*

«Je ne sais pas, je suis plein d'angoisses. Je ne suis pas bien, je n'arrive pas à réfléchir avec la tranquillité nécessaire. Tu me distrais.

— Tu viens juste de dire que je t'aidais.

— Oui, aussi. C'est vrai. Mais je ne peux pas nier ce malaise. Mais que nous arrive-t-il?»

Un soir, on s'est surpris heureux avec de simples pâtes au beurre servies au lit, devant la tête de Bruno Vespa à la télé. Sa femme était partie, on était même libres de sortir. Mais on n'avait pas d'énergie, ni de désir, ni quelque autre état d'âme à exprimer Dieu sait où. On n'avait même pas la force de changer de chaîne.

On était sereins ensemble au point de se sentir autorisés à s'échapper du cinéma au bout d'un quart d'heure de film. Parce qu'à cette période on était trop intoxiqués pour pouvoir rester concentrés sur une histoire.

Un couple parfaitement homogène, capable de passer un après-midi à lire, les pieds entrelacés. Je le voyais revenir en arrière.

« Toi aussi tu t'es laissé distraire durant les vingt dernières pages ? »

On pouvait faire n'importe quoi, se dire n'importe quoi. Une nuit, Marcello a annoncé à sa femme qu'il partait et il est allé dormir à l'hôtel. Seul. Parce qu'il avait besoin de ça, d'être seul.

« Excuse-moi, Sofia. Je ne sais plus qui je suis, ce que je fais.

— Tu ne le savais déjà pas avant. »

Mais il était trop perturbé pour répliquer.

« Avant je dépendais de ma femme. Maintenant je dépends de toi. Je recherche toujours des femmes fortes, étouffantes comme ma mère. Même ma psychanalyste le dit.

— Si elle le dit. Et la costumière, elle est du même avis ?

— Tu ne t'en rends peut-être pas compte, mais tu balances des gifles qui font sacrément mal.

— Excuse-moi. »

Je suis restée un instant silencieuse.

« Je ne sais pas si je suis vraiment aussi forte que tu le dis. Il vaut peut-être mieux que tu retournes sous la dépendance de ta femme. Je crains de ne pouvoir diriger personne. Pas même moi.

— Je ne comprends pas ce que je suis venu faire dans cet hôtel miteux. Je peux venir chez toi ?

— Je suis là. »

Ce n'est que là où il n'y a rien à comprendre qu'on trouvait encore un semblant de paix. Concernant nos corps on était toujours vigilants, concentrés, attentifs, pleins de vitalité. Là, tout tournait rond, on trouvait toujours un équilibre. Cela semblait même être une chose concrète, l'équilibre, dans ces moments de grâce.

« Les dauphins aussi *ont des idées noires*, Sofia. Il n'y a pas que toi. Ce ne sont pas toujours les animaux joyeux qu'on imagine. Ils sont même capables de méchancetés gratuites.

« Un jour je suis tombé sur une vidéo amateur bouleversante, tournée en Irlande ou au Canada, je ne me souviens plus. C'était une bande de dauphins qui jouaient à tuer un spécimen plus petit, un marsouin. Ils se le passaient avec la queue, ils le balançaient en l'air et puis violemment dans la mer. Et ils le faisaient avec cruauté, je te l'assure. Ils savent très bien faire la distinction entre une balle et une créature qui souffre. C'était le goût de la méchanceté, comme on a nous. C'était du sadisme.

« Car les dauphins, quand ils veulent, sont très sensibles à la douleur. Imagine — et je te parle d'une expérience scientifique — qu'ils reconnaissent un homme déprimé parmi une dizaine de personnes en bonne santé et qu'ils se rassemblent tous autour de lui. Ce n'est pas un hasard si on a recours aux dauphins également pour soigner des maladies graves. Tu ne peux pas savoir ce qu'ils sont capables d'inventer, ces animaux, en termes de délicatesse. Il n'y a qu'à voir comment ils se comportent avec les enfants handicapés. Tu en serais époustouflée, Sofia, même le plus attentif des êtres humains, le plus généreux, n'en ferait pas autant. Pourtant ils ont leur part d'ombre. Les dauphins se suicident, tu le savais ? »

Il y avait une lumière particulièrement froide, en cette journée de septembre. Une lumière typiquement nordique, tirant sur le bleu. J'étais sur le lit et Marcello était assis sur une chaise. Il n'arrivait même pas à m'approcher, il ne me touchait pas. Il avait un regard glacial, l'œil absent.

J'étais perdue, je ne le reconnaissais plus. *Il ressemble à ma voisine sur les bancs de l'école élémentaire. Sauf que ce n'est pas elle.* À chaque fois qu'il se tournait et m'offrait un nouveau profil, j'essayais de le rattacher à quelque chose de familier. Coûte que coûte.

« Je voulais trouver une excuse pour venir te voir, alors je suis allé à la banque. » Il a fouillé dans les poches de sa veste et en a sorti des petits bouts de papier. « Regarde. J'ai gardé tous les reçus, comme ça je peux prouver que j'y suis allé. J'ai la terreur d'être démasqué, je deviens paranoïaque. La semaine dernière, j'avais peur que Simona ne sente ton odeur sur moi, alors je me suis enduit d'essence. Je suis arrivé à la maison comme ça, tout sale, et je me suis glissé dans le lit sans avoir pris ma douche. Elle m'a demandé : "Mais qu'est-ce qui pue comme ça ?" Et moi : "J'ai remis de l'essence dans le scooter." Tu te rends compte ? »

Je voulais dédramatiser, j'ai fait une tentative : « Un *bonze.* Heureusement que ta femme ne fume pas. »

Mais il n'avait pas envie de plaisanter.

« Je n'en peux plus, Sofia. Tu es *trop intense.* »

Je l'ai soudain vu vieux sans pouvoir me l'expliquer. Il était silencieux, sur cette chaise, à regarder par terre. Puis il me regardait moi, puis à nouveau par terre.

« Trop intense ? Ça veut dire quoi ?

— Rien, sans doute rien. Je ne le sais pas moi-même. »

En même temps j'essayais de me répondre toute seule. Quand elle parle des fleurs, Sylvia Plath se lamente souvent de leur excessive intensité. « Les tulipes sont trop rouges d'abord, elles me blessent », écrit-elle. Ou bien : « Les tulipes sont trop vives, ici c'est l'hiver. » Ou encore : « Petits coquelicots, petites flammes infernales, vous ne faites aucun mal ? » *Je dois diluer mon rouge.*

C'était un silence si écrasant.

« Tu me quittes ? »

Silence.

« Et cet amour si profond dont tu parlais ? » Je le demandais avec une vraie naïveté. Le ton était flottant, comme si je cherchais une chose que je ne trouvais plus. *Mais où est-il ? Il était* ICI.

Marcello, toujours silencieux. Puis il s'est levé : « Excuse-moi. J'ai besoin d'*une vie linéaire.* »

Voilà, il s'était agrippé à un concept.

« Et c'est quoi une vie linéaire ? Je t'écoute », à nouveau piquante.

« Je ne sais pas, mais j'en ai besoin. Je dois regagner *mon* foyer. »

Je n'avais plus envie de répondre. Ce possessif final m'avait démolie, dans toute sa simplicité.

« C'est un phénomène très mystérieux, le suicide des dauphins. De nature analogue seulement à celui des baleines et des êtres humains. Habituellement ils décident de mourir en groupe, c'est un suicide collectif. Les individus malades comme ceux en bonne santé le font, tous ensemble, sans distinction. Ils nagent jusqu'au rivage et se laissent porter par les vagues sur le sable.

« Quand les hommes les trouvent sur la plage, ainsi, agonisants, ils essaient de charger ceux qui sont encore vivants sur un bateau pour les remettre en pleine mer. Il se produit alors une chose encore plus terrifiante : on voit les rescapés, dix ou vingt ailerons, virer à nouveau de bord vers la terre ferme. Ils ne se sentent en rien libérés, ils ne se mettent pas à nager vers le large, non. Les éléments qui sont sauvés ont juste deux fois plus de peine à mourir. Ils retournent là-bas, exactement là où ils l'avaient décidé, et ils le font avec une volonté inébranlable. »

9

Ce n'est probablement qu'un poisson

Quand j'ai eu dix-huit ans, avec le collier de perles, mon père m'a remis une boîte verte. À l'intérieur il y avait une pile de lettres. Il estimait que j'étais prête pour connaître ma mère. Je ne l'étais pas.

« Tu vois, Sofia, je pense qu'une rencontre avec son humanité ne peut que te faire du bien. Tu vas souffrir, mais cette souffrance te rendra libre. »

J'ai dit quelque chose du genre « Merci, papa » et j'ai pensé quelque chose comme « Merci, morts ».

Mais j'ai fait ce que j'ai fait. À savoir, jeté le collier de perles dans le Pô et enfoui la boîte dans une armoire.

Puis, cet automne, j'ai soudain éprouvé le besoin de la sortir. J'ai déplié la première page à l'heure du déjeuner et j'ai arrêté de lire seulement en fin d'après-midi. Tout de suite après, je suis sortie.

Je suis allée jusqu'à la colline, je voulais regarder le coucher de soleil d'en haut. Un bandeau de feu, net, déchirait le ciel qui, légèrement au dessus, se noyait dans un violet presque bleu. Les montagnes étaient devenues noires.

Je suis descendue jusqu'à la Gran Madre, j'ai traversé

le pont pour rejoindre les Murazzi. Les bars étaient encore fermés, le long du fleuve il n'y avait presque personne, je me suis assise par terre, au bord de l'eau.

Il fallait que je parle à mon père, tout de suite. J'ai sorti mon portable de mon sac et je l'ai appelé : « Mais tu les as lues, toi, papa, ces lettres ?

— Non, moi non. J'ai trouvé mon équilibre comme ça. »

Donc je devais les garder.

« Alors pourquoi tu me les as données ? Je ne pouvais pas moi aussi trouver mon équilibre sans ?

— Si tu les as lues ça veut dire que tu ne le trouvais pas. Tu as attendu tant d'années, Sofia. Forcément au bout d'un moment tu en as éprouvé la nécessité. »

J'ai été prise d'un accès de colère : « Et toi, qu'est-ce que tu sais de moi, là-bas ? »

J'avais réussi à lui faire un peu de mal, j'étais contente. Je portais trop de choses, cela ne me semblait pas juste de tout porter pour lui.

« C'est tellement évident, trésor.

— Ce n'est pas de ma faute si je rencontre toujours des hommes fragiles. »

C'était un aveu. J'ai immédiatement changé de sujet : « Tu as vu des requins ?

— Pas grand-chose. Tu es de mauvaise humeur, Sofia ?

— Plutôt, oui.

— Marcello t'a quittée ?

— Oui. Heureusement Arturo est revenu.

— Tu vois que tu ne l'as pas ?

— Quoi ?

— Ton équilibre.

— Il faut que je te laisse, papa. Ça va me coûter une fortune. »

J'ai éteint mon portable et je suis restée seule avec le fleuve.

Depuis que je suis enceinte, j'éprouve le besoin de me promener le long du Pô. Comme si j'avais dans le ventre une créature aquatique qui ne peut pas s'éloigner de son élément. Je me promène et j'ai l'impression d'avoir une lourde responsabilité. Comme si je formais son regard avant qu'elle me voie.

On m'a dit que ce serait une fille, je l'appellerai Sofia. S'il est une chose que je ne pourrai sûrement pas lui donner c'est la sagesse, j'ai donc décidé d'y remédier en lui donnant ce nom. C'est toujours mieux que rien.

Comme d'habitude je suis seule, Nino. Mon mari est loin, dans quelque mer outrageusement bleue. Mais je ne l'envie pas, je préfère les eaux troubles de mon fleuve. Nando m'envoie de nombreuses cartes postales, il me demande de le rejoindre. Mais ces plages trop turquoise, pleines de palmiers, je ne comprends vraiment pas. Je me reconnais dans d'autres couleurs, dans le vert sombre de la Ligurie, dans l'écume qui heurte les rochers, dans le bleu très sobre de la mer Tyrrhénienne.

On est mariés depuis quelques mois et on a passé ensemble à peine deux semaines. Sous prétexte que j'étais enceinte, on n'a même pas fait de voyage de noces. Nando bien sûr ne s'en est pas plaint, il est toujours en vadrouille. Et moi, tu penses, qui n'aime pas bouger. Moi j'aime partir loin en restant immobile, tu le sais, je préfère lire.

Mon mari rentrera dans une dizaine de jours, car il veut être présent pendant les derniers mois de la grossesse. Mais, je te l'avoue, je suis un peu préoccupée. Tous les deux nous avons un rapport très étroit à notre solitude, tragique et doux à la fois, et il ne nous est jamais arrivé de devoir y renoncer.

Du reste, nous sommes sur le point d'avoir une fille, Sofia va sûrement chambouler un peu notre équilibre. Non que le mien ne soit pas déjà suffisamment chamboulé, je vais de clinique en clinique depuis tant d'années. Mais tu sais, les démons ont leurs habitudes. Ils n'aiment pas les changements, comme les chats. Je les sens déjà en ébullition. Ils seront peut-être aussi un peu jaloux de la petite. Je serai obligée de les rassurer, d'expliquer à mes petits animaux plus que domestiques que la nouvelle créature ne leur enlève rien, à eux.

Je m'étais aperçue que dernièrement, dans ses vidéos, mon père ne faisait que parler de sa solitude.

« Que pourrais-je te raconter, Sofia ? Ma vie est si ennuyeuse. J'ai passé quinze jours en bateau sans entrevoir un seul requin. Il y en avait beaucoup dans cette zone autrefois. Ici c'est plein de tortues de mer. Et pourtant, pas l'ombre d'un requin. Peut-être les a-t-on tous exterminés. Ce que je fais de mes journées ? Bof, je lis le journal. »

Ses messages étaient de plus en plus synthétiques et désespérés. Il n'y avait même plus de musique. Aucune prise sous-marine, tout au plus quelques plans sur un goéland à la surface de l'eau.

« On a tiré un peu à l'est et enfin un requin est apparu. C'était un mâle de quatre mètres, on l'a marqué en lui introduisant un émetteur sous la nageoire dorsale. Puis on l'a suivi jusqu'à ce qu'il s'enfonce dans les abysses, nous faisant perdre sa trace.

« Comme le destin du requin blanc est solitaire. Mais que fait-il dans la vie ? Rien. Il nage, il nage — contraint de ne jamais s'arrêter sinon l'air ne passe plus dans ses branchies — et il cherche à manger. Point. Parfois je me demande à quoi ça lui sert d'être un animal aussi parfait. »

En outre papa s'était retrouvé seul parce que Ricky était rentré chez lui pour quelques mois. Il se faisait aider par des gars du coin avec qui toutefois il n'avait rien à partager.

« Quand ils sont avec moi, vu que je les paie, ils sauvent les requins pris dans les filets. Dès que je m'en vais, ils les pêchent, leur coupent les nageoires et les remettent à l'eau agonisants. Il est des bêtes avec lesquels je ne peux pas être ami. »

Entre-temps, Arturo était revenu. De fissure en fissure, on ne savait plus quoi se dire. On était là, dans l'entrée, l'un en face de l'autre, à se toucher le visage. Je posais mes doigts sur sa joue, son front, son nez, sa bouche, comme pour le soigner. Il restait silencieux, son manteau toujours sur le dos, et me laissait opérer.

Il y avait des rancœurs aussi quelques morsures nous échappaient. Il y avait des choses non dites ou trop dites, alors on glissait la langue dans la gorge de l'autre. Il y avait des choses innommables, jamais comprises et jamais définies, qu'on chassait au fond de nous avec le ventre. Après, l'espace d'un instant, on arrivait même à se sentir sereins.

Il m'enlaçait et pressait mon visage sous son aisselle. C'était notre unique intimité : une intimité d'odeurs. Je le trouvais parfait seulement en sueur.

« Cher papa, pardonne-moi pour la dernière fois au téléphone. Mais ces lettres me déstabilisent. Peut-être que la vérité des autres est inutile. Surtout pour qui est incapable de la supporter.

« Quoi qu'il en soit, aujourd'hui j'ai vu Arturo. Il va un peu mieux. Malgré tout, je l'aime encore. On appartient à des mondes différents, c'est ça le problème. On peut parler comme un homme et un requin. Bref, il ne nous reste que le toucher. Mais le contact doit être court.

« Tu sais ce que je me suis dit ? Que c'est presque trop facile d'attribuer à cet animal un archétype. Voilà, tu vois ? J'ai déjà inversé l'image primordiale de la mâchoire béante. Ce soir pour moi le requin est une petite sirène, avec toute la mélancolie que cela comporte. Ce n'est probablement qu'un poisson. »

Je n'avais jamais remarqué les yeux mélancoliques de mon père. Depuis que Ricky était parti, la caméra était confiée au premier venu et derrière l'objectif, ce n'était plus quelqu'un qui l'aimait bien. Et se succédaient ainsi des premiers plans impitoyables, indifférents et maladroits, sur son visage fatigué, sur son ventre gonflé, sur sa vieillesse.

Cependant il parlait plus librement. Peut-être parce que ses assistants ne comprenaient pas l'italien.

« Sofia, Sofia, quelle étrange vie tu mènes. Bien sûr, moi, je n'ai rien à dire. L'autre jour, alors que j'étais en zodiac et que je courais après un mâle de trois mètres marqué, je pensais *Mais pourquoi je passe ma vie à courir après un poisson ?* J'étais là, gelé, à braver les vagues depuis cinq heures. Et tout cela pour savoir quelque chose de plus sur son existence quotidienne.

« À ce moment-là, je n'ai pas pu m'empêcher de me demander : *Et la mienne ? Comment est-elle ? Trop semblable à la sienne,* je me suis dit. L'espace d'un instant j'étais désespéré. Mais ensuite — Dieu merci il y a les problèmes pratiques — une vague s'est abattue à l'avant du bateau et j'étais complètement trempé. Alors je n'ai plus été capable de penser à autre chose qu'au froid. »

« Qu'a-t-on en commun toi et moi ? », j'ai soudain demandé.

Arturo somnolait, détendu. Il a ouvert un œil. « Quelle heure est-il ?

— Je t'ai demandé ce qu'on avait en commun. »

Arturo s'est étiré. Il a ouvert les bras et m'a effleuré le visage avec son poignet. « On n'est pas aussi fragiles qu'on le croit.

— Ah oui ?

— J'en suis sûr. De temps en temps on s'effondre, d'accord, parce qu'on est des personnes qui pensent. Mais, tout bien considéré, en fin de compte, on s'en sort toujours, on vit pas trop mal.

— Tu dis ça parce qu'en ce moment tu n'es pas déprimé.

— Ben, quand la maladie ne m'abrutit pas totalement, j'arrive même à être lucide. »

J'avais envie de lui poser bien d'autres questions, mais je craignais qu'il ne cesse d'être sincère.

« Tu es un homme très intelligent. » Je l'ai caressé.

Il m'a répondu avec un rire amer : « Pas assez, apparemment.

— Tu veux savoir quelle heure il est ?

— Je t'ai touchée ?

— Plus ou moins, il est l'heure de dîner.

— C'est moi qui cuisine, je n'en peux plus d'avoir constamment une dette envers toi.

— En quoi aurais-tu une dette ?

— Parce que tu râles, mais tu ne demandes rien. »

C'est lui qui a cuisiné.

Ce soir là soufflait un vent fort qui faisait trembler les vitres. De temps à autre le dîner était interrompu par un grondement : on aurait dit une voix sourde, de poitrine. On avait également l'impression d'entendre le cliquetis des voiliers dans le port, comme des mâts qui s'entrechoquent dans le lointain. Sauf que la mer n'était pas là.

Je me mettais sans arrêt les mains sur les oreilles, en cachette, ou même avec l'excuse de me toucher les cheveux. Je ne supportais pas ce bruit et j'avais besoin de protéger mes tympans.

Arturo se levait souvent, il allait tirer les rideaux, il tournait la poignée pour fermer la fenêtre, appuyait ses mains sur les vitres comme pour les calmer.

Mais ce vent avait quelque chose de trop inquiétant, on n'arrivait plus à bavarder.

« C'est pénible, ce bruit. Qu'est-ce qu'on disait ? »

On s'est tout de suite rendu à l'évidence : « On se croirait dans un port.

— Pendant une trombe marine.

— Que c'est étrange. »

C'était un bruit comme aucun autre. On s'est levés et on a commencé à empiler les assiettes. Tout lui a glissé des mains.

« Ces médicaments de merde. Je tremble comme si j'avais la maladie de Parkinson.

— Alors c'est pas vrai.

— Quoi ?

— Tu m'as dit que tu allais bien en ce moment.

— En effet je vais mieux. Mais c'est plus compliqué que ça, Sofia. Je n'arrête jamais de prendre mes médicaments. Jamais. Au mieux, je diminue les doses. »

J'ai bondi en avant et je me suis baissée pour ramasser les morceaux. Arturo les cherchait de ses doigts fébriles, pour n'en laisser aucun par terre, mais il y avait de l'hésitation dans ses gestes, il soulevait doucement certains éclats de porcelaine et les regardait avant de les mettre de côté. Moi, je tenais les fragments dans le creux de mes mains — comme des perles, ces assiettes sales — et je les faisais tomber délicatement dans la petite pelle. La poussière blanche qui était restée sur mes doigts me troublait, je l'observais en penchant la tête.

Arturo m'a pris le poignet et m'a retourné la main : « Tu ne t'es pas coupée au moins ?

— Non. Et toi ?

— Non. »

J'ai levé le bras et lui ai caressé le nez. Il est resté immobile.

Pendant la grossesse je ne peux pas prendre mes médicaments. C'est la première fois que j'interromps mon traitement, en dix ans. C'est quelque chose qui m'effraie et m'exalte en même temps. Tiens donc, Sofia m'oblige à être sage sans l'aide des médicaments. De toute évidence, j'y arrive. Alors j'y arrive.

Nando a tout de suite banalisé ce miracle : « Tu vois ? Tu n'as absolument pas besoin de ces cochonneries. Qu'est-ce que je te disais ? Mieux vaut un bon bain de mer. » Quelle vision naïve. J'ai été si agitée quand il m'a dit ça, j'ai immédiatement tenté d'avaler trois ou quatre comprimés, enceinte et tant pis. Je n'ai pas réussi tout simplement parce que Nando a jeté la boîte entière dans les toilettes.

Je ne comprends pas cette méfiance à l'égard des médicaments, Nino. Explique-moi, toi qui travailles avec Basaglia. Ceux qui vont bien les considèrent comme une chose honteuse. Pourquoi ces pauvres médicaments, des médicaments comme tant d'autres, sont-ils respectés uniquement par ceux qui les prennent ? Pourquoi tous les autres les regardent-ils avec suspicion ? Selon moi, ils les imaginent. Leur problème, c'est peut-être leur pouvoir symbolique.

Je l'ai compris hier, alors que Nando me racontait son voyage en Afrique du Sud. Pour la première fois, il a vu un requin blanc. Il m'expliquait qu'avant de descendre dans sa cage, il était persuadé d'éprouver une terreur folle. Il s'attendait à la peur, l'adrénaline, le cœur sous pression. En fait, quand il s'est retrouvé dans l'eau et qu'est apparu devant lui ce merveilleux museau, il n'a rien éprouvé de ce genre. « J'étais tout simplement concentré, me disait-il. C'est la différence entre imaginer et regarder. Je n'avais même pas le temps de lui attribuer un pouvoir symbolique, j'étais trop occupé à observer un très beau poisson. » Il ne faisait que me répéter : « J'étais concentré, j'étais concentré. La concentration procure une paix infinie. Une concentration si intense, si absolue, c'est un miracle. »

Oui, c'est sans doute une question de concentration. Mon mari, quand il parle de ses poissons, devient soudainement profond. Je crois qu'il a raison. C'est pour ça que je suis tranquille, même sans médicaments. La présence de Sofia me demande une sorte de concentration involontaire, continue. Presque une concentration sur la vie même. Mon requin blanc, c'est elle.

10

« La joie est donc un tel abysse ? »

Elle n'avait pas donné beaucoup d'explications. Elle avait juste laissé sur la table de la cuisine un billet assez énigmatique. C'était un vers d'Emily Dickinson : *« La joie est donc un tel abysse ? »* Fin.

Tout le monde dit que c'était une femme enjouée, spirituelle. Pleine de joie de vivre et de curiosité. Ses lettres, du reste, ne démentaient pas cette image. Elle semblait capable de tout contrôler avec l'ironie, y compris elle-même. Elle se moquait toujours un peu de sa personne et elle le faisait avec tant d'esprit que nul ne s'inquiétait. Et pourtant. Ce n'était que de l'esprit.

Car en filigrane, durant les nuits plus vraies que les autres, l'ombre surgissait, et comment ! Tel un avertissement, un appel au secours ou une prise de conscience. Même si ensuite — le lendemain parfois — elle remontait la pente d'une boutade féroce à l'encontre de ses démons, qu'elle ne savait que trop habilement ridiculiser.

Elle aimait mon père, mais elle ne lui écrivait jamais. Elle avait probablement le sentiment qu'il ne la comprenait pas. Elle l'avait épousé un peu par hasard, parce qu'elle était tombée enceinte. Et elle plaisantait même sur cette erreur quelque peu fatale :

« *Il m'a fallu six ans pour faire confiance à la liberté de 1968, et quand je me suis jetée à l'eau — "Margherita c'est maintenant ou jamais : une nuit et c'est parti" — je me suis retrouvée enceinte. Précisément au moment où j'étais prête pour une partouze.* »

Mon père ne s'intéressait alors pas encore aux requins, mais son monde était déjà celui des poissons. Il partait loin pendant des semaines et des semaines, pour photographier des barrières de corail. Franchement, ils n'avaient pas grand-chose en commun.

Ma mère n'aimait pas ces mers lointaines : elle les trouvait trop bleues. Puis elle étudiait la littérature anglaise et américaine, les autres voyages ne l'intéressaient pas. Elle avait la poésie : c'était là son but, son aventure cultivée et sauvage.

Au concours de maître assistant ils l'avaient collée. Elle y tenait énormément, elle avait tout donné pour l'université. Quand j'étais petite, elle étudiait jour et nuit. En fait je me souviens d'elle comme ça : devant un bureau envahi de livres ouverts. Et moi, à côté d'elle, par terre, en train de dessiner.

Quand j'ai trouvé une lettre à son meilleur ami, Nino, qui parlait de cette période et de cette déception, j'ai été touchée. C'était mon souvenir d'elle : maman qui étudiait pour le concours.

« *Ben oui, ça m'a vexée. Mais je suis sortie de ce tribunal de vieux hiboux la poésie américaine en poche. Ils m'ont juste refusé un salaire et une reconnaissance, tout le reste est trop sauvage pour rester sous leur juridiction. On était tous libres et recalés, on a même fait la fête : moi, l'alouette, l'araignée, l'abeille, le grillon, le loir, le faisan, le rat, la fourmi, la rainette et l'œuf du passereau.* »

Elle gardait le brouillon de toutes ses lettres dans un tiroir, c'est comme ça qu'il nous est resté quelque chose. Peu de choses, je me dis parfois. Trop, d'autres fois. Trop pour moi, du moins.

Toujours à Nino (qui partageait sa vie entre Turin et Rio, occupé d'un côté avec le groupe Basaglia et de l'autre avec la littérature portugaise), elle écrit un jour :

« *Je prépare un article sur Sylvia Plath. Tu n'as pas d'enfant, j'ignore si ce détail peut te toucher. Mais moi, ça me transperce le cœur. Avant de mettre la tête dans le four, Sylvia a placé sous la porte de la chambre des enfants quelques serviettes humides et elle a ouvert leur fenêtre. Jusqu'ici, rien de bouleversant. Elle voulait que le gaz l'atteigne elle et pas eux. C'est une attention raisonnable.*

« *Le détail qui me trouble est ailleurs : elle a posé près du lit de Frieda et de Nicholas du lait et du pain. Au cas où ils auraient faim, au cas où ils auraient soif. Elle a détruit leur vie, mais elle ne voulait pas qu'ils aient faim ou soif. Ça, c'est l'égoïsme des fous.* »

Elle avait peut-être peur. Après ses premières dépressions, elle avait une conscience aiguë de sa fragilité. Il y a un passage déchirant de lucidité :

« *Je suis déjà morte au moins dix fois, et pour diverses raisons. Aussi bien l'exaltation que la dépression m'ont tuée, je ne sais même plus contre quoi je dois me prémunir. Le déluge et la sécheresse m'habitent. J'ai désormais l'impression d'être une station météorologique : je suis toujours là, à contrôler ma pression, suspendue au stabilisateur chimique de l'humeur. Pourvu que le lithium résiste.* »

Mais c'est encore plus terrible quand elle avoue, dans autre un passage :

« *Quand je suis heureuse, j'ai peur. Quand je souffre, j'ai peur. Quand je ne ressens rien et que je n'ai peur de rien, je sais avec certitude que j'ai perdu l'équilibre.* »

Mon père faisait tout son possible. Mais il était jeune. Et puis certains troubles lui étaient trop étrangers. Elle écrivait :

« *Il me prend dans ses bras et pense que cela suffit. Cela suffit en partie, il éloigne vraiment mes démons pendant quelques heures. Ils n'aiment pas ceux qui n'arrivent pas à les suivre, ils battent en retraite, indignés. Parfois la peine qu'il se donne me déchire le cœur, il a épousé un mystère qu'il ne résoudra jamais. Moi seule sais que je suis une chose simple. Au fond je marche droit vers ma fin comme tout animal sans défense.* »

Elle allait chez un analyste. Chez un psychiatre aussi, qui la droguait avec les moyens qui existaient alors. Elle ne dit pas grand-chose à ce sujet, mais cela suffit :

« *Le chasse-démons m'explore avec un malin plaisir. Certains après-midi, il m'illumine d'une joie que je lui envie. Pour moi ce ne sont que des banalités.* »

Avec les médicaments, par contre, elle était en confiance. Elle s'abandonnait à son psychiatre avec un espoir attendrissant :

« *Sans attendre je lui serre la main et m'assois là où il me dit de m'asseoir. Il a un beau visage, il me rappelle mon premier fiancé, juste en un peu plus vieux. Mais ces années en plus me donnent le sentiment d'être protégée. Il a la bonne voix, jamais trop assurée. Lui aussi il hésite, tâtonne dans l'obscurité, cherche désespérément : comme moi. On essaie et on réessaie, des médicaments différents, on procède par tentatives, toujours ensemble. Je ne sais pas si j'ai plus confiance en la chimie ou en son humanité. Peut-être ai-je tout simplement besoin de me fier à quelque chose.* »

Tandis que j'explorais péniblement les abysses de ma mère, papa avait retrouvé son enthousiasme pour la mer. Grâce à la carcasse d'un grand requin blanc retrouvée sur les plages d'Australie. Un expert local l'avait invité pour faire un documentaire sur la dissection du cadavre. On aurait dit qu'il était convié à une grande fête. Il rayonnait à nouveau, comme un enfant.

« Tu te rends compte, Sofia ?, me disait-il. J'ai la possibilité de *regarder à l'intérieur.* »

Pour moi c'était dégoûtant, mais sa joie avait quelque chose de poignant.

« Les requins n'ont pas de vessie natatoire, pour rester en surface ils utilisent leur foie. Tu ne trouves pas cela émouvant qu'une créature soit à la fois si différente et si proche de nous ? Pour les humains aussi tout est une question de digestion. En fin de compte, dans cette bête il y a tout : je plonge dans ses viscères et j'apprends à me connaître moi-même. »

Je recevais des vidéos dégoûtantes — papa couvert de sang qui fouillait dans les entrailles de cet animal — mais j'étais émue moi aussi. Je le voyais là, enlacé à un foie énorme, en train de se chercher parmi les restes d'un mets océanique.

« Il a réussi à avaler un poisson-scorpion sans se faire tuer par son aiguillon. Voilà, tu vois ? Le dard est encore là, planté dans ses tripes. Mais lui, il a su vivre avec cette douleur. Il a nagé qui sait combien de milles avec une sorte de couteau planté dans le ventre. Et en fait il est mort à cause d'un hameçon. Lui, créature sublime, berné par un pêcheur anonyme. »

Il y avait même un peu de mélancolie dans cette tentative de reconstruire l'histoire d'un poisson trépassé. D'une certaine manière, mon père s'efforçait de lui redonner une identité, comme pour le soustraire à l'étendue vague de la mort.

« C'était un mâle, d'environ quinze ans, long de cinq mètres. Il avait de nombreuses cicatrices, il avait donc été attaqué plusieurs fois par d'autres requins blancs. Il en avait même une autour des branchies, mais refermée depuis longtemps : cela signifie qu'il avait survécu à une attaque mortelle. Et puis voilà, cet hameçon à thon est arrivé, son destin sans doute. »

11

Le langage des choses

Claudia coupait les poivrons : « Ce connard. »

Elle ne faisait pas référence à mon père, heureusement. Elle me parlait de son premier mari.

« Ah, les hommes... Tous *des poltrons et des faibles.* » Camilla, assise dans la cuisine avec nous, feuilletait un magazine pour adolescentes.

Claudia a sorti un fenouil du frigo et me l'a tendu — « Qu'est-ce que tu en sais toi, Milla ? » — en me passant un couteau : « Tiens, Sofia, nettoie-moi ça. »

Mais elle s'est interrompue immédiatement. Elle s'est tournée brusquement vers Tommaso avant de hurler : « Qu'est-ce que tu fais ? »

Tommaso a haussé les épaules et a répondu la bouche pleine : « Rien m'man, je mange une saucisse de poulet. »

Claudia s'est ruée sur lui : « Crache ! Crache ! » Elle essayait de lui enfoncer les doigts dans la bouche comme à un chien.

« Je ne peux pas. J'ai déjà avalé.

— Alors cours vomir ! Ces würstels sont périmés depuis deux semaines ! Cours !

— Mais je ne sais pas me faire vomir. Ça me dégoûte.

— Mets-toi deux doigts dans la gorge et ne fais pas d'histoires. »

Camilla riait : « Maman, si tu veux, je peux lui enfoncer une cuillère entre les amygdales. »

Tommaso a écarquillé les yeux : « Non merci. Je préfère me débrouiller tout seul. »

Claudia s'est laissée tomber sur la chaise de la cuisine. « Tu comprends ? Il m'a laissée seule avec ces deux là. »

Camilla a levé la tête : « Et il nous donne même pas d'argent. »

Claudia a soupiré : « Enfin. Je fais chauffer la poêle. Tu veux du poivre rose sur ton filet ? »

J'ai mis les légumes sur la table : « Je mange juste ça. Pas de viande pour moi, merci.

— Comme tu préfères, a répondu Claudia.

— Moi aussi pas de viande ! » Camilla a tout de suite déclaré.

Claudia a tourné les yeux, fatiguée : « Oh, faites ce que vous voulez. J'ai entraîné deux garçons pendant quatre heures, je suis morte. »

Tommaso est réapparu les yeux brillants. Sa mère a soulevé les sourcils : « Tu as réussi ?

— Ouais.

— Tant mieux. »

Camilla continuait à feuilleter son petit magazine. « Je vous fais un test ?

— Pas maintenant », a répondu Claudia.

Alors Camilla m'a regardée : « Et toi, Sofia ? Tu veux bien faire un test ? »

J'ai marmonné un oui, par gentillesse.

Claudia s'est levée et a fermé brusquement le journal de Camilla : « On ne lit pas à table ! »

Milla a soupiré, a jeté le magazine sur le canapé et m'a tendu un bout de carton emballé dans du papier cellophane : « Tiens, je t'offre deux posters grandeur nature de Jesse McCartney et Riccardo Scamarcio.

— Merci.

— Alors ? Qui veut un steak ? » Claudia avait déjà allumé le feu.

Il y a eu un chœur de : « Pas moi ! »

Elle était tellement à bout qu'elle n'a même pas protesté. Elle a mangé sa viande toute seule. Les enfants ont allumé la télévision pour regarder un téléfilm. Claudia pendant ce temps parlait avec moi : « J'en bave, tu sais ? Et je peux toujours ajouter aux cours de tennis l'école de ski l'hiver et l'école de plongée l'été. À la fin du mois, j'ai quand même le couteau sous la gorge.

— Je comprends.

— J'ai peur de vieillir, Sofia. Ce n'est pas une question de beauté. Si seulement. C'est qu'avec ce corps, moi, je dois travailler. J'ai quarante-trois ans, je n'ai plus l'énergie d'avant. Au bout de deux heures de tennis, je manque de souffle. Quand j'en aurai cinquante je ferai quoi ? »

Arturo aussi, la veille au soir justement, m'avait longuement parlé de son mariage, avec plus ou moins la même amertume palpable.

« Quand ma femme est partie, elle a vidé la maison. Elle a emporté même les petits trucs. Je ne sais pas... les couverts, les corbeilles, les boîtes. À moi, elle m'a laissé tout ce qu'elle n'aimait pas. Ou les choses à jeter.

— Du genre ? »

Arturo a éclaté de rire : « Du genre un service de tasses pseudochinoises, toutes ébréchées.

— Sympa.

— Des casseroles. Quelques poêles rayées, comme ça je pouvais mettre un peu de Teflon dans ma sauce. Dans le tas il y avait une petite casserole pour le lait au manche en plastique brûlé, ou plutôt fondu.

— Oh, la méchante. »

Arturo a fait la grimace : « Mais le pire, c'est que moi je continue à vivre avec sa méchanceté, tous les jours, par *inertie*. Figure-toi que je n'ai jamais jeté ces trucs.

— Faisons-le maintenant. Ensemble.

— Non, je n'ai pas envie.

— Allez ! Je vais chercher un sac-poubelle. »

Arturo m'a regardée, sceptique : « Si vraiment tu insistes.

— J'insiste. »

Il s'est levé. Il a commencé à ouvrir portes, tiroirs, à me montrer des étagères : « Regarde. Les cadres, rien. Elle a même embarqué la photo de ma mère parce qu'elle était dans un 15 × 13 en argent qui lui plaisait. Par contre elle m'a laissé ces deux horribles candélabres en cristal que sa tante lui avait offerts. »

Candélabres en cristal. Vlan. Dans le sac. Arturo m'a souri.

Puis il a sorti des draps roses.

« Draps décolorés, rétrécis par les multiples lavages. Le protège-matelas n'a plus d'élastiques. Je les ai coupés, moi, avec les ciseaux à ongles. J'en avais marre de tirer. »

Draps fleuris. Vlan, dans le sac.

« C'est libérateur ? Tu ne trouves pas ?
— Oui, peut-être.
— Ma grand-mère disait toujours : "De l'ordre, de l'ordre, de l'ordre." Elle m'a appris que ranger est une forme de liberté. Courage, jette. »

On a continué comme ça jusqu'à minuit. *Tasse sans anse. Cendrier de bar Coca-Cola. Coussin cervical. Coupe-papier en ivoire. Service de cinq verres en cristal.*

À la fin Arturo s'est approché, m'a caressé les cheveux : « Tu comprends maintenant ? Je n'ai plus la force de tout remettre à nouveau en jeu. C'est trop difficile de construire une relation. Je ne peux supporter que la solitude.
— Alors pourquoi tu es revenu vers moi ?
— Ben, tu es *une connaissance* qui me tient à cœur. »

J'ai éclaté de rire : « Pour toi je suis une *connaissance* ?
— Mais non, tu n'as rien compris. Je veux dire *une forme de connaissance.* »

C'était peut-être un compliment, dans sa tête. Qui sait. J'ai encaissé.

« Je dois te dire merci ?
— Tu n'es pas tenue de me répondre, Sofia. Je ne peux rien donner, donc je ne peux rien attendre.
— Cela me semble être une honnête tristesse. »

On était trop mélancoliques pour faire l'amour, ce soir-là. On s'est dit bonne nuit et on est allés dormir, chacun dans son lit.

Je suffoque dans leur tangibilité. C'était plus facile quand Sofia était dans mon ventre et Nando dans une eau trop bleue. Maintenant on vit à trois dans cinquante mètres carrés.

Tu ne sais pas à quel point je comprends ton mode de vie,

Nino. Cela serait bien mieux si moi aussi j'étais une tapette, comme toi. Au moins je ne serais pas tombée dans le piège de la famille heureuse. Et dire qu'on est dans les années soixante-dix : théoriquement on devrait avoir dépassé certaines choses. Pourtant on en est là.

Et on fait comme si c'était merveilleux, alors que chacun de nous voudrait être ailleurs. Y compris Sofia : elle pleure sans arrêt, on n'arrive pas à fermer l'œil. On est bien loin de la sagesse.

J'ai tellement insisté pour que Nando reste à la maison, mais je regrette. Je pense l'avoir fait plus par désir de le priver de quelque chose (une chose à laquelle moi j'étais contrainte de renoncer) que pour le plaisir de l'avoir près de moi. Oui, à présent on est prisonniers tous les deux, et ce n'est pas une grande réussite.

On ne sait pas quoi se dire, on est comme anéantis par les problèmes pratiques, pour ne parler que de ça. C'est sans doute un refuge, et ce serait pire encore si on ne les avait pas. Sans le vomi de Sofia, on se sentirait probablement perdus. Surtout durant ce terrible face à face. Moi, les hippocampes ne m'intéressent pas, et lui, Montale ne l'intéresse pas. Quand rien ne vient nous déranger, le silence tombe. Et on se retrouve seuls, tous les deux, chacun avec sa grande absence.

La mer lui manque et la littérature me manque. Je n'arrive pas à lire ne serait-ce qu'une poésie. L'autre jour je me suis accrochée à un vers, pendant que tout le monde dormait. C'était une sorte de plaisir interdit, je le lisais et le relisais, un seul. « Le vent se lève !… Il faut tenter de vivre ! »*

On ne fait même plus l'amour. Notre rapport physique n'a jamais été extraordinaire, mais maintenant il est carrément pulvérisé. On est une famille, on a d'autres préoccupations. C'est si étrange cette mort qui se propage dans la vie même.

Au contraire, le mariage de Marcello fonctionnait à merveille, surtout depuis que j'avais fait mon apparition. Ils n'ont jamais été plus heureux, sa femme et lui. Un âge d'or après quinze ans de conflit acharné. Du moins à en croire Marcello.

Cela ne devait pas tourner si rond, vu qu'il me sollicitait.

« Salut, Sofia. » Sur ma messagerie. « Je voulais juste te dire bonjour. C'est que, que... Je ne suis pas si sûr de pouvoir rester loin de toi. Tu sais, ma femme part une semaine. J'aimerais bien te parler calmement. Si tu pouvais venir ici ce serait mieux. Comme ça, je ne m'angoisse pas. Simona m'appelle à la maison exprès, pour contrôler. Rappelle-moi, s'il te plaît. »

Je souriais. *Quel hypocrite.* Mais je ressentais ce que je ressentais et j'y suis allée.

C'était la première fois que je mettais les pieds chez lui et je ne pouvais m'empêcher de regarder autour de moi.

« Tu te sens mal à l'aise ? Je n'aurais peut-être pas dû te demander de venir ici.

— Non, non. Pas du tout. »

Un message sur la table dans l'entrée : cadeau-fête-filippo. Une liste de médicaments homéopathiques sur le frigo. Sur la table de nuit, un livre ouvert et sous le livre, une brosse à cheveux. Un CD sur la cuisinière.

« Tu m'as manqué, Sofia.

— Toi aussi tu m'as manqué. »

Ce n'était peut-être même pas des phrases toutes faites. C'étaient des phrases qui se rendaient à la simplicité d'une évidence. Mais j'étais distraite.

Un verre avec deux brosses à dents, un rasoir, un tube de dentifrice vide et un peigne en plastique. Un paquet de biscuits sur un magazine. Une pantoufle d'homme dans le couloir. Un blanc de poulet dans une assiette.

«Je n'arrête pas de penser à toi, Sofia.

— Toi aussi. Moi aussi, je voulais dire.»

Draps blancs et Tee-shirts blancs pliés sur la machine à laver. Deux peignoirs accrochés à la porte de la salle de bains. Une jupe jetée sur un fauteuil.

Puis mon œil s'est posé sur un feutre noir à pointe épaisse. Je l'ai pris, j'ai enlevé le bouchon. J'ai commencé à dessiner des petites croix sur le mur. Marcello me fixait, déconcerté : «Qu'est-ce que tu fais?»

Il riait, un peu perdu. Pendant ce temps moi je continuais à dessiner des points, des flèches et des diagonales sur le mur blanc. ICI. Derrière les C.D. Au fond, dans l'angle, là où sont les films. Sur la rambarde de la mezzanine. Sous le bureau.

«C'est pour toi : une chasse au trésor, ou un labyrinthe.»

Mais peut-être que ce labyrinthe était seulement le mien. Je me perdais dans un monde qui ne m'appartenait pas. *Je le dessine.* Plus j'essayais de me l'approprier — avec ce feutre à la main : ICI, ICI et ICI —, plus je réalisais qu'il ne pourrait jamais m'appartenir.

Marcello toutefois était séduit par mon geste, peut-être parce qu'il était irrationnel. Il s'est approché, m'a prise par la taille et a commencé à m'embrasser dans le cou. Au fond, aucun de nous n'avait envie de réfléchir, on a fait l'amour.

Tandis que je me rhabillais, sans me faire remarquer, j'ai dessiné deux diagonales aussi sur l'envers de l'oreiller.

Ce n'est qu'après que je me suis aperçue que ce lit, je l'avais marqué de toute façon : mon œil était resté imprimé sur la taie d'oreiller. Le mascara avait dessiné mes cils. Et le crayon noir avait tracé la courbe de ma paupière.

Ensuite on s'est assis dans le salon. J'ai posé ma tête sur son épaule et j'ai fermé les yeux, je ne voulais pas regarder autour de moi.

« Tu sais à quoi j'ai pensé, Sofia ? Qu'on pourrait partir en vacances ensemble.

— Vraiment ? » Je les ai rouverts tout de suite.

« Oui, je pourrais emmener ma mère à la montagne. Ma femme et ma mère ne se parlent plus depuis cinq ans. Bref, Simona ne viendrait pas, c'est sûr. »

Je me suis retournée et l'ai regardé.

« Certes, mieux vaut ne pas aller trop loin, il continuait. C'est une vieille dame, elle se fatigue facilement. Mais on peut chercher un bel endroit dans le coin. Même un peu isolé, comme ça je ne risque pas de rencontrer quelqu'un. »

Je l'ai repoussé : « Tu te moques de moi ? »

Il l'a mal pris. C'était en toute bonne foi, il y avait tellement pensé, il s'était même creusé la tête pour trouver une idée. Au fond il essayait de vaincre ses peurs, comme il pouvait. J'ai été immédiatement prise de remords.

« Écoute, on va y réfléchir. Merci. »

Mais dès lors il avait compris qu'il s'était ridiculisé, il m'a donc agressée : « Pourquoi tu te laisses humilier ainsi ? Je ne comprends pas. Tu me fais jouer un rôle qui ne me plaît pas. »

Je me suis retournée et, on ne peut plus calme, avec

la dignité de qui est vraiment blessé, je lui ai répondu : « Désolée, mais je ne te fais faire absolument rien. Assume tes responsabilités, s'il te plaît. Et cesse de te voir comme un pantin entre les mains des autres. Quand tu veux, tu ne l'es plus du tout. »

Je l'avais piqué au vif, je le sentais perturbé. Il hésitait un peu entre sortir de ses gonds ou se sentir coupable. Il a choisi de balbutier : « C'est vrai. »

Son incapacité à me répondre au fond m'attendrissait.

« Et moi, je ferais mieux de me taire. Je suis très courageuse de remettre tout le monde à sa place, avec ma petite langue de vipère, seulement après je suis complètement dépendante des autres. Je suis pire que toi. »

Marcello m'a souri : « Tu veux dire qu'on est deux êtres faibles ?

— Quand cela nous arrange, c'est sûr. Seulement on prend des risques. Elle pourrait nous filer entre les doigts, notre faiblesse. C'est une arme à double tranchant, il faut faire attention. »

Puis je me suis levée : « Stop, je rentre chez moi. Ça me fatigue beaucoup d'être sincère avec moi-même. »

Je tomberai amoureuse d'un autre, c'est tellement facile à prévoir. Même si, pour l'heure, il m'est difficile de l'imaginer. Mon mari et ma fille ont pompé toute mon énergie, je n'ai plus assez de sève pour éprouver le moindre désir.

Du reste, cet anéantissement a ses avantages. Je n'ai pas la force d'aller bien mais pas non plus de tomber malade. Comme si l'inquiétude qui alimente la dépression avait besoin d'un carburant : je n'en ai pas, donc je n'avance pas, le moteur de l'usure ne démarre pas. J'ai garé mon démon, c'est l'impression que ça donne.

Tout le monde me trouve sereine, on me croise dans la rue avec la poussette et on me dit : « Cela t'a fait du bien de devenir mère, Margherita. Regardez-moi ce beau visage lumineux. » Ils n'ont pas compris que c'est juste une autre forme d'obscurité, encore plus complexe, dans sa sérénité.

Après dîner, Claudia et moi on a commencé à bavarder dans sa chambre. En même temps, elle faisait sa gymnastique. Elle soulevait des poids avec ses bras et avec ses jambes. Sa voix était tendue par l'effort : « Ton père, eh bien, c'est un homme en or. Même s'il ne parle que de ses foutus poissons. Faut-il vraiment qu'une femme soit jalouse d'un requin ?

D'un coup d'abdominaux, elle s'est assise. Elle a enlevé ses poids aux chevilles. En une torsion elle s'est tournée vers sa table de nuit et a ouvert un tiroir. « Je vais te montrer ce qu'il m'a envoyé hier. »

Elle a soulevé un pendentif, une dent de requin blanc triangulaire, la même que papa m'avait offerte.

« Je l'ai aussi, c'est la même, ai-je murmuré.

— Ne sois pas vexée, Sofia. Les hommes n'ont qu'une seule manière d'aimer et ils répètent cette unique recette qu'ils connaissent avec toutes. Ce n'est pas méchant, tu sais ? Ils ne peuvent tout simplement pas faire autrement. Qu'est-ce que tu crois ? Que tu as l'exclusivité de ces vidéos ? Il les vend au National Geographic et il envoie les mêmes à Camilla. »

J'écarquillais les yeux. D'un seul coup j'ai senti une étrange chaleur m'envahir, monter en moi, jusqu'au cou, jusqu'à la tête.

« À Camilla ?

— Il change juste la voix off, voilà. Et la musique de fond, parfois. Entre nous, tous les requins qu'il rencontre sont là. Au final, il n'a pas tant d'histoires à raconter. »

Je me suis levée d'un bond. « Excuse-moi, il faut que j'y aille. Merci encore pour le steak.

— Mais tu n'en as pas mangé ! »

Claudia s'est levée aussi. « Sofia ?

— Quoi ?

— Sofia ? Attends ! Écoute-moi... C'est une limite humaine... Les requins sont des animaux en voie de disparition... il n'y en a pas beaucoup en liberté... C'est difficile de capturer de belles images sous-marines, tu sais ? J'ai fait de la plongée toute ma vie, crois-moi... Sofia, crois-moi... »

Elle était si gentille, Claudia. Mais je marchais vers la porte sans me retourner.

« Sofia ? Et le poster ? Tu ne le veux pas ? » Camilla était derrière moi, son cadeau dans les mains.

Nando piaffe d'impatience. Il est resté loin de la mer pendant trois mois et il n'en peut déjà plus. Hier il a pris la voiture pour aller à Gênes, sous prétexte d'emmener Sofia voir sa grand-mère. Tu penses, ma mère était ravie. À cette période elle est là-bas, pour voir sa sœur, et elle devient folle parce qu'elle ne peut pas voir sa petite-fille tous les jours. Dommage que Nando ne soit resté chez elle qu'une demi-heure, pas une minute de plus.

Il avait d'autres projets. C'est l'hiver, il fait un froid de canard et tu sais ce qu'il a fait ? Il a passé l'après-midi sur le port avec la petite. Pour regarder les bateaux, les goélands et la mer, surtout la mer.

Le soir, quand il est rentré à la maison, c'était un autre homme. Ses yeux avaient même changé de couleur, ils étaient redevenus bleus.

Alors j'ai eu une idée. J'ai emmené Sofia et j'ai pris sa température. Elle avait trente-sept cinq et j'ai sauté sur l'occasion : je l'ai sermonné avec une cruauté bestiale. Je savais très bien que je ne l'engueulais pas à cause de la fièvre de Sofia, ce n'était vraiment pas grave, elle l'avait probablement déjà avant. Peut-être même que c'était moi qui lui avais fait prendre froid, en la trimballant dans Turin sous la pluie. Non, je lui faisais payer ce moment de liberté.

Nando est tombé dans le piège, il se sentait coupable, il vivait cette fièvre comme une punition. Pour la première fois, j'ai vu mon mari inquiet, il était dans tous ses états. Il s'est approché de la petite mais je l'ai tout de suite éloignée de lui. J'ai pris Sofia dans mes bras — comme pour souligner mon rôle (un rôle que j'ai du mal à assumer du reste) — et je lui ai dit : « Il vaut mieux la coucher. » Tandis que je l'emmenais dans sa chambre, j'ai réalisé que j'avais entre les mains un pouvoir de destruction épouvantable, à savoir elle. Aux personnes comme moi, il ne faudrait jamais donner le pouvoir de détruire quoi que ce soit. Détruire les autres, c'est une manière de se détruire soi-même, cela devient impossible d'y résister.

12

La chambre noire

Turin était à l'apogée de sa splendeur avec les couleurs de l'automne. De nombreuses places rayonnaient de rouge et je traversais des étendues de feuilles jaunes, éblouissantes. Les beaux palais étaient à l'abandon, sales et décrépis, mais les arbres se déchaînaient. Le ciel gris projetait une lumière intense sur le vert, et les pelouses étaient comme phosphorescentes.

On aurait dit un Paris tombé en désuétude, des façades d'un bleu délicat voilées par la pollution, d'antiques volets branlants aux planches de bois arrachées, de splendides édifices érodés, et toute une misère de détritus par terre, sur les trottoirs, à deux pas d'un porche somptueux.

De nombreuses rues étaient défoncées : les travaux du métro coupaient les boulevards bordés de marronniers en faisant des trous pleins de boue, entourés de filets orange. Quelques chiens les flairaient.

Mais quels éclairages, fous et élégants, tous pensés par des artistes ! Dans l'obscurité, la ville s'illuminait d'imagination. L'église des Capucins était entourée d'alvéoles bleus, des funambules et des planètes constellaient la via

Po, la piazza Carlo Alberto exhalait une brume rouge et, sur les pavés de la piazza Carignano, brillaient les cryptogrammes de Giordano Bruno.

Ce qui me rendait surtout amoureuse de Turin, c'était la folie authentique sous l'apparence austère. Le déclic, le vacillement, toujours souterrain, caché parce que vrai. *Une ville secrètement vivante.*

Sa pauvreté également me fascinait. Sans doute parce qu'elle avait ses codes bien à elle. Des ghettos à deux pas des quartiers chics, tenus à l'écart par une barrière invisible mais universellement respectée. Une frontière nette, précise, de quelques mètres peut-être. Une seule rue séparait Porta Palazzo des boutiques à la mode du Quadrilatère, et pourtant rien ne se mélangeait. Il suffisait de traverser la rue pour laisser derrière soi les bureaux, les banques, les magasins de via Roma et se heurter à la brutalité de Porta Nuova. Dans cette distance presque inexistante, qui cependant existait bien, il y avait une cruauté absolue.

Alors que je marchais, un après-midi, un monsieur s'est approché de moi : « Excusez-moi, mademoiselle, puis-je vous demander une faveur, sans vouloir vous importuner ? »

Je pensais qu'il voulait une information. Je me suis arrêtée.

« Bien sûr.

— Auriez-vous la gentillesse de me donner une petite pièce ? »

À côté d'une telle délicatesse, à l'angle de la rue, on découvrait la plus grande cruauté. Des gens prêts à vous égorger pour un portefeuille. Et les deux choses se côtoyaient naturellement.

Mais la violence ne se limitait pas à l'obscurité d'une rue déserte, il y avait une autre violence, comme contenue dans les murs, sur lesquels battait le soleil. Quelque chose d'immergé qu'on pouvait seulement deviner. C'était l'âme de la ville.

Je commençais à comprendre pourquoi Turin était si rigoureuse, si sobre. Il y avait sans doute en elle quelque chose qui ne parvenait pas à se libérer.

Même si au final, la pluie fine nettoyait tout. Et l'automne incendiait les érables, pour le plaisir des yeux.

Ces derniers mois, j'étais plutôt mécontente de mes photographies. Certains après-midi, je les éparpillais nerveusement, puis je les ramassais toutes, les prenais dans mes bras pour les jeter dans un grand sac noir, luisant.

Je réduisais la ville à un labyrinthe de vieux bâtiments monotones. Aucune trace de sa beauté secrète, aucune trace de sa lutte cruelle et si peu tapageuse. La douleur — royale — pâlissait sur les façades et me revenait appauvrie : une vieille capitale sur le déclin, coupée du cours de l'histoire, affligée d'une tristesse lourde et provinciale.

Et un cadrage insolite n'y pouvait rien : il y avait toujours une mystérieuse pesanteur qui envahissait tout, le moindre frémissement de liberté finissait par mourir dans l'atmosphère lugubre.

Même les images les plus singulières, certaines découvertes qui m'exaltaient au début, au moment de l'impression s'avéraient médiocres. Elles étaient élégantes d'un point de vue formel mais étranges et finalement muettes. Dès l'instant où je prenais la photo, les choses se retiraient dans leur coquille de mystères. Je les capturais sans les dominer.

Une fontaine de marbre pleine de valises, par exemple. Qui les avait mises là ? Pourquoi jeter des valises dans une fontaine ? Qu'est-ce que cela signifiait ? Si je m'étais contentée de transmettre un vague semblant d'inquiétude, cela aurait peut-être été une photo réussie. Au contraire il n'en était ressorti qu'une image dénuée de sens. *C'est juste une absurde fontaine pleine de valises.* La ville parfois me semblait illisible, d'autres fois c'est moi qui me sentais analphabète.

Des dizaines de draps suspendus comme des drapeaux aux fenêtres d'un immeuble et sur chacune, en bleu, l'inscription : « *Dormir est un droit.* » Mais certaines revendications, en photographie, avaient quelque chose de figé comme des lubies d'étudiants. Peut-être parce que je n'avais pas réussi à restituer la fragilité de ces banderoles, à saisir les ondulations du tissu qui mangeaient les lettres au premier coup de vent.

Marcello n'arrivait pas à rester loin de moi. Il venait souvent me tenir compagnie dans la chambre noire, qui était en fait une petite salle de bains. Il voulait apprendre, c'est ce qu'il disait. On passait des heures et des heures ensemble, dans le noir.

C'était un après-midi pluvieux. J'ai commencé à préparer les bains, en remplissant deux bouteilles en plastique. Marcello tenait une petite bassine dans ses bras et me suivait. Il regardait mon dos. La petite salle de bains d'appoint — avec son carrelage blanc ébréché, sa baignoire de cinquante centimètres et son robinet qui fuit — sentait l'humidité et la moisissure.

« Alors ? Tu es allé en montagne avec ta femme ? » Pendant ce temps je versais le révélateur dans un doseur. « Il a fait beau ?

— Oui. »

J'ai glissé le négatif dans l'agrandisseur.

« À toi de régler la hauteur de la tête.

— Comme ça ?

— Parfait. Maintenant repositionne l'image.

— Verticale, je dirais. Si je coupe ici on ne voit pas le fond. Je resserre un peu ?

— C'est ça.

— Je peux éteindre la lumière maintenant ? »

Noir. Je fixais sa nuque, dans la pénombre on entrevoyait un duvet en arête de poisson que la lumière inactinique faisait paraître rouge. Je sentais son odeur qui, par moments, me montait à la tête. Lui aussi me sentait. Il reniflait. *Je sais très bien que tu n'es pas enrhumé, idiot.* Cela me faisait tellement rager, cette tentative de faire passer son désir pour un rhume, que pour le taquiner je l'ai touché. Il a fait un bond : « Qu'est-ce que je dois faire, Sofia ? Je ne me souviens plus.

— Ouvre grand le diaphragme de l'objectif et mets au point.

— La mise au point, bien sûr.

— Maintenant referme le diaphragme d'au moins deux crans. »

Marcello suivait mes instructions, un peu raide dans ses mouvements. Il essayait de ne pas m'effleurer, il faisait des détours absurdes pour éviter mon bras ou mon épaule.

« Je te laisse compter les secondes avec l'exposimètre, Sofia. J'ai peur de me tromper.

— Bon, la lumière est complexe. Cela va prendre un peu de temps.

— Du temps», il a répété, presque avec une note d'espoir.

«Éteins un peu l'agrandisseur et prends le papier.»

Marcello a sorti le papier d'une boîte, puis il est resté comme ça, hébété. Alors je lui ai arraché le papier des mains et je l'ai mis sous la lumière.

«Vite! Prends le papier et mets-le dans le révélateur!»

Il semblait paralysé.

«Elle me paraît dangereusement noire..., j'ai dit, tout en agitant la bassine.

— J'étais distrait, excuse-moi. Maintenant — il secouait la tête nerveusement —, maintenant je me concentre. Où sont les pinces?

— Tiens.»

Il a pris les pinces mais ne bougeait pas.

«Et tu avales son sperme? Tu fais l'amour avec Arturo même quand tu as tes règles? Il arrive à te faire atteindre l'orgasme?»

«Les requins ont beaucoup plus de sens que nous. Ils ont la *ligne latérale*, par exemple : une série de cellules sensorielles très sophistiquées qui permettent de capter n'importe quel mouvement dans l'eau. Ils sont capables de percevoir jusqu'à la tension nerveuse d'un poisson invisible, sa vibration. Rien ne leur échappe.

«Et ils ont de petites cavités autour du nez, les *ampoules de Lorenzini*, qui permettent d'identifier les champs électriques émis par chaque animal. Toi, même si tu es immobile, ton corps est en activité et produit un champ électrique très faible. Eh bien, un requin le sent. Il lit dans tes pensées en quelque sorte, dans tes angoisses, car chaque pensée est reliée à un petit muscle, à une légère tension physique qui finalement, sous forme de microvolt, arrive jusqu'à lui. Mais il y a une limite à tout ceci : pour te comprendre aussi bien, un requin doit être très très près de toi. Trop, c'est ça le problème. »

« Et ta femme ? Elle te met les doigts dans le cul quand elle te suce ? Tu lui dis que tu l'aimes ? »

J'ai rallumé la lumière, je me fichais de la photo. De toute façon, maintenant, elle était noire. On s'est regardés. Mais on n'arrivait pas à se regarder avec haine. Même pas ça. Une sorte de tendresse passait entre nous, je dirais une tendresse à bout de souffle. Les rapports humains sont si imparfaits. On ne peut atteindre un absolu ni à travers le bien ni à travers le mal.

« Mais qu'est-ce que tu attends de moi ? je lui ai demandé.

— Je veux tout savoir. Faire partie de ta vie. Sans doute précisément parce que je ne peux pas y prendre part autant que je voudrais. »

Il voulait tout savoir sur Arturo, sur mon père, sur ma mère, il voulait mon foie, mon pancréas, ma vésicule biliaire, mon intestin, mes cauchemars, mes ombres, mes peurs, mes fragilités. Il me demandait et me redemandait, il voulait tous les détails. Attentif, sensible, il m'écoutait de tout son être. Et je me suis abandonnée. Je parlais sans défense : « Je sais qu'ils peuvent me dévorer d'un moment à l'autre. C'est cela, mon cauchemar récurrent. Dans mon rêve les requins ne m'attaquent jamais. Mais ils sont là, et je sais qu'ils sont sur le point de le faire.

— Je veux te *guérir*, Sofia. Je veux t'apprendre ce qu'est *un rapport sain*. Après tu seras prête pour avoir une *relation normale* avec quelqu'un.

— Avec qui ? » Je prenais chaque syllabe au sérieux.

« Avec qui viendra après moi.

— C'est un relais ? » Une lueur d'ironie. Tout de suite étouffée, cependant. Fin de la lucidité critique.

« Je suis marié. Notre mariage est un mariage *solide*, tu dois t'en rendre compte. Je ne peux aller *que jusqu'à un certain point* avec toi.

— Quel point ? » J'étais sincère, convaincue de l'existence d'un point. (ICI ?)

« Je veux que tu *apprennes* à te sentir aimée, Sofia.

— Merci.

— Arturo ne t'aime pas.

— Qui te l'a dit ?

— Ouvre les yeux.

— Tu ne sais rien de notre histoire, comment fais-tu pour la juger ? répliquai-je, irritée.

— Alors parle-m'en. Raconte-moi mieux. Explique-moi. N'aies pas peur, dit-il, rassurant.

— Mais sans problème. Je ne vois pas pourquoi je devrais subir ta vérité sans pouvoir t'infliger la mienne. »

Le soir, j'ai allumé l'ordinateur, je me suis connectée, j'ai ouvert ma boîte mail et j'ai trouvé un message de Marcello.

« On a peut-être trouvé le moyen de se libérer l'un de l'autre. On s'achemine vers le dégoût réciproque, justement à travers ces excès de sincérité. On finira par se connaître au point de ne plus se supporter. Excuse-moi si je suis violent et sombre, mais je ne t'ai pas supportée. Cela commence comme ça.

« Oui, c'est vrai, c'est moi qui l'ai voulu. L'idée de pouvoir entrer dans ta vie de façon indécente, jusqu'à toucher ce qui était le moins susceptible de m'appartenir, au début cela m'exaltait. Mais pourquoi m'as-tu laissé faire ?

« Tu n'aurais pas dû m'écouter, je suis anéanti. Quelle abominable expérience. Pourquoi percer d'autres humanités, la nôtre n'est-elle pas suffisamment insoutenable ?

« D'accord, tu t'es montrée sincère. Merci. Tu ne m'as épargné aucun détail. Tu as simplement répondu à toutes mes questions, certes. Mais moi maintenant je te vois trop.

« Tu sais ce qui m'a bouleversé ? Connaître toutes ces petites imperfections. Là, je n'arrive pas à me calmer. Ce sont ces foutues petites imperfections qui font une relation. Donc tu as une relation avec Arturo. Donc tu l'as vraiment. Moi, avant, je la trouvais plus virtuelle que la nôtre.

« Les pellicules d'Arturo sur ton oreiller, son ventre qui se gonfle quand il se penche sur toi et toi qui aimes ça, ses cheveux que tu retrouves sur les draps et toi qui les flaires. Moi, la vérité me rend fou, je peux te le dire ? Tu me l'accordes ? Et peu importe si c'est moi qui te l'ai demandée.

« Je ne supporte pas l'idée qu'il connaisse l'odeur de ton sang et que ça l'enivre, c'était à moi. Je ne supporte pas l'idée que tu avales son sperme, je continuais à croire que tu n'en avalais qu'un. Pourquoi ne m'as-tu pas menti quand je te posais des questions trop précises? Pourquoi n'as-tu pas eu cette intelligence? C'est l'intelligence de la survie, même les poissons de ton père en sont dotés. Toi non, toi non.

« Ma femme me ment. Et moi aussi je lui mens. C'est notre équilibre quotidien. Si on osait s'avouer ne serait-ce que les mille petits ras-le-bol qu'on éprouve l'un pour l'autre tous les jours, ou nos désirs d'être ailleurs — qui peuvent nous traverser dans les moments les plus inopportuns de plus grande proximité —, ou les frustrations qu'on s'inflige mutuellement, avec nos éternelles insuffisances et incapacités, si on osait seulement le faire, le mariage entier coulerait à pic. Que cela te plaise ou non, le mensonge est une forme de sagesse. La plus commune, dis-tu, la plus facile. D'accord, mais souviens-toi de ça : avec elle la relation durera, avec toi non. »

À part le mail de Marcello, dans ma boîte aux lettres il y avait aussi une vidéo de papa. J'ai fixé la pièce jointe un moment sans l'ouvrir. *Tu en as envoyé une copie à Camilla ?* De rage, je voulais m'en débarrasser — dans la corbeille, tac, supprimée. Mais ensuite j'ai pensé aux sages paroles de Claudia. Bon, d'accord, au fond les requins sont une espèce en voie de disparition. Alors j'ai cliqué sur play.

Un quart d'heure de film sous-marin sur un requin-tigre. Cette fois, en fond sonore, il avait choisi du fado : Dulce Pontes et Lula Pena. Des chansons qui vous arrachent les tripes du genre *Porto de Mágoas, Alma guerreira, Os Argonautas.*

«Je me suis entiché d'une femelle de quatre mètres. Elle a vingt ans et elle est enceinte de quarante petits. Il en survivra deux ou trois au maximum. Mais elle en est au neuvième mois, elle ne mettra bas qu'au douxième et doit encore se battre pour tout le monde. Sa peine me fascine. Je la suis dans les méandres de sa "squalité", dans une période particulièrement délicate. Je voudrais l'aider, mais je sais que je ne peux pas. Si je le faisais, je finirais par altérer l'équilibre d'une île entière.

«Il existe une chaîne alimentaire précise qui a une logique supérieure à la mienne : hélas, j'en suis conscient. Et ainsi je suis ma bien-aimée, sans pouvoir l'aimer comme je le voudrais.

«Je la vois souffrir, mais je dois résister. Elle doit continuer à chasser, seule. Je me limite à l'encourager, voilà. Même si les proies me font pitié. Mais il ne doit pas y avoir de pitié, tout est cruellement naturel. S'ils ne mouraient pas, eux, c'est elle qui mourrait. Et si elle ne mangeait pas, tous les poissons de l'île mourraient. Elle porte ce fardeau, la pauvre bête : elle est au sommet d'un écosystème. Elle s'avère être la créature la plus cruelle, mais elle protège la vie de toutes les autres.»

Il était à présent minuit, j'ai éteint l'ordinateur et je me suis mise au lit. Un lit qui ne contenait ni les pellicules, ni les cheveux, ni l'odeur d'Arturo, parce que depuis la dernière fois j'avais changé au moins trois fois les draps. Arturo avait à nouveau sombré, et il nageait Dieu sait où et à Dieu sait quelle profondeur depuis plusieurs semaines. J'étais fatiguée — profondément fatiguée —, si fatiguée que je me suis endormie tout de suite. Et je n'ai pas rêvé.

Sofia a fait ses premiers pas, hier on s'est fait mal au dos tous les deux. J'ignore si c'était cette douleur commune, cette complicité entre épines dorsales meurtries, mais pour la première fois on a parlé. Je crois que ce qui a tout débloqué, ça a été un fou rire, car le soir on ne faisait que de se lamenter, la main sur la hanche, comme deux petits vieux. « On a trente ans. Qu'est-ce que cela veut dire ? » je lui demandais. Nando m'a répondu : « Qu'on a encore des désirs. » Cela m'a touché, je lui ai dit : « Pardonne-moi. Je ne t'ai que trop retenu. Pars, allez. Sache que je comprends, pour moi c'est la même chose, j'ai moi aussi la nostalgie de ma vie. » Il s'est illuminé : « Vraiment ? » Je lui ai souri : « Je me ferai aider par ma mère. On a tous les deux besoin d'avoir notre espace, continuer ainsi n'a pas de sens. Notre malheur finirait par se retourner contre Sofia. C'est un enfer, tu ne trouves pas ? » Je riais, je riais, je me sentais déjà libre. Nando aussi riait, soulagé : « Oui, un véritable enfer. »

Le problème c'est que tant que moi j'étais sincère, tout allait bien. Quand je l'ai entendu prononcer cette phrase, mon expression a changé. « Tu as été si mal que ça avec nous ? », je lui ai demandé. Nando est devenu grave, il ne savait pas s'il était encore autorisé à dire la vérité ou pas. Il restait silencieux, son moyen de défense habituel. Alors j'ai perdu la tête, j'ai attrapé un pull jeté sur l'accoudoir du canapé et je le lui ai balancé au visage : « Va-t'en ! va-t'en ! Va retrouver tes poissons de merde. Il n'y a qu'eux que tu peux comprendre. Et pardon de ne pas t'avoir fait une fille avec des branchies. » Mais pourquoi je m'en prends toujours aux autres quand je perds le contrôle de moi-même ?

13

« *Mais faiblesse blanchit mes jambes* »

C'était un matin de novembre, le ciel n'était que lumière blanche, éblouissante. Ce jour-là aussi j'avais du courrier. Une vidéo de mon père sur une carcasse de baleine, d'abord. Puis un long message de Marcello dans lequel il me décrivait sa dernière crise de panique.

J'ai bu mon café sur le pouce, j'ai enfilé un jean et un pull, je ne trouvais pas mes chaussures. Elles étaient dans le salon. J'avais besoin de sortir, de marcher.

Quand je suis arrivée au bas des escaliers, j'ai vu le facteur qui glissait quelque chose dans ma boîte. Je suis restée là où j'étais, à fixer l'enveloppe blanche. Puis je me suis approchée et j'ai pris la lettre. Je l'ai ouverte en déchirant tout, comme ça, dans le hall, nerveusement. Belle calligraphie et registre soutenu : c'était l'énième lettre alambiquée d'Arturo pour me larguer.

Sors, Sofia, sors. Je suis sortie. Il n'y avait qu'une seule destination possible : ma place préférée, l'unique place asymétrique de toute la ville.

« Sofia, il s'est passé quelque chose de fantastique, me racontait mon père, une carcasse de baleine a échoué sur la plage, la garde côtière ne savait pas comment s'en débarrasser, alors elle l'a amenée ici, sur l'île des otaries. Ils l'ont jetée à l'eau exactement dans l'Anneau de la Mort, la ligne imaginaire où il y a tant d'attaques de requins. C'était un spectacle exceptionnel : vingt-sept requins blancs sont arrivés. »

Je courais le long des rues étroites de la vieille ville, coupées par une poussière de lumière, les atomes tombaient tels des flocons de neige entre les fenêtres et les réverbères.

Voilà, j'étais arrivée au largo Quattro Marzo, la seule place médiévale de Turin, le point de rupture, là où le dessin précis se brise. J'étais essoufflée et je me suis assise sur un banc.

« J'avais le tournis, de plus en plus, de plus en plus. Au bout d'un moment je me suis aperçu que j'avais un fourmillement dans les bras, comme une paralysie progressive, écrivait Marcello. Alors je me suis allongé. Mais j'ai senti un violent pincement au niveau des tempes. Je suis en train de faire une crise cardiaque, j'ai pensé. Une douleur semblable à celle que j'ai eue l'autre soir avec toi, quand tu m'as posé une serviette mouillée sur le front. Tu me tenais dans tes bras et me caressais doucement les cheveux. Mon Dieu, Sofia. Qu'elles étaient belles tes caresses, quand j'y repense. Mais je ne les sentais pas, je te le jure. C'était si proche de la mort. J'avais l'impression d'avoir le cerveau rempli d'eau. Une hémorragie cérébrale, je me suis dit. J'avais du mal à respirer, mon bras me faisait mal. Mon cœur... c'est fini. J'ai sauté dans un taxi et me suis fait conduire aux urgences. »

Je regardais les hêtres nus, plantés en ligne oblique, qui s'étiraient vers le haut, embrassant le ciel bleu de leur pelote de branches sombres. Et une rangée de caroubiers encore bien fournis, mais de gousses sèches, des arbres avec plein de piments ou de haricots brûlés accrochés aux branches.

Les lettres d'Arturo étaient toutes pareilles. Généralement elles commençaient de la façon la plus gentille qui soit, « Mon cher trésor », même si plus loin, à la ligne suivante, il me faisait savoir que, à son grand regret, il se voyait contraint de me dire quelque chose de très désagréable. Le début était toujours ambigu, vaguement craintif, tissé de phrases contradictoires qui, souvent, ne voulaient rien dire, du type « Cette lettre n'est pas une lettre d'amour mais pas une lettre d'adieu non plus ». Ensuite on passait aux adieux proprement dits. Arturo prenait une certaine distance par rapport à son discours, s'apitoyant sur son sort pendant quelques pages afin de susciter chez le lecteur, moi en l'occurrence, une certaine compassion. Il insistait alors sur son mal de vivre, rejetant toute responsabilité sur la dépression. Là, d'habitude, il balançait aussi une petite flèche bien humiliante concernant la nature de notre relation, recourant à des termes pudiques de version grecque, comme si un registre soutenu était moins blessant (« nos *sacrosaintes étreintes* sont et ne peuvent que rester exceptionnelles »). Dans ce passage délicat, il frôlait souvent le langage biblique. Sur la fin cependant, il parvenait habilement à se contredire. Et en deux lignes il annulait tout le discours précédent : « Mais sache que je suis impatient de te revoir mardi. »

Je regardais les façades tout ébouriffées, irrespectueuses du temps et libres d'apporter leur brin de folie dans l'histoire. Restes de tours médiévales, balcons du

XIXe siècle, balustrades en fer forgé, un petit pan de mur isolé avec des fenêtres jumelées de style gothique. Un mur du XIVe siècle, des lucarnes parisiennes, et derrière un clocher presque toscan. En ligne de fuite, à droite, pris entre des bâtiments incongrus, un pont de maisons obscures. Et dans un angle hors champ, deux bouquets de quatre réverbères.

J'étais fascinée par ces trajectoires, qui pouvaient sembler aussi bien courbes que droites et biscornues. Séduite, j'observais les immeubles insoumis : autour de cette place, la ville géométrique avait tracé son périmètre rebelle.

Mais elle était là, l'ouverture rigoureusement parfaite. Au fond le ciel se déployait sur le dôme de Guarini, dans une spirale pleine d'yeux.

De son côté, mon père était monté sur une carcasse de baleine pour observer de près la frénésie alimentaire des requins blancs.

« Ben oui, j'ai fait une chose vraiment folle. Mais je n'ai pas pu résister. La carcasse était très glissante et les requins la secouaient violemment, j'ai bien failli passer à l'eau à plusieurs reprises. Mais quelle occasion, je devais prendre ce risque.

« Au bout d'une petite heure je suis entré dans la cage et je me suis laisser descendre sous l'eau pour les voir manger de près. Et là, j'ai fait une découverte sensationnelle. Après s'être empiffrés pendant deux heures, les requins étaient complètement abrutis. Ils faisaient des choses bizarres, avec une maladresse qui ne leur ressemblait pas. »

La vidéo sous-marine commence. Je vois un grand

requin blanc nager comme un idiot, sur le dos. Puis un autre qui se cogne contre l'hélice du bateau. Un autre encore qui donne des coups de tête dans la carcasse, et rebondit en arrière l'air étourdi. Un quatrième qui procède de façon désordonnée, heurtant continuellement la cage.

«Au début je pensais que c'était dû à l'orgie. Je me disais : ils ont trop mangé, ils sont abrutis comme nous après le repas de Noël. Puis j'ai compris quelle était la vraie raison et cela m'a attendri à un point...

«J'ai vu un grand mâle de six mètres, le pénis en érection. Les mâles ne sont pas habitués à un contact aussi étroit avec les femelles. Cette carcasse en a attiré une dizaine et les pauvres garçons ont perdu la tête. Un accidentel frôlement de nageoire, une bouchée commune, une queue qui s'agite sous ton nez.»

Il me les montre encore : la bouche ouverte et l'air hébété, qui ondulent à la verticale, le museau vaguement extatique tourné vers le ciel.

«Ils sont quand même revenus le jour suivant également, il ne restait pas grand-chose de la baleine. En pleine mer, nageait une carcasse flasque d'à peine quelques mètres. Cependant il y avait encore du monde. La veille au soir, j'avais rencontré une jolie femme et je l'avais invitée à venir en bateau avec nous. Elle n'a pas cessé de vomir. La carcasse, désormais décomposée, puait affreusement. Je n'y avais pas pensé.»

Il y a eu une rafale de vent inattendue et une gousse de caroubier a volé à mes pieds. Je l'ai prise dans ma main. Dieu sait pourquoi je dois toujours tout toucher. *Je voudrais être moins charnelle.* J'ai fermé les yeux et j'ai rêvé de m'apaiser, de n'avoir plus besoin de personne, de devenir esprit pur.

Mais j'étais trop tourmentée par une question. Alors j'ai décortiqué la caroube. *Mon père est-il vraiment un homme équilibré ?* Je le revoyais assis sur cette carcasse glissante et l'équation équilibre-sang froid ne fonctionnait plus.

Immédiatement après j'ai repensé à cette nuit, quand Marcello serrait fort sa tête entre ses mains. Et que moi, je ne savais pas quoi faire. Au début je suis restée paralysée, comme lui. Puis j'ai pris une serviette et l'ai passée sous l'eau froide. J'ai commencé à lui tamponner le front, je n'avais pas d'autre idée.

On faisait l'amour, c'est arrivé pendant qu'on faisait l'amour : tout à coup Marcello est devenu blanc. Il s'est jeté en arrière, il s'est couvert la tête et a fermé les yeux. J'ai bondi sur mes pieds. Un infarctus, j'ai pensé. Il avait peur, peur de mourir. Il ne parlait pas mais il disait une chose très précise. *Je suis mort.* Il me le disait sans me regarder, le visage caché entre ses bras. *C'est toi qui m'as tué, Sofia.* Alors j'ai compris que ce n'était pas un infarctus. Et je suis allée chercher une serviette. Je tamponnais, je tamponnais : sa fragilité et ma mélancolie.

Sacrosaintes étreintes ? Mais pauvre Arturo, des étreintes qui frôlent même la mythologie. Jupiter qui inonde d'or Danaé et qui enlève Europe en se changeant en taureau. Une pipe adaptée à un livret de Wagner. L'Ancien Testament : des orgies bibliques, des prostituées, des épouses et des mères des prophètes. Mais mon pauvre, mon pauvre.

Pendant un petit moment, j'ai éclaté de rire, comme ça, toute seule. Je pensais à ces bestiaux excités — le grand requin blanc sur le dos, étourdi par son érection —, je me sentais tellement perdue. *Tu nous dévores, Sofia, tu dévores les autres et toi-même. Tu es une créature dangereuse.*

J'ai bondi, instinctivement. J'étais dans le Quadrilatère, à deux pas de Porta Palazzo. Pourtant j'avais l'impression d'être au milieu de l'océan. Je tournais la tête de-ci de-là, suspicieuse. J'avais l'impression d'être entourée de grandes ombres noires.

Marcello me faisait penser à un requin pris au piège dans un filet. *Il faut aller dans l'eau, Sofia. Il faut le faire bouger, tout de suite, sinon il arrête de respirer, il s'étouffe.* Mon père le fait sans arrêt, justement, la semaine dernière il a sauvé un requin-bouledogue dans un état comateux, piégé dans les filets de protection d'une plage. Il a plongé, a coupé la corde, puis l'a poussé vers le large pour faire passer l'eau dans ses branchies. *Saute, Sofia.* En fait je me suis rassise.

Arturo me faisait penser à un requin blanc, qui ne touche jamais le fond. Parce que le fond, c'est déjà lui (selon la théorie pas vraiment scientifique de mon père). *Sauve-toi, Sofia.* Mais ce serait une grosse erreur. Face à un requin blanc il faut rester calme, immobile. Seulement moi je n'en suis pas capable : calme jamais, c'est ce qui me perdra. *Ma squalité.* J'appartiens à cette espèce condamnée au mouvement.

Je me suis levée, j'ai lancé un regard rancunier aux immeubles. Je me sentais trahie par ma place préférée. Elle qui est si tordue, je m'attendais à un peu de compréhension de sa part.

Puis je me suis aperçue que la statue de Bottero, celle qui apparaît dans les tableaux métaphysiques de De Chirico, avait été défigurée par un voyou. Pire encore, on l'avait ridiculisée. Quelqu'un lui avait coincé un papier rouge dans l'oreille. *Mais que de choses absurdes il se passe à Turin. Qu'est-ce que cela veut dire cette fleur fichée dans un tympan de bronze ?*

J'ai essayé de me hisser pour libérer monsieur Bottero, et, avec lui, De Chirico et la place métaphysique, de cet élément perturbateur. Et incompréhensible surtout, incompréhensible. Mais la statue était trop haute, je n'y arrivais pas. Aussi m'en suis-je allée, laissant le bout de papier rouge dans l'oreille de la statue.

Pas à pas, une chose après l'autre, sans exagérer. Tandis que je me familiarisais progressivement avec le relief d'un trottoir, quelque chose m'a égarée encore un peu plus. C'étaient leurs discours : ils me poursuivaient.

« Mais pourquoi cette paralysie ? » C'était la voix nasillarde de Marcello, reconnaissable entre toutes. « Je devrais pouvoir répondre à tout le monde, et je ne réponds à personne. Le directeur de la photographie dit que le héros ne doit pas retourner au séminaire, sinon le film devient une apologie de la religion. Mais les scénaristes pensent le contraire, ils disent qu'il doit y retourner avec un enfant. Ils ont la manie de faire accoucher tout le monde. L'acteur principal dit qu'il ne se sent pas de jouer le rôle d'un prêtre, il est athée. L'assistante de production m'a avoué hier soir qu'elle est indignée parce que personne ne dit que le Vatican est plein de biens immobiliers. Selon elle, c'est un problème qu'il faut absolument mettre en lumière, les loyers sont astronomiques, ils ne font pas du tout œuvre de bienfaisance. Finalement j'ai couru trouver ma femme, espérant avoir n'importe quelle réponse pourvu qu'elle soit nette. Elle m'a suggéré : "Pense aux cheveux, le réalisme compte, ils ne doivent pas être tous trop bien coiffés." Un détail technique. »

Tout de suite après j'ai reconnu Arturo. Ses paroles, à la différence de celles de Marcello, n'avaient pas la dynamique d'une question : « Il ne me reste qu'à prendre acte de mon incapacité à agir. » Tant bien que mal, Arturo a toujours été convaincu de son affaire, en homme solide. « Cette sensation n'est peut-être même pas un produit synthétique, un *dérivé* (de mon esprit). En fait il me manque un champ d'action. Cela me manque concrètement. »

Je marchais en fouettant les pavés. Les rues trop droites de Turin, qui si souvent m'oppressaient, ce jour-là me soulageaient. J'avais besoin de ça, d'aller tout droit. Peu m'importait où, pourvu que ce soit tout droit. *Ils vont me dévorer.*

« Toi, tu dis que le scénario est minable, mais les producteurs sont enthousiastes. Que dois-je en penser ? Qui a raison ? Je me consacrerai aux cheveux, ils seront tous complètement décoiffés, tu peux en être sûre. Peu m'importe si tu contestes mon idée du réalisme, si tu dis qu'une réplique superficielle est bien plus fausse qu'un acteur avec un polo trop propre. Non. Moi je ne suis pas d'accord. Et excuse-moi si je m'insurge. Je ne suis peut-être pas un homme sans caractère. Tu vois que j'en ai. Tu as été la première à m'encourager à croire en mes idées. Tu penses que c'est facile de contrôler tous ces gens ? »

Presque sans m'en apercevoir, j'ai rejoint la via Po. J'étais sous les arcades et soudain je n'avais plus de force dans les jambes. Elles s'étaient comme vidées. Comme ça, d'un coup. Alors je me suis appuyée contre une colonne.

«J'ai parfois l'impression d'être moi aussi un *dérivé.* Ils m'ont surcoté, bien au-delà de mes capacités. Puis ils m'ont fait sombrer en un clin d'œil, sans tenir compte de mes talents. Tu sais, c'est très difficile d'accepter un destin aussi virtuel, un destin sous l'emprise du marché et non d'une personnalité. *Synthétique,* dans notre jargon.»

Et là, appuyée à l'oblique contre cette colonne, l'épaule contre une surface dure et tout le reste du corps abandonné à la gravité, un vers m'est revenu en mémoire : *Mais faiblesse blanchit mes jambes.*

14

L'équilibre des requins

« Dieu sait pourquoi certaines inventions ont le pouvoir de concentrer à tel point nos peurs sans pour autant avoir aucun lien avec la réalité. Quelques unes peuvent même devenir des sortes de vérités absolues, tout en étant très loin de la vérité.

« L'impact d'une rencontre avec la baleine de Melville est peut-être moins fort, quand on sait que les baleines mangent du plancton ? Non. Cela vaut aussi pour l'aileron du requin à fleur d'eau. C'est une promesse de mort qui fait frissonner tout le monde, y compris moi. Cela m'est tellement utile de savoir que les requins ne nagent presque jamais de cette manière, sauf s'ils se trouvent en eaux très peu profondes. L'aileron a une fonction bien précise : il sert à garder l'équilibre.

« C'est l'équivalent de la dérive d'un bateau à voile, mais inversé. Au lieu de l'avoir sous la quille, ils l'ont sur le dos. Ce n'est pas un symbole, c'est un privilège : j'aimerais bien aller moi aussi tout droit comme eux.

« Pas de chance je suis là, assis sur le bord du bateau en train de tanguer. C'est très humiliant de se sentir à la merci des vagues. Je regarde le coucher de soleil et je me demande : “Mais suis-je vraiment un aventurier?” Ne fais pas l’erreur de le croire, Sofia. Si tu savais comme ma vie est monotone, ballottée d’émotion forte en émotion forte.

« Regarde-moi bien : là, maintenant, déséquilibré par un bateau à moteur, agrippé à une poignée en aluminium avec mes bras de cinquante-sept ans. Voilà ce que c’est un homme passif.

« La volonté inébranlable du capitaine Achab et celle de Bartleby sont au fond une seule et même chose. Entre eux cependant il y a une différence importante : l’un est un homme actif et l’autre un homme passif. En résumé, l’un est un héros et l’autre non. Et sais-tu qui est le héros? Bartleby.

« Aux yeux des autres, Bartleby est un fou, en fait c’est *un homme sain.* Parce qu’il décide. Bien sûr qu’il a du courage, il dit : “Je ne préfère pas.” Achab en revanche fait juste semblant de décider. Il donne des ordres, commande, impose son destin à tout l’équipage, mais il finit par être commandé à son tour. La baleine blanche, ce n’est pas la mort mais sa folie.

« Sur ce, je te dis au revoir, trésor. Il est tard, il commence à faire sombre et je dois rentrer au port. Ce soir je vais me coucher tôt, je suis fatigué. Avant de te dire bonne nuit, permets-moi de démentir une dernière légende : ce n’est pas vrai que les requins ne dorment jamais. Quand ils se reposent, ils nagent seulement plus lentement. Peut-être qu’eux aussi font des cauchemars, qui sait. Mais pour toi, mon trésor, plein de beaux rêves et rien d’autre. »

Mais moi, cette nuit-là, je n'arrivais pas à fermer l'œil, je pensais à ma mère.

C'était en juin 1980, un vent léger soufflait et j'étais assise dans un petit fauteuil en plastique vert, un de ces objets à la mode dans les années quatre-vingt et qui refont surface aujourd'hui. J'avais étalé mes feutres sur la table de la cuisine et je dessinais. Je passais la plus grande partie de mon temps ainsi : je dessinais et dessinais encore. Au lieu de faire mes devoirs, pendant que mes parents regardaient la télévision, même à table, du moins tant qu'ils ne me disaient pas Va-ranger-cette-feuille-s'il-te-plaît.

Au bout d'un moment, maman s'est agenouillée devant moi et m'a serré les joues entre ses deux mains. Elle me le faisait souvent, d'habitude pour me faire tendre les lèvres et me voler un bisou. Cette fois non, ce n'était pas pour un bisou. Moi j'étais déjà prête, les lèvres en avant, mais elle n'a pas approché son visage. Elle voulait me parler.

« Écoute-moi, Sofia. Abraham a *dû* le faire. Avec Isaac, justement. Moi aussi je *dois* le faire. »

Après m'avoir parlé d'Abraham et Isaac en me prenant le visage, elle a fait descendre doucement ses mains et a mis ses doigts autour de mon cou. Je la laissais faire. D'abord je ne savais pas qui étaient Abraham et Isaac. Et puis, la veille, j'avais essayé son collier (« Maman, je peux voir comment elles me vont, tes perles ? »). Elle m'étranglait à peine, d'une légère pression. Elle était presque délicate. Alors j'ai pensé *Elle prend les mesures.* J'ai dégluti et lui ai souri. *Pour faire raccourcir le collier. Elle veut me l'offrir. Peut-être qu'Abraham a fait un cadeau à Isaac.*

Puis j'ai regardé un peu mieux ses yeux. Ils étaient

écarquillés, il y avait un peu trop de cornée autour de l'iris. J'ai commencé à tousser. Mais elle ne me lâchait pas, elle mesurait, elle mesurait.

« Merci maman », j'ai susurré.

Elle a ouvert les yeux encore un peu plus. On aurait dit du verre, des yeux d'animaux empaillés. Tout à coup, j'ai pensé au hibou empaillé que j'avais vu chez mon grand-père, et j'ai eu peur. Instinctivement je l'ai repoussée. Je ne voulais pas, je n'avais pas l'intention de la brusquer. C'était à cause de cette pensée, à cause du hibou.

C'est là que tout est arrivé : très vite, en quelques secondes. Elle se lève, tend le bras et m'attrape. Elle commence à courir vers la fenêtre. Je cours derrière elle, je rigole, j'essaie. *Mais si, c'est pour rire. Un, deux, trois, soleil. C'est un jeu. Abraham a joué avec Isaac.* Mais elle serre un peu trop ma main, elle me fait mal : « Maman ? »

Elle se retourne et me fixe sans regard. Alors je plante mes pieds sur le carrelage, commence à agiter le coude et ramène fort mon bras contre ma poitrine. Je vois les longs doigts de ma mère s'ouvrir comme une fleur, lentement. Et les miens, tout petits, qui s'échappent. Puis je vois ses jambes fines qui continuent leur course jusqu'à la terrasse. *Je n'y vais pas.* Je l'observe de loin. *Excuse-moi, excuse-moi, mais moi je reste ici.*

Elle ne se retourne pas pour voir où je suis. Elle regarde au loin, devant elle, au-delà de la fenêtre. J'ai beaucoup de mal à comprendre ce qu'elle fait.

Elle enlève ses chaussures, elle le fait lentement. Des sandales d'été, à la semelle de corde. Elle les pose avec précaution sur une chaise et monte sur la table en fer forgé du balcon. C'est une table blanche, avec des petits trous. Cela me semble être un jeu un peu dangereux. Je voudrais lui dire : « Maman, attention ! Tu vas tomber. » Mais je n'arrive pas à ouvrir la bouche. *Si je parle, elle va s'apercevoir que je suis là.* Cette phrase m'obsède, je la répète cent fois dans ma tête : « Maman tu vas tomber, attention tu vas tomber, eh ! tu vas tomber. » Mais rien, toujours muette. *Courage, Sofia, dis-le-lui. Parle, Sofia, parle.* Mais je n'ai pas parlé.

15

Le paysage lunaire

L'hiver était là. Je continuais à tourner dans la ville. Parfois je prenais des photos, sinon je me promenais, et c'est tout.

Les arbres étaient nus, la brume rendait les rues encore plus spectrales. Des nuages bas et effilochés, comme de la fumée, fendaient le vert de la colline : certains jours on aurait dit qu'elle était en feu.

De temps en temps, je prenais la voiture et partais faire un tour dans la campagne. Quand le givre recouvrait les champs, tôt le matin, la terre retournée devenait presque rose et le paysage avait quelque chose de magique.

Puis, en février, la neige est arrivée. Avec le blanc et le silence, tel un fantôme tranquille, Arturo aussi est reparu.

Étrangement heureux, à grandes enjambées il avait traversé la neige fraîche et s'était pointé chez moi avec son pantalon mouillé jusqu'aux genoux et un manteau au col en fourrure démodé, comme dans les romans russes.

« Aujourd'hui je suis libre. » Le sourire irrégulier

accompagnant cette idée de liberté. « Bref, j'ai eu envie de venir te voir. »

Dans l'après-midi, on s'est aventurés dans le supermarché le plus proche pour faire des provisions et ne plus avoir à sortir. C'était un spectacle désolant. Le rayon des fruits et légumes semblait saccagé, il restait quelques aubergines pourries, deux tomates cabossées, quelques bananes noires et une poignée de pommes flétries. Pas de viande, pas de poisson, pas d'œufs. Que du fromage.

On regardait l'étalage, perplexes.

« On prend de la fontina ? »

Arturo a ouvert les bras : « Tu vois autre chose ?

— Merde, on dirait que c'est la guerre. Tout ça pour un peu de neige. »

Arturo marchait entre les rayonnages vides, un paquet de pâtes par-ci, une boîte de biscuits par-là. Une misère même visuelle.

Pendant ce temps je remplissais le chariot de chocolats et de barres Kinder au lait, en m'attaquant à une montagne sur laquelle était planté un carton : « Offre spéciale. »

« Le chocolat, c'est très bon contre la dépression. C'est prouvé scientifiquement. »

Nous, on en avait même fait un rituel. À chaque fois qu'il venait chez moi, je lui mettais trois chocolats dans la poche, trois, ni plus ni moins : lui, moi et le vide entre nous.

« Le jasmin aussi. J'ai lu tout un tas de choses sur l'aromathérapie. » J'ai attrapé un spray aérosol.

« Écoute, laisse tomber. » Arturo m'a arrêtée. « Les

médicaments ne marchent pas. Que crois-tu qu'un désodorisant puisse faire ?

— Allez, on essaie. »

On est restés une heure devant les vins. Je soulevais les bouteilles et lui les regardait.

« On a déjà pris du Barolo chinato et du calvados.

— Mais le *Tanit*... quelle merveille. *Bellissimo,* comme on dit en Sicile. Et même le Passito de Pantelleria. Je les prends.

— Tu frises l'alcoolisme, Sofia.

— Non, non. J'aime la vie, c'est différent.

— C'est ça buvons, comme ça, avec les antidépresseurs, je t'offre un beau feu d'artifice, et on n'en parle plus. »

J'ai reposé le calvados : « D'accord, pas d'alcool fort. Cela vaut mieux. »

Puis je lui ai caressé le poignet et j'ai glissé mes doigts sous sa chemise, pour m'aventurer un peu plus loin. Mais j'ai tout de suite retiré ma main. Il avait la peau rugueuse, denticulée comme celle des requins : « Mais qu'est-ce que tu t'es fait au bras ?

— Une dermite nerveuse.

— Allez, on va payer. »

On s'est dirigés vers la caisse. Avec notre chariot plein — la cambuse du navire, comme on disait — on se sentait plus tranquilles. On y avait mis plein de choses inutiles, on avait réussi. Le ticket ondulait comme un serpent. Parfois les choses protègent.

Ces jours-ci où tout était fermé, les routes bloquées et nous prisonniers à la maison, on était particulièrement joyeux.

C'était peut-être le fruit d'un certain luxe, qui sait. En tout cas l'envie de jouer grandissait avec les heures gaspillées : ce temps dilaté, inutilisable, autorisait tout.

On marchait heureux sous la neige, on se jouait des tours.

« Non, non... Qu'est-ce que tu fais ? Non, pas dans le dos. J'ai des rhumatismes, Sofia.

— Mais tu es vraiment un vieux croulant.

— Qu'est-ce que tu as dit ? »

Il me courait après.

« Rhumatismes, éruptions sur les bras : tu es un vieux croulant ! »

Il m'a soulevée de force et m'a jetée dans la neige. Je l'ai attrapé par le bras et l'ai fait tomber avec moi. On riait. *S'il en tombe un, l'autre tombe aussi. N'y pense pas, Sofia.*

On est rentrés à la maison trempés, à bout de souffle. On a commencé à monter les escaliers en courant et en glissant sur le marbre mouillé, avec de la neige dans les cheveux, nos vêtements imbibés, on avait réuni nos dernières forces pour se réfugier au chaud.

« Bain bouillant ! Et puis peignoir ! » Arturo secouait la tête comme un chien mouillé.

Moi je regardais en bas, en me penchant dangereusement dans la cage d'escalier : « Nus dessous ?

— Tu es toujours aussi provocatrice. »

J'ai pris un bain, lui une douche. Ensuite on a enfilé un peignoir. J'en avais un en plus, piqué dans un hôtel. Il était un peu petit, ses longues jambes dépassaient. On s'est allongés sur le canapé.

Mais Arturo s'est levé tout de suite. Il était inquiet, nerveux tout à coup. Il ne tenait pas en place. Il tournait comme un lion en cage autour de ma bibliothèque. Je suis jalouse de mes livres, je frémissais : « Qu'est-ce que tu fais ?

— Je regarde. »

Il a sorti un poche violet, tout écorné.

« Emily Dickinson ? » j'ai demandé.

Je les reconnais tous, mes livres, même de loin. Les prendre en main, lorgner à l'intérieur, c'est me violenter. Mais ce n'était pas cela qui me préoccupait.

Arturo ne disait rien, il feuilletait. Puis il a levé les yeux. *Voilà, il a trouvé une chose terrible à me dire.* Je lui ai souri : « Il y a une poésie qui te plaît ? » *Ne me la lis pas, ne me la lis pas.*

Arturo s'est assis, il a croisé les jambes et a ouvert grand le livre.

« Oui. »

J'ai baissé la tête. Je fixais ses pieds, les ongles trop longs, négligés. Dieu sait depuis combien de temps il ne se les était pas coupés.

« *Il y a une force dans le sentiment / que tu peux résister à ce qui te détruit — / à quoi servent les nerfs d'une corde / comme la tienne, sinon à supporter...* »

Cette littérature profonde avait presque quelque chose de léger — peut-être était-ce la voix apaisée, peut-être était-ce le ton aérien, peut-être la beauté des mots, leur rigueur —, j'étais démolie.

« Très belle », j'ai dit. *Arrête.*

« Lis-en une toi. Allez. Ouvre au hasard. »

Je ne sais pas résister aux défis. J'ai ouvert le livre en grand, vite, sans cérémonies. Je suis devenue pâle.

« *Mais — si le jeu s'avérait / D'un sérieux mortel — / Si la joie — se figeait — / Dans l'œil — vitreux — du Cadavre —.* »

J'ai levé les yeux, épouvantée. Arturo s'est allumé une cigarette : « Continue. »

Les coins du livre tremblaient entre mes mains.

« *Ne serait-ce pas faire payer cher / La plaisanterie ! / Pousser un peu trop loin — / La rampante farce !* »

Je me suis levée d'un bond, j'ai balancé le livre sur le tapis : « Non ! *Cette fin,* je n'en veux pas. »

Arturo était stupéfait : « Quelle fin ?

— Va-t'en.

— Je suis nu.

— Rhabille-toi et va-t'en.

— Mais tu es devenue folle ?

— Je ne deviens pas folle. »

Arturo était mortifié. Il s'est approché doucement, tout courbé. Il m'a caressé le visage : « Que t'arrive-t-il, mon trésor ? Pardon, je ne voulais pas te faire du mal. C'était juste une poésie. Juste un jeu. Je ne comprends pas, je te jure. Je n'imaginais pas que cela te troublerait à ce point. Pardon. »

J'ai secoué la tête. Ma peau était devenue rêche, je sentais la surface de mes jambes se transformer en papier de verre. *Peau de requin moi aussi ?*

Arturo a renversé la tête et s'est laissé couler entre les coussins : « Je suis désolé, vraiment. »

Puis il a levé les yeux et m'a regardée tristement : « Peut-être qu'il faut qu'on se sépare pour de bon. Je crains que tout cela ne suffise pas à me guérir, et finisse par te rendre malade à ton tour. »

Je voulais dire quelque chose, mais je n'y arrivais pas. Alors j'ai posé un genou sur le canapé et je me suis penchée sur lui. J'ai commencé à lui toucher la tête, deux doigts sur le front, l'index autour des sourcils, les pouces sur les tempes. Puis je lui ai passé le dos de la main sur la bouche, dans un sens puis dans l'autre. Arturo était immobile, les lèvres à peine entrouvertes pour faire place à mes mains. À un moment donné, il m'a mordu le doigt. Je le laissais serrer.

Puis, en bougeant le poignet, j'ai attiré lentement sa bouche vers mon corps et je suis descendue doucement sur ses hanches, en me repliant comme un serpent : j'ai porté ses lèvres à mes lèvres. Son visage à quelques millimètres, l'un en face de l'autre, on se regardait comme un poisson et un visiteur d'aquarium.

Sofia est devenue partie intégrante de ma solitude, une présence dans mon silence. Hier il a neigé toute la journée et on n'a pas mis le nez dehors. Je lisais et elle était assise à côté de moi, entourée de ses poupées. Naturellement, de temps en temps elle demandait un peu d'attention. C'est ainsi qu'est né un nouveau jeu.

À un certain moment, comme elle allait se mettre à pleurer, je lui ai lu un vers de Sylvia Plath comme si c'était une phrase affectueuse, ou une comptine : « La femme est accomplie. / Son corps / Mort porte le sourire de l'achèvement, / L'illusion d'une fatalité grecque. » Elle s'est tout de suite mise à rire, comme si je lui avais dit Mais-qui-est-cette-jolie-petite-souris ou Fais-une-belle-risette-à-maman.

J'étais tellement fascinée par cette équivoque, que j'ai continué. J'ai pris un autre vers et, avec la même voix puérile, en la regardant dans les yeux : « Le cri de l'enfant / Se fond dans le mur. / Et je /Suis la flèche, / La rosée qui s'élance / Suicidaire, une énergie, / Vers l'œil / Rouge, le chaudron du matin. » Et elle, pliée en deux, riant à pleines dents. Elle agitait aussi les bras tellement elle était contente. Puis elle me regardait les yeux écarquillés, en attente. Comme pour dire : «Encore, maman.»

Alors je suis passée à une autre poésie. Et, toujours du même ton, mais un peu plus bas, avec un soupçon de mystère, comme si je racontais l'apparition de la sorcière dans une histoire : «La voici qui prend son envol / Plus redoutable que jamais, cicatrice / Rouge dans le ciel, comète rouge / Au-dessus de la machine qui l'a tuée — / Le mausolée, la maison de cire.» Arrivée à la ruche par contre, je lançais d'une voix stridente : la maison de cire! En quelques mots, sur le mausolée, l'histoire finissait bien. Mon doigt était la rouge comète. Je dessinais avec l'index un grand arc dans le vide que je faisais terminer sur son ventre. Elle attendait que mon doigt, la rouge comète, tombe sur son nombril pour se mettre à rire. Puis, au signal, elle explosait : elle riait, elle riait fort, elle riait de tout son être.

C'était comme un tour de magie. Je la regardais avec un mélange de joie et d'angoisse. À la fois exaltée et apeurée par le terrible rituel que je m'étais inventé.

Mais le soir, quand Sofia s'est endormie et qu'elle a cessé de rire, je me suis retrouvée seule avec tous les mots que j'avais prononcés. Le charme rompu, il me restait tout le poids du sens. Finie la musique, l'ambiguïté de la langue, un bourdonnement persistait. Je n'arrivais pas à l'étouffer, cela me perturbait. J'ai mis mon pyjama et me suis glissée sous les couvertures, mais ce bourdonnement me hantait, il était là, comme un moustique dans une chambre. J'ai fermé les yeux, en communion avec la mort.

Je n'avais jamais eu autant de mal à faire des photographies. Devant chaque immeuble élégant et fissuré, devant chaque place vide et fière, devant le ciel qui assombrissait la ville, je percevais toujours un manque.

Je cadrais, attentive et précise, choisissais et éliminais : mais rien — que des mensonges.

Appuie sur le bouton et c'est tout, une photo après l'autre. La chute lente de la neige, les toits ensevelis, les routes effacées, les empreintes fantômes, les étendues blanches intactes, la colline comme le dos d'une baleine qui sort de l'eau dans un nuage d'écume.

Même avec discipline je n'arrivais pas à m'exprimer — pas plus avec patience.

Ces jours-ci, les flocons tombaient par milliers, vertigineusement, toutefois cette tempête, ce silence qui recouvrait la ville jusqu'à l'étouffer tout entière, n'était qu'une infime part de mon angoisse pour ces deux ou trois flocons, que je cherchais désespérément à arrêter dans leur chute, en attrapant la neige avec mes doigts.

Un après-midi, j'ai photographié ma main mouillée, rougie par le froid. Un peu d'eau sur les doigts.

Puis je me suis assise sur un banc, après l'avoir essuyé avec mes gants. J'ai glissé l'appareil photo dans mon sac à dos, je préférais cadrer avec mes yeux simplement : les arbres réduits à l'essentiel, les branches s'affaissant sous leur poids, les façades d'une clarté supérieure sous les toits blancs. De temps en temps de la neige tombait des corniches avec un bruit étouffé. Alors je me retournais d'un coup, effrayée.

« Comme tu es sous la neige, pour te tenir compagnie, je t'envoie quelques prises que j'ai faites dans l'océan Arctique. Pour ce travail, il y a trois ans, on m'a remis un prix important.

« On n'a que très peu de photos du requin du Groenland, on le rencontre rarement. C'est un peu comme de se retrouver face à face avec un dinosaure, on dirait un poisson préhistorique. Cependant je t'assure, l'émotion de plonger là-dessous est si forte que nager avec cet animal m'a presque laissé indifférent.

« En effet, plonger sous la banquise est dans l'absolu ce qu'il y a de plus dur. Pas seulement à cause du froid (à l'extérieur on tourne autour de soixante degrés audessous de zéro et, dans l'eau, autour de moins deux). Le vrai problème est ailleurs. Tu entres dans la mer à travers une fissure dans la glace et si tu ne retrouves pas cette ouverture au retour, tu es foutu.

« S'il arrive quelque chose et que tu doives remonter tout de suite à la surface, il ne faut pas commettre l'erreur de nager jusqu'à la calotte car, de là, il est impossible de retrouver la sortie. Il faut descendre encore plus bas, car c'est seulement depuis le fond qu'on peut localiser une fissure de lumière.

« C'est presque une apparition, crois-moi. Le soleil filtre à travers une fine bande aveuglante et tout le reste est noir. Il y a quelque chose dans ce monde qui fait vraiment peur. Et ce n'est pas seulement l'idée de rester piégé sous la glace. C'est l'atmosphère en soi : tu as la sensation de pénétrer dans un cauchemar ou dans l'imaginaire de quelqu'un, de nager dans l'irréel.

« Je t'avoue que j'ai eu un moment d'hésitation avant de plonger. Mais j'ai bien fait de trouver assez de courage, cela en valait la peine.

« Le paysage là-dessous a quelque chose de lunaire. Tu nages au milieu de cristaux de neige qui volent autour de toi comme des bouts de papier, entre des dunes blanches et des précipices roses transparents. Tout semble ralenti, phoques et lions de mer bougent de façon étrange, comme freinés par quelque chose d'invisible et lourd. Tout est blanc ou noir comme la nuit. On a l'impression d'être dans le ciel plus que dans la mer. Et il règne un silence différent, plus profond encore que celui des abysses.

« En nageant dans cet univers, terrible et magique à la fois, je me suis dit : La mort, je l'imagine comme ça. »

16

Nés pour la solitude

Sofia a dit son premier mot, enfin. J'attendais ce moment avec impatience, les mots c'est mon territoire. En fait, elle m'a bieu eue. Elle a ouvert la bouche et, en me souriant, elle a dit : « Papa. » Comme si elle avait appris à nager avec moi et non avec Nando, un affront insupportable. Alors j'ai commencé à me perdre en conjectures. Elle a dit « lala », elle voulait du chocolat. Elle faisait sûrement référence à la nourriture. Elle deviendra une affreuse matérialiste, une impérialiste, une femme attachée aux choses. Je me sentais un peu ridicule mais, dans certains moments violemment instinctifs, il est difficile de se regarder longtemps de l'extérieur. On n'y arrive que quelques secondes, le temps d'avoir honte et d'oublier.

Je me suis approchée d'elle, j'ai montré un visage doux et l'ai incitée à répéter : « Dis-le-moi encore une fois, trésor. Allez. Sois gentille ». Elle a été on ne peut plus prompte, elle y avait pris goût : « Papa. »

Complexe d'Œdipe, j'ai pensé, bien sûr. Sofia est précoce, elle veut déjà me tuer. Cela ne pouvait pas être simple, non. Les choses simples sont trop difficiles à accepter. Sofia aime l'absence, je me disais, elle aime ce qui n'est pas là. Elle est faite pour la littérature, c'est clair.

Puis elle a exagéré. Elle l'a répété une troisième fois, tel Judas : « Papa. » Alors ma vue s'est troublée. Je l'ai soulevée brutalement, je l'ai flanquée dans son parc au milieu des jouets, et je suis sortie. Je te le jure, je suis sortie. Je l'ai laissée toute seule à la maison. De toute façon la solitude est une chose qu'il faut apprendre, le plus tôt possible. Comme ça, on n'en parle plus.

« Papa ?

— Sofia !

— Je te réveille ? Quelle heure est-il chez toi ?

— Il est arrivé quelque chose ?

— Oui, non, enfin ce n'est pas arrivé maintenant. Ces lettres, papa. Tu dois les lire aussi.

— Si je les lis je n'irai plus dans l'eau. Je n'ai pas droit à la faiblesse, Sofia. Les requins s'en apercevraient tout de suite. Je ne tiens pas à me faire dévorer.

— Non, non, je t'en prie. Dis-moi quelque chose, je t'en supplie.

— Que veux-tu que je te dise ?

— Ce que tu veux. Sur maman, j'entends.

— Sur ta mère ? C'est difficile.

— Je sais.

— J'essaierai, mon amour. C'est promis.

— Merci. » Silence. « Papa ?

— Oui ?

— Pardon si je t'ai réveillé.

— Ne dis jamais ça, je suis là pour toi. Toujours à disposition. »

« Les femelles des requins blancs, après avoir mis bas, perdent l'appétit durant quelques mois. De cette façon, la nature dissuade les mères de dévorer leurs petits. Les requins ne connaissent pas le sentiment maternel. Je ne peux pas t'en dire plus, Sofia. Excuse-moi.

« Ce sont des poissons qui se reproduisent très tard, quand ils sont déjà vieux. J'étais un gamin quand ta mère s'est retrouvée enceinte. J'étais trop jeune pour mesurer la gravité de la situation. Par chance tu t'es protégée toute seule.

« J'espère que cette vidéo sur les requins nouveau-nés te plaira, voilà. Je l'ai fait moi-même. Pour toi.

« Comme tu vois, ce sont des requins adultes en miniature. Sache qu'ils ne reçoivent aucune éducation. Leur mère les expulse et les laisse se débrouiller. Ce sont des animaux confrontés à la solitude dès la naissance. Merde, c'est dur.

« Regarde ce petit carcharin. Attends, je vais te le sortir de l'eau. On peut le soulever d'une main. Il fait même un peu rire. Je l'ai mesuré il y a peu, il se débattait comme une anguille. Il ne mesure que vingt centimètres mais il est identique à un spécimen de trois mètres. Je vais le remettre à l'eau, il me regarde avec de ces yeux écarquillés ! Il n'en peut plus, le pauvre petit.

« Tu veux lui donner un nom ? C'est toi qui choisis, Sofia. Tu veux qu'on l'appelle Marcello ? Ou tu préfères Arturo ? Là, il y en a un autre, si tu veux. Tu vois ce petit poisson de trente centimètres qui nage entre les pierres ? Voilà. Comme ça on peut en appeler un Marcello et l'autre Arturo. Tu es contente ? Ils sont marqués, tu sais. Je te promets que je ne les perdrai jamais de vue.

« Ils sont à toi. C'est un cadeau. Ici, en Australie, à partir d'aujourd'hui tu possèdes deux requins. Viens les voir tant qu'ils sont petits, comme ça tu en profiteras un peu. Attention, car bientôt ils deviendront deux gros bestiaux. Et là, je voudrais bien te voir face à deux chiens de mer adultes, trouillarde comme tu es.

« Mais moi, moi qui n'ai pas peur, je m'en occuperai pour toi. Ce sont les requins de ma fille. J'aurai toujours une attention particulière pour ces deux-là.

« Je les confie à Bob, comme ça ils ne courent aucun risque quand je suis dans quelque autre endroit. On les gâtera à coups de ration de thon, tu peux être sûre qu'ils ne s'en iront pas. Et puis un jour, quand tu t'en sentiras, on viendra ici ensemble pour voir tes requins. On les cherchera avec le transmetteur radio. Marcello ? Arturo ? Et eux, en deux ou trois battements de nageoire, ils viendront te voir. Je les retournerai et les endormirai. Et toi, sans aller dans l'eau, en te penchant simplement par-dessus bord, tu pourras les caresser sur le ventre. Qu'est-ce que tu en dis ?

« Ce n'est pas donné à tout le monde d'avoir deux requins, Sofia. Eh bien toi, tu as cette chance.

« Tu mesures à quel point je t'aime ? Tu le comprends ? Je suis désespéré.

« Aujourd'hui je ne vais pas dans l'eau, sinon Marcello et Arturo vont me mordre. Ils ont déjà de bonnes petites dents, tu sais ? Et aussi le flair de leurs parents pour capter les faiblesses des autres. Je ne plonge pas du tout, aujourd'hui. Je vais observer les crabes puis faire quelques brasses à la piscine. Je tiens à toi désespérément, Sofia. Tu ne comprends pas ? »

Si, je comprenais. *Bon, à partir d'aujourd'hui tu as deux requins, Sofia. C'est un vrai privilège, ne l'oublie pas.* Tout le monde n'a pas deux requins.

Mais je suis restée dehors très peu de temps. À chaque pas, un nouveau cauchemar me venait à l'esprit. Et si l'appartement prend feu ? Si elle avale un jouet et s'étouffe ? Si elle tente de sortir de son parc et retombe en arrière ? Je suis arrivée jusqu'à la piazza Vittorio, et j'ai fait demi-tour en courant.

Quand je suis rentrée à la maison, essoufflée, après avoir cherché mille fois à faire entrer la clé dans la serrure, trempée de sueur, mon sac à main tombé par terre dans un bruit sourd, mon cœur étranglé dans le poing de la raison, qui serrait et serrait tant et plus, quand je suis rentrée à la maison j'ai trouvé ma mère. Sofia était dans ses bras. Je suis restée clouée sur place, j'ai dégluti.

Ma mère me regardait droit dans les yeux, elle ne disait rien. Je me suis approchée en tendant les bras pour récupérer Sofia. Mais elle s'est tout de suite retournée, m'offrant son dos au lieu de la petite. « C'était une course urgente, j'ai balbutié. Je suis sortie une minute. Je ne voulais pas qu'elle prenne froid, c'est tout. Tu peux y aller, maman, merci. » Ma mère a détourné les yeux : « Tu es une irresponsable. » Je me suis agitée, j'ai attrapé Sofia par le bras, elle a éclaté en sanglots, et j'ai commencé à crier : « Redonne moi ma fille, je veux récupérer ma fille. Tu n'as pas le droit de me faire ça, rends-la-moi ». Ma mère était épouvantée, elle reculait, tenait toujours Sofia serrée dans ses bras alors que je la tirais. « Tu me fais peur, Margherita. Tu ne vas pas bien. Il faut que tu retournes à la clinique, tout de suite. »

Quand j'ai entendu ce mot, je me suis agitée encore plus : « Tu le fais exprès. Tu frappes là où ça me fait le plus mal pour me contraindre à perdre la tête. Comme ça tu as un prétexte pour m'enfermer là-bas et garder ma fille. Tu as toujours cherché à me détruire, mais tu n'as jamais réussi. À présent tu as compris que Sofia est l'arme fatale et tu t'en sers ». J'ai tiré un grand coup sur le bras de la petite qui s'est mise à hurler. Ma mère a commencé à courir dans la maison, butant contre les meubles, se cognant contre les murs. «Au secours, elle disait, je vais appeler la police.» Et moi, toujours plus folle de douleur : «Tu es contente ? Tu as une fille complètement folle. Quelle horreur, heureusement tu es là, toi. Il faut bien que quelqu'un s'occupe de la petite, pauvre créature», alors j'ai attrapé à nouveau la manche de Sofia. J'avais déchiré son pyjama, il pendait comme une corde et recouvrait sa main. Je tournais autour d'elles, agrippée à ce bout de tissu comme un cheval qui galope dans un manège.

Ma mère a fermé les yeux : «Tu veux ma mort, Margherita.» J'ai éclaté de rire, j'ai lâché prise. Je riais, je riais : «Je te donnerai bien d'autres satisfactions.» Puis je me suis calmée. Je me suis allumé une cigarette : «Écoute, prends la. Allez. Tu peux même l'emmener chez toi. Fais-la dormir avec toi, fais ce que tu veux. Mais sors immédiatement. Fous-moi la paix.» Elle a habillé la petite, en silence, elle a préparé un sac de voyage en quelques minutes. Elle a enfilé son manteau et, chargée comme une mule, Sofia d'un côté et le sac de l'autre, elle m'a saluée d'un geste de la main. «La poussette est en bas des escaliers», je lui ai répondu, sans la regarder.

Dès qu'elles sont sorties, j'ai téléphoné à Nando. Je voulais devancer ma mère, qui allait l'appeler sans tarder pour lui dire à coup sûr les choses les plus accablantes. «Elle a laissé la gamine seule à la maison. Elle va mal, il faut l'emmener d'urgence chez le psychiatre.» Le tout sans manquer l'occasion de lui lancer une belle petite flèche concernant son absence. «Cela mérite que tu viennes jeter un œil, au moins ça.»

Mais je savais comment prendre mon mari. Le truc est le suivant : lui faire sentir qu'il est capable de protéger, sans lui demander de bouger son cul pour autant. Ainsi, d'une voix douce, légèrement éprouvée mais heureuse d'être écoutée : « Elle fait exprès de m'exaspérer. Au fond, son désir secret est que je finisse encore une fois dans cet endroit de merde. Comme ça elle pourra pleurer sur son sort autant qu'elle veut et surtout exercer son autorité sur Sofia. Mon père est mort depuis trop longtemps maintenant, l'histoire du veuvage et de la solitude ne marche plus. Tout le monde s'est lassé de la plaindre. Quand je pense que de son vivant, elle le traitait comme du poisson pourri. Bref, ses plaintes n'ont pas prise sur moi. C'est sans doute pour cela qu'elle m'en veut. »

C'est la chance d'avoir un mari absent. Nando était d'accord, il était de mon côté : « Tu as raison. Mais ne te ronge pas les sangs, Margherita. Va dans son sens, prends les devants. Laisse-lui Sofia deux jours. Toi, sors, amuse-toi, repose-toi, mon amour. » Cela me faisait tellement rire, cette exhortation à distance. Alors je lui ai dit : « Tu sais que Sofia a prononcé son premier mot ? » Nando était tout excité : « Vraiment ? Quel mot ? » Et moi : « Maman. Elle a dit maman. » Il n'y avait pas d'envie, il n'était pas jaloux : « Magnifique, je voudrais l'entendre. » Il était sincèrement content et je l'ai haï : « Quand tu viendras, elle apprendra aussi à dire papa. » Mais il était si loin de toute forme de compétition, que je ne l'ai même pas touché. Il m'a répondu, heureux : « J'ai hâte. »

Que puis-je te raconter d'autre, Nino ? Parfois j'ai l'impression que creuser ainsi dans les bas-fonds de l'humanité, la mienne et celle des autres, c'est comme de creuser un trou. Je creuse, je creuse, mais il s'agit d'une lettre : c'est comme de demander à celui qui la reçoit de rentrer dedans. Ce n'est peut-être pas gentil.

17

La visionnaire

Elle était tombée amoureuse d'un certain Carlo. Dans ses lettres, ma mère lui parlait souvent de moi. À chaque fois, son écriture — d'ordinaire lucide, sèche et acérée — assumait un caractère visionnaire. Mais cela se produisait seulement lorsqu'elle s'adressait à lui, comme si elle avait voulu lui faire comprendre une chose très importante concernant son rapport avec moi.

Pour décrire ma tête de nouveau-né, incroyablement chevelue, elle disait : « la noix de coco ».

« *La première fois que j'ai vu ma fille ? Elle dormait à plat ventre et j'ai embrassé une noix de coco.* »

Sous mon parapluie, j'étais un champignon :

« *Mais va-t-il cesser de pleuvoir ? J'étais si agitée, hier après-midi. Puis je me suis retournée et j'ai vu le champignon devant l'entrée de la maternelle. Elle était si rouge, Sofia. Des bottes jusqu'au parapluie. Rouge et confiante. Pourquoi toutes les autres mamans sont-elles ponctuelles ?* »

D'autres fois, elle me voyait comme un lièvre.

« J'ai couru jusqu'au téléphone et le lièvre a failli me faire tomber. Il file entre mes jambes quand je ne m'y attends pas. Je me retourne et il a déjà détalé. »

J'attrapais des poux et je devenais un œuf.

« L'œuf est encore à la maison au lieu d'être à l'école, mais j'arrive quand même à préparer mon concours. Il est là, à côté de moi, il dessine. Si tu lui donnes un crayon, il n'a plus besoin de rien ni de personne. »

J'étais un parfait bestiaire, une encyclopédie des merveilles naturelles, une surprise continuelle devant ses yeux pleins d'imagination. Quelque chose de très proche de la poésie, en somme. La poésie qu'elle étudiait, traduisait et aimait jour et nuit.

Elle partageait cette passion avec Carlo. Elle l'avait justement rencontré à l'université de Turin, où il avait été nommé chargé de cours. Carlo venait de Rome et avait quelques années de plus qu'elle. Ils avaient tous les deux été étudiants en 1968 et 1969 et ils venaient du même monde.

Mon père était issu d'une famille d'immigrés siciliens (retournés ensuite à Palerme), une famille ouvrière. Ma mère non. Elle venait d'une famille bourgeoise, mi-ligure mi-piémontaise, et elle avait reçu une éducation traditionnelle. Elle était fille d'avocat et ma grand-mère était une dame élégante, aux principes rigoureux. « De l'ordre, de l'ordre, de l'ordre », elle disait toujours (avec ma mère, cette devise n'a jamais marché : elle a sauté une génération et a fait effet sur moi). Mon père quant à lui, malgré ses origines différentes, ne pouvait pas incarner la révolution. Mes grands-parents palermitains étaient aussi conservateurs que les gens du Nord. Et lui, trop absorbé par ses poissons, n'avait pas le temps de s'insurger contre qui que ce soit.

Carlo, au contraire, représentait la liberté aux yeux de ma mère, plus ou moins comme la poésie. D'abord parce qu'il descendait d'une famille bourgeoise romaine, semblable à la sienne, dont il avait éprouvé le besoin de s'éloigner. Ensuite par sa façon d'être.

Il incarnait bien plus la liberté que mon père qui, en fin de compte, n'était qu'un homme-grenouille davantage préoccupé par l'Écosystème que par le Système, par le fait de comprendre les lois de la Nature plutôt que de désobéir à celles de l'État. Au fond, pour mon père, la poésie était une chose concrète et simple : un corail, un poisson-ange, un phoque.

Carlo, non. Lui, il habitait le monde terrestre, pas le monde intemporel de la mer. Il vivait dans les années 1970. Et il parlait la même langue que ma mère qui, pour papa, était si incompréhensible (« Interdit d'obéir ? il lui disait. Ma foi, je ne sais pas. On obéit forcément aux lois de la nature, par exemple. ») Carlo, non. Lui, il accordait de l'importance à l'Histoire.

Carlo et maman s'échangeaient des vers et des billets doux, exaltés. Même si, au bout du compte, leur relation n'était pas si cérébrale.

Quand elle parlait de cette aventure avec son meilleur ami, Nino, son discours devenait tout de suite plus concret, et plus humain :

« J'ai découvert que j'étais une femme normale. Carlo est le seul homme avec qui j'ai réussi à atteindre l'orgasme. Avec lui, je fonctionne comme une horloge suisse : une, deux, parfois trois fois d'affilée. Pour moi, cela a été plus bouleversant que de découvrir Shakespeare ou Dante. À présent le frisson que me procurent Montale et Cavafy, un frisson trop lucide, me paraît bien peu de chose à côté de cette secousse de poisson électrique. Seules Emily Dickinson et Sylvia Plath me troublent encore de façon si mystérieuse. J'ignore par quel hasard, elles continuent à explorer mes fantasmes. Elles ont ce pouvoir incompréhensible sur moi.

« Je peux t'avouer quelque chose ? Pour moi c'est ça la vraie révolution, et elle a déjà commencé. J'ai découvert que j'étais une femme simple. »

Les lettres à Nino étaient toujours les plus belles. Elle lui parlait avec une franchise indécente. Elle était très vraie avec lui, vivante et entière.

« Oh si, on parle de politique Carlo et moi, Celan, Eliot et Borges... mais sa bite. En générale les bites ne m'intéressent pas plus que ça, ce sont en soi des objets plutôt repoussants. La sienne, en revanche, je pourrais la dessiner. Je la connais par cœur. La sienne, je la regarde. Et je la regarde longuement, sans m'ennuyer. Comme un visage qui a toujours quelque chose de nouveau à dire. Explique-moi, Nino : qu'est-ce que cela signifie ? Que je suis débile ? Que je suis jeune ? Que je suis amoureuse ? Peut-être que dans mon âme je suis une tapette comme toi. J'aime cet homme avec une fascination d'homosexuel. Tu me comprends, pas vrai? »

Oui, Nino la comprenait. Et ma mère lui envoyait des lettres d'amour parfois plus enflammées que celles qu'elle envoyait à Carlo. Ce jusqu'à l'en-tête : « *Nino mon amour, Nino mon phare.* » Et elle signait : « *Ta chatte.* »

« *Ta chatte en chaleur* » quand elle lui racontait dans le détail ses rapports sexuels avec Carlo. « *Ta chatte errante* » quand elle ne supportait plus la vie académique et qu'elle s'en lamentait. « *Ta chatte téméraire* » quand elle lui parlait de ses inquiétudes.

« *Oui, tu as raison. Je ressemble à ton chat : je ne peux pas m'empêcher de marcher sur la balustrade du balcon. Comme s'il n'y avait pas d'autres endroits faits pour moi. Pardonne-nous tous les deux.* »

Mais ses inquiétudes n'étaient pas seulement intérieures : c'était 1977, 1978, 1979, des années violentes. Turin à cette période était encore plus inquiète qu'elle. Encore plus déchirée. Et ma mère souffrait avec sa ville.

« *Je vois du sang, encore du sang, du sang partout. Je ne supporte plus cette violence, Nino. Parfois j'ai l'impression d'avoir une bombe dans la tête. Je me demande quand elle va exploser. Je suis peut-être trop fragile pour assumer une révolution. Peut-être que ce n'est pas ce que je veux. Je pense être capable de ne faire du mal qu'à moi-même.*

« *Mais comment mon mari peut-il ne penser qu'aux poissons ? Et comment Carlo peut-il justifier cette boucherie ? Peut-être que je n'aime aucun des deux. Peut-être que je veux rester seule, fermer les yeux, et ne plus rien voir. Ni ce qui se passe autour de moi, ni ce qui se passe en moi.* »

Je lisais, je lisais. C'était très difficile. Moi aussi j'avais comme une bombe dans la tête.

« Je t'ai envoyé un MMS. Pour le voir, va dans les 5 jours sur www.190.it, clique sur MMS et tape ton code confidentiel "requin2006". »

C'était un message de Camilla, mais j'étais trop absorbée par les lettres de ma mère. J'ai éloigné mon téléphone, agacée. Puis j'ai regretté. Au fond, cela ne me coûtait rien de répondre. Alors, expéditive : « Désolée, je n'ai pas le bon téléphone. Ce n'est qu'un vieux coucou qui fonctionne très bien quand même. Au revoir et plein de bisous. » Envoyer. Et j'ai repris ma lecture.

« Mon mari a roué de coups un pêcheur qui était en train de couper les nageoires d'un requin. Je me demande ce qu'il ferait s'il était ici : des gens se font tirer dans les jambes presque toutes les semaines. »

Le téléphone a sonné. C'était encore Camilla, j'ai soupiré.

« Salut, Milla.

— Mais il suffit d'aller sur Internet. Tu n'as pas besoin d'un portable spécial.

— Vraiment ? Je ne savais pas.

— Tu m'apprends des choses, et moi je t'en apprends d'autres.

— Tu as raison. Merci.

— Fais pas ta paresseuse, hein ? Va sur le site.

— Promis. »

Qu'est-ce que je lui apprenais, au fait ? O.K., à prendre des photos. À lire quelques bons bouquins, de temps en temps. Des mots nouveaux parfois, du genre *anticlérical*, comme elle allait à l'école chez les sœurs. Le problème, c'était que Camilla donnait terriblement satisfaction.

C'était une éponge. Bref, c'était difficile de résister à la tentation d'interagir.

Je n'avais aucune envie d'interrompre ma lecture, mais j'avais promis. Donc je me suis levée, j'ai allumé l'ordinateur et suis allée sur le site. Quand j'ai ouvert son MMS, j'ai failli me tuer. Ou la tuer, c'est pareil. Je me suis retrouvée devant une photographie : deux requins, deux carcharins de vingt centimètres plus précisément, s'agitant maladroitement dans l'eau.

« Chère Sofia, voici les requins que m'a offerts Ferdy. Je les ai appelés Pitchounet et Petit-gris, je voulais te les montrer. Un jour, j'irai en Australie pour leur caresser le ventre, avec toi j'espère. Jtm+++ ta Milla. »

Il fallait que je la remercie, j'étais obligée. *Ravale tes pulsions, Sofia. Allez, comporte-toi en adulte.* « Milla ma chérie... » Je n'arrivais pas à rédiger mon message. « Milla ma chérie... » Cela ne venait vraiment pas. Je brûlais de haine envers mon père. « Chère petite connasse de merde, toi et tes requins, à qui tu as donné des noms à la con. » *Non, Sofia, non. Contrôle ta mesquinerie.* J'ai fini par y arriver, en me raccrochant à la synthèse. Éduquée, le minimum vital. Pas grand-chose, mais avec dignité. Plus ou moins. « Merci, ma petite Milla, pour ton MMS. Je suis si contente que tu aies deux requins, ils sont très beaux. » Envoyer. Fin de la torture. *Tu as cinq ans, Sofia, la honte.*

Je me suis allumé une cigarette et suis retournée à mes lettres. *Du calme, du calme, il ne s'est rien passé.* Je n'arrivais plus à me concentrer, alors je me suis levée pour aller me chercher une bière. Je me suis assise, j'ai posé la bouteille sur la table et j'ai repris.

Sofia souffre beaucoup de l'absence de son père. À une fête, elle a gagné un poisson rouge, on ne pouvait pas lui faire un plus beau cadeau. Elle répétait sans cesse : « J'ai hâte de le montrer à papa. » Entre nous, c'était un vulgaire petit poisson d'eau douce. Mais je me suis prise au jeu : « Qui sait combien de choses il va te raconter sur ce poisson. » Et Sofia, très fière : « Un tas de choses, c'est sûr. Il sait tout, lui. » Mais Nando est rentré un mois plus tard et le poisson était déjà mort et enterré (dans les toilettes). À cause de moi, naturellement. J'oubliais tout le temps de lui donner à manger et de changer l'eau. Bref, ç'a été une tragédie. Sofia était inconsolable : « Je voulais le montrer à papa. Tu aurais pu faire attention. » Elle vient d'apprendre à me faire culpabiliser, c'est ça la nouveauté. Je croyais que cela venait avec l'adolescence, pourtant elle a quatre ans et on y est déjà. Elle dit même : « Tu es toujours la même. » Elle est devenue pire que ma mère.

Puis Nando est arrivé. Tout beau tout bronzé avec plein de cadeaux pour elle : coquillages géants, bracelets en tortue, collier de corail. Je crevais de rage. Il nous laisse seules des mois et des mois, puis il rentre en héros. Facile. Évidemment Sofia l'a accueilli triomphalement, elle lui a embrassé les jambes comme à un dieu. « Tu sais, papa, j'avais un poisson. » Elle me regardait de travers, pour insister. Mais lui, distrait comme d'habitude, n'avait pas remarqué ce coup d'œil malicieux : « Et où est-il ? Montre-le-moi. » J'étais foutue, alors j'ai pris les devants. « Il est mort », j'ai répondu. Puis, désespérément garce, j'ai ajouté : « Si tu avais été là, cela ne serait pas arrivé. Il nous manquait un expert. » Sofia me regardait les yeux écarquillés, elle avait probablement du mal à gérer ce rebondissement. Nando, écrasé de culpabilité, l'a tout de suite prise dans ses bras : « Ne t'inquiète pas, Sofia. On va y remédier. Je t'en ramènerai un de mon prochain voyage. Dis-moi, quel poisson tu voudrais ?» Sofia a réfléchi. Puis elle a répondu : «Un requin.» Nando n'a pas cillé : «Tu l'auras.» J'étais écœurée. Je suis sortie. Une excuse au hasard, une satanée conférence que j'avais oubliée. Je marchais et j'imaginais un requin dans la baignoire. J'ai fondu en larmes dans la rue. Mon mari venait de rentrer et j'étais déjà hors de moi.

Je n'avais même pas fini de lire la lettre : je l'ai pliée en quatre, l'ai lissée avec ma main et l'ai éloignée de moi. Ensuite je me suis gavée de gouttes pour dormir et bonne nuit. Par chance, il n'est pas nécessaire d'être mature en dormant.

Je n'ai même pas répondu à Arturo qui me cherchait, miraculeusement. Le téléphone sonnait et je le regardais vibrer sur ma table de nuit du coin de l'œil. Au message de Marcello non plus, qui était arrivé justement quand les somnifères commençaient à faire effet en pesant sur mes paupières : «Sofia, j'ai besoin de te parler. C'est *urgent.*» J'étais trop fatiguée pour donner signe de vie. Et maintenant, bourrée de benzodiazépine, deux requins ou quatre : qu'est-ce que cela pouvait bien me faire?

Je me suis endormie et j'ai rêvé que je nageais dans un port, dans une mer bleu foncé. Je nageais de toutes mes forces pour rejoindre un yacht amarré au loin devant moi. C'était un élégant San Lorenzo d'une vingtaine de mètres et je voulais y monter parce que je savais qu'à l'intérieur il y avait une grande bibliothèque. Le propriétaire était anglais, un drapeau rouge et bleu flottait. Mais tandis que je m'approchais à grandes brassées de l'ancre tendue, quelqu'un me criait : « Sauve-toi, sauve-toi, c'est plein de requins ! »

Alors je fuyais à toute allure et me hissais sur un des phares qui délimitaient le port. Et je restais ainsi, accrochée à une échelle de sous-marin.

Je me suis réveillée la bouche sèche et j'ai couru à la cuisine pour boire. Après je n'arrivais plus à m'endormir. Alors je suis sortie. Comme ça, pour me calmer.

Les rues éclairées par de faibles réverbères découpaient en hauteur des bandes de ciel sombres et les nuages, gris, avançaient sur les toits comme la fumée d'un incendie lointain. Quelques rares lucarnes étaient éclairées, pas la moindre étoile.

La lune, acérée, était mordue en son centre par une tache noire, on ne voyait plus que les pointes. Je marchais vite, ma respiration résonnait en moi comme un écho, comme si j'avais un tuba entre les dents.

En faisant glisser mon dos le long d'une porte, je me suis laissée tomber sur une marche. J'ai ramené mes genoux contre ma poitrine pour y poser mon menton. Devant moi se dressait un mur tout rongé. La marche était froide et me gelait les fesses. J'ai levé les yeux jusqu'à la lune, mais ces deux lames blanches étaient insupportables, alors j'ai caché ma tête entre mes genoux.

Puis je me suis levée et j'ai repris mon chemin. La neige était devenue glace et l'asphalte se dérobait sous mes pieds, il m'échappait alors que je le foulais.

Je marchais, je marchais, je ne savais même pas où j'allais. Je les avais abandonnés tous les deux, mon mari et ma fille. Le plus terrible, c'est que j'éprouvais un grand soulagement. Je savais très bien que Carlo était chez lui, mais je n'avais nullement l'intention d'aller le voir. Non, j'aimais m'imaginer libre.

Et si je partais ? Je me voyais déjà à Paris, à Londres, à New York. Nando serait contraint de rester à la maison, avec Sofia. À faire des recherches sur des poissons d'aquarium. Complètement libre de mettre un requin dans la baignoire. De toute façon je ne serais plus là.

Finalement je suis arrivée au largo Quattro Marzo, je me suis assise sur un banc et me suis pris la tête dans les mains.

Je ne voulais pas être mère, je savais que ce serait un désastre. Seulement cela m'est tombé dessus et, en même temps, l'illusion m'est tombée dessus. C'est une illusion inévitable, comme un symptôme de la grossesse, une espérance trop physique pour être combattue : J'y arriverai quand même, cela me plaira quand même.

En fait non. La première intuition était la bonne. Il y a seulement deux choses irréparables dans la vie : les enfants et la mort. Mais elles s'excluent l'une l'autre. Je rêve terriblement d'une alternative.

18

Le soleil diagonal

La lumière était aveuglante, la neige sale s'amassait de chaque côté de la rue.

On se sentait si dépaysés. On marchait de front, l'œil affuté, nous méfiant du moindre scintillement.

Je m'étais imposé de ne pas céder aux tentations irrationnelles, mais je ne pouvais m'empêcher d'interroger le paysage, effrayée, cherchant à déchiffrer les signes. *Que peut bien vouloir dire cet écart de température ?* Le soleil cognait joyeusement sur le bitume et j'avançais vacillante, comme dans un monde encore à découvrir. J'avais du mal à accepter ce décor coloré à outrance, je me méfiais.

Je m'étais cachée derrière une paire de lunettes noires et ne détachais pas mes yeux du trottoir, qui me semblait être le seul élément sûr, si lisse, si droit. Le regard de Marcello aussi s'échappait, fuyait entre les branches plutôt que de croiser mon regard, le menton relevé jusqu'à en avoir le torticolis.

« Alors ? Qu'avais-tu à me dire de si urgent ?

— Je vais peut-être lui parler. Je vais peut-être tout lui dire. Hier j'étais sur le point de le faire. Il était trois heures du matin, je n'arrivais pas à fermer l'œil à cause de l'angoisse : l'espace d'un instant, j'ai été tenté de la réveiller. »

Mais on s'est interrompus tout de suite. On a vu un oiseau mort au centre de la rue et on a été pris de panique — il nous semblait impossible de dominer l'idée du mauvais présage —, j'ai crié et lui a tourné la tête d'un coup, en faisant un bond en arrière, pour un peu il se faisait renverser par une voiture.

Cette vision était insoutenable, alors j'ai pris une feuille de papier journal qui avait volé par terre et je me suis baissée pour ramasser l'oiseau. Mais quand je l'ai eu entre les mains — *et maintenant ?* — j'ai eu un moment de faiblesse. J'errais avec ce paquet dans les bras, perdue. Je l'ai posé au pied d'un arbre, dans le carré de terre humide autour du tronc.

On ne disait rien, on marchait c'est tout, déviés à chaque mètre par des rayons de soleil trop violents, tous les deux agacés par le bruit des pas de l'autre. Néanmoins on avançait décidés, comme si on avait eu un but.

J'ai pris une branche dans mes mains, je faisais courir la pointe contre les murs. Marcello, qui marchait devant moi, s'est retourné : « Jette ça, s'il te plaît. Ce bruit m'énerve. »

Mais je continuais. Alors Marcello a traversé la rue, il a changé de trottoir. J'ai cassé ma branche avec un bruit sec.

Puis on s'est regardés : comme ça, à distance, avec les voitures qui passaient au milieu, séparés par un passage piétons et par un feu rouge. On a éclaté de rire.

« Mais qu'est-ce que tu fais là-bas ? Viens ici, idiot. Embrasse-moi. »

La semaine suivante, on avait une énergie presque exagérée, on planait tous les deux. On ne s'arrêtait pas une seconde, comme si on avait le feu aux fesses. On avait l'air ivres.

On s'est tout de suite attelés au scénario, notre victime. De toute façon, le film était encore en préparation. Un jour on transformait l'histoire en tragédie et l'autre on en faisait une comédie. Le samedi, le personnage principal devenait un héros romantique, et le dimanche un homme sans qualités.

Mais il n'y avait pas de soulagement, c'était une épouvantable parenthèse, et au fond de nous on le savait. On remettait toujours quelque chose — *tôt ou tard la fatigue va nous tomber dessus*, derrière cette énergie qui s'autoalimentait il y avait la terreur de s'arrêter.

« Ensemble on gagne ? »

On appelait ça *bonheur*, on faisait exprès de le nommer continuellement, mais aussi confus, aussi bariolé, aussi chargé, ce n'était pas du bonheur. Cette agitation n'avait rien à voir avec les états de grâce. C'était de l'euphorie, de l'épuisement, de l'exaspération. Quelque chose qui nous dépassait — vibrer à tout prix, rire par obligation — et nous agitait de manière triste.

Un soir, on s'en est aperçu. J'avais dressé une jolie table, avec des verres à pied rouges et des bougies, des dessous-de-plat et des serviettes colorées, des fleurs parsemées sur la nappe en lin. Marcello avait apporté une bouteille de champagne.

« J'ai cherché le spumante qu'ils nous avaient offert à Venise, mais je n'en ai pas trouvé. » On riait. Ah, ah. Le permis pris au piège.

Marcello a commencé à faire levier sur le bouchon.

Mais il ne voutait pas sauter. Tout rouge sous le coup de l'effort, il contractait les muscles de son visage et de ses bras, puis à bout de force lâchait prise, prenait sa respiration et recommençait.

« Cette fois je vais y arriver », et il réessayait.

Je suivais l'opération en apnée.

« Je peux le faire — il insistait — j'y suis presque. »

Puis il a relevé la tête et m'a regardée : « Je n'ai pas assez de force. »

On a essayé à deux. *Ensemble on gagne.* Vingt doigts sur un bouchon : on n'avait pas l'intention d'abandonner. Quand le bout de liège a sauté au plafond, on a compris. Aucun de nous deux n'avait le courage de trinquer : « Tchin.

— À quoi, Marcello ? »

Je me suis penchée pour ramasser le bouchon. Puis on s'est assis à table, nos visages illuminés par les bougies. Parfois on baissait un peu la tête pour mieux se regarder, sans croiser la flamme. D'autres fois on s'émerveillait devant le fuseau jaune, suivant son élan vers le haut avec de minuscules, d'imperceptibles mouvements du visage.

J'avais rempli la salière de piment, Marcello a tendu le bras pour prendre le vin et l'a renversée. On fixait tous les deux la trace rouge sur la nappe, incapables de la déchiffrer. *Diluer le rouge.*

Je me suis précipitée pour ramasser le piment avec mon couteau, en faisant glisser la lame sur le tissu. Marcello le ramassait avec son index, il le collait sur le bout de son doigt qu'il mettait ensuite dans sa bouche. Il avait les yeux luisants.

« Ça brûle.

— Ça t'étonne ? »

Je me suis levée et ai apporté les pâtes sur la table.
« Je ne sais pas quoi faire, Sofia.
— Tu ne sais jamais quoi faire. » J'étais dépitée.
« Ne sois pas dure avec moi en ce moment délicat.
— Délicat ? Et pourquoi ?
— Ma femme veut un enfant. »
J'ai laissé tomber ma fourchette dans mon assiette. « Et toi ? Tu lui as dit quoi ?
— Rien.
— Rien ?
— Je n'ai pas eu le courage de lui dire non. Elle a trente-neuf ans, on en parle depuis longtemps. » Il a respiré un grand coup. « J'ai un sentiment de responsabilité trop fort, Sofia.
— Je n'arrive pas à saisir si c'est une qualité qui te condamne ou une excuse qui t'absout.
— Mais pourquoi es-tu si précise ? N'est-ce pas déjà assez difficile comme ça ? »
Sur la nappe, des gouttes de vin rouge étaient tombées et, à côté du piment, de la cire s'était solidifiée ; les bougies coulaient inexorablement. Marcello a retiré l'étiquette humide de la bouteille, il fixait le bout de papier fragile collé sur ses doigts. Puis il l'a laissé tomber à côté de son verre. Je l'ai ramassé, je soufflais dessus pour le faire sécher. On n'avait même pas faim.

Au bout d'un moment, on s'est levés pour aller dans le salon. Je me suis assise dans le fauteuil en cuir qu'il m'avait offert. *Jouons*. Je ne voulais plus penser, ni être précise. Je le regardais droit dans les yeux, c'est tout. Mais Marcello ne me regardait pas.
« J'ai temporisé, voilà. »

J'ai fait tourner le fauteuil en m'élançant d'un coup de pied. « Dans quel sens ? »

Marcello a baissé les yeux. « Elle doit d'abord arrêter de prendre la pilule, c'est un long processus. Rien d'immédiat, en somme. » Puis il m'a regardée. « Excuse-moi, Sofia. Elle était si heureuse, je ne pouvais pas. »

J'ai fait un autre tour avec le fauteuil, dans le sens contraire des aiguilles d'une montre cette fois. Emily Dickinson dit : *La gaieté est la cotte de l'angoisse.* Mais j'ai gardé cette pensée pour moi.

« Elle a peut-être compris quelque chose et t'a demandé cela exprès.

— Non, non, impossible. C'est son désir le plus cher, c'est tout. D'abord elle voulait se poser professionnellement, être embauchée. Et maintenant...

— Elle a été embauchée ?

— Oui. Enfin. »

La course du soleil était trop limitée pour moi : j'avais déjà tourné sur moi-même dans le sens des aiguilles d'une montre et dans l'autre sens. Il ne me restait qu'à m'inventer un lever et un coucher de soleil en diagonale. Aussi, j'ai donné une impulsion au fauteuil en inclinant la jambe et j'ai fait quelques mètres en travers. *Maintenant je lui dis qu'on va trouver un équilibre.* Mais pour revenir, j'ai poussé trop fort et j'ai basculé avec le fauteuil.

« Tu t'es fait mal ? »

Je me suis levée, dignement : « Je ne me fais *jamais* mal. »

Mais elle si. Ma mère se faisait mal, et comment. Volontairement et involontairement, de toutes les façons possibles. De l'ordre, de l'ordre, de l'ordre : sa vie était de plus en plus désaxée.

Elle me larguait chez ma grand-mère avec l'excuse du concours et, au lieu de réviser, elle se cramait les neurones avec Carlo, à coups de pétard, d'acide, d'alcool — tout ça en plus des médicaments — et de rock and roll. La seule chose qui était bonne pour la santé, c'était le sexe.

Mon mari est toujours loin. Je me sens coupable juste vis-à-vis de Sofia. Au moins, chez ma mère, elle mange à sept heures du soir, sa petite soupe de pâtes avec un œuf dedans et sa Vache qui rit. Au moins quelqu'un l'emmène à l'école à l'heure et n'oublie pas de mettre son goûter dans son cartable.

Le plus terrible, Nino, c'est que je ne sais pas si je pleure à cause de la dépression, de toutes les saloperies que j'ai avalées hier soir ou parce que je suis une mère indigne. Et une épouse indigne. Et une amante indigne.

Carlo veut que je quitte mon mari, il veut que je vienne à Rome avec lui. L'année prochaine il sera muté à La Sapienza. Je ne sais pas quoi faire. De moi-même, pour commencer.

Je lisais ces lettres le soir, en me mettant dans l'ambiance. J'écoutais Bob Dylan, m'ouvrais bière sur bière, en mélangeant l'alcool et mes gouttes d'anxiolytique — pause BZD, pause bière, pause cigarette — et j'avançais dans l'histoire. Jusqu'où je pouvais. Parce que, au bout d'un moment, la mienne devenait plus urgente. Mêlée à la sienne comme l'alcool aux neuroleptiques.

Alors je rangeais bien comme il faut les feuilles dans leur boîte (de l'ordre, de l'ordre, de l'ordre) et je nettoyais mon bureau (du vide, du vide, du vide). J'allumais l'ordinateur, j'imprimais quelques photos de Turin et je commençais à écrire sur le papier encore chaud.

Sur les Porte Palatine, traversées par un requin blanc comme des grottes, avec un feutre rouge, pour donner aux lettres l'apparence de buissons de corail ayant poussé sur les ruines : *Les faibles se dévorent entre eux.*

Sur une baleine échouée à Porta Palazzo, au milieu des cartons, des légumes pourris et de tout ce qui reste par terre quand le marché est fini, en diagonale, comme un harpon planté dans le dos du cétacé : *Elle a la simplicité nécessaire pour te posséder.*

Sur les quais de Porta Nuova, peuplés de requins gris, immobiles comme des trains, j'ai écrit une poésie entière, dédiée à mon somnifère. (*Élégie sur le lormétazépam, 2,5 mg/ml, voie orale : Le soulagement de te reconnaître parmi des centaines de boîtes anonymes / comme un visage connu à la gare / ta ligne bleue, droite comme mon sommeil avec toi / mieux qu'un pied aimé ou absent / toi qui sait me faire perdre pied et me prives de sensibilité. / Je dormirai sur l'allégresse feinte des autres et sur la vraie / sur toutes les vies qui se croient construites / sur les mots abusifs qu'on prononce /je dormirai sur les ambiguïtés, je dormirai avec simplicité / je dormirai — satisfaite / sur toutes les insatisfactions. / Médecine humaine, Dieu quel délice / être huit heures durant inhumaine.*)

Je continuais comme ça jusqu'à deux heures ou trois heures du matin. Puis je me jetais sur mon lit, un peu ivre, un peu étourdie, généralement encore habillée. Et je m'endormais, justement. L'estomac vide, cinq bières et vingt gouttes de Noctamide (mon compagnon BZD) : et qu'est-ce qui me perturbait le plus ? *Je dormirais sur mes fragilités.*

19

La morsure d'un dieu indécis

Le téléphone a sonné en plein milieu de la nuit. Je dormais profondément et j'avais intégré la sonnerie à mon rêve. Je prenais un bain de mer avec Arturo, entre les poteaux haute tension.

Au bout d'un moment, je reconnais la sonnerie de mon portable et je me dis *C'est Marcello, il m'appelle, je dois regagner tout de suite la rive.* Alors je commence à nager le plus vite possible vers la plage. Mais je m'arrête d'un coup. Je me retourne et vois Arturo, encore là en train de flotter dans l'eau bleue. Il me vient une angoisse terrible, je pense *Je ne peux pas le laisser seul au milieu des requins.* Alors je lui crie : « Reste là, ne bouge pas ! »

Je fais marche arrière à grandes brassées et, tandis que je bats des pieds, je me dis *Je fais trop de bruit, je vais attirer leur attention.* Le téléphone continue de sonner et moi je nage de plus en plus angoissée. *Ils vont me dévorer.*

Je me suis réveillée d'un coup, en sueur, et me suis aperçu que le téléphone sonnait vraiment. Alors je me suis levée d'un bond et j'ai couru répondre.

« Allô ? »

À l'autre bout du fil, il y avait de l'écho, la voix allait et venait.

« Allô ? Allô ? Sofia, tu m'entends ? »

J'ai ouvert grands les yeux. La distance me faisait penser à une seule personne.

« Oui, je t'entends. Je t'entends mal, mais je t'entends.

— C'est Ricky, Sofia. C'est Ricky. »

Je me suis assise, tout à coup j'avais la bouche sèche, aucun mot ne sortait. Je l'ouvrais et la refermais comme les poissons.

« C'est Ricky, tu m'entends ? »

J'ai émis un grognement animal.

« Je voulais te dire qu'il va bien. Il est sur le billard, ils sont en train de le recoudre. Il s'est juste fait mordre au bras. Tu m'entends ?

— Oui.

— Il va bien, sois tranquille. Ne viens pas, ce n'est pas la peine. C'est juste une morsure au bras. Tu as compris ?

— Je viens quand même.

— Non, Sofia, il ne veut pas. Il me l'a dit lui-même.

— Je viens quand même.

— Il ne veut pas, Sofia. Je te jure qu'il ne court aucun risque, les médecins me l'ont confirmé. Tu m'entends ?

— Oui. Ta voix est lointaine, mais je t'entends.

— Il est entier. Il a juste eu très peur. Ne viens pas.

— D'accord.

— Dès qu'il se réveille, je lui dis de t'appeler.

— Merci. »

« J'ai nagé à côté de requins blancs, de requins-tigres, de bouledogues et de makos. C'était un stupide requin gris de récif. En plus, je n'étais même pas là pour lui.

«J'avais plongé pour photographier un minuscule hippocampe, pas plus grand que l'ongle d'un plongeur. À un moment donné, ce poisson de merde s'est cabré, a baissé les nageoires pectorales et pointé sa gueule vers le haut, découvrant ses gencives. Comme pour dire : "Eh, sale con, ce n'est pas ton territoire, bouge ton cul de mes coraux." J'ai commis l'erreur de le sous-évaluer. Par un excès de familiarité avec le danger, sans doute. Il m'a attaqué.

«Je n'avais ni bâton ni couteau sur moi, je l'ai retrouvé collé à mon bras en moins d'une seconde. Je ne sentais même pas la douleur à ce moment là. Je pensais seulement à me défendre. J'essayais de lui frapper le nez, les branchies ou les yeux, mais ce fils de pute agitait la mâchoire et me secouait très violemment.

«L'espace d'un instant je me suis dit : il va m'arracher le bras. En fait je me suis trouvé nez à nez avec lui et j'ai réussi à lui donner un coup de poing sur le museau. Fort, manifestement, parce qu'il m'a lâché aussitôt, pour ensuite virer très vite vers le haut, en me giflant avec sa queue.

«Je suis resté un moment comme ça, à dodeliner, assommé, dans l'eau teintée par mon sang. Puis j'ai senti qu'on me prenait par la taille, il y avait quelqu'un derrière moi. Quand Ricky m'a attrapé, je me suis évanoui.»

Papa est assis sur le bord du bateau, le bras en écharpe contre sa poitrine avec un foulard autour du cou. Mais son œil n'est plus le même. De temps en temps il se retourne, suspicieux, pour contrôler la mer. Comme pour s'assurer qu'il n'y a pas d'ombre derrière lui.

«Dès qu'on m'enlève les fils, il faut que je me remette

à l'eau. Sinon je suis foutu. Ma peur me fait très peur, Sofia. Ricky me fait des gestes agacés, comme pour me dire : Allez, tout un plat pour une morsure. D'une main il tient la caméra et de l'autre il me dit d'aller me faire voir. C'est un vrai ami, il s'est jeté à l'eau pendant une attaque, il aurait pu y laisser sa peau lui aussi. Je vais peut-être le décevoir. Je ne suis pas sûr de vouloir continuer. »

L'image bascule, pendant quelques minutes je ne vois que le tek du bateau. Je crois que Ricky est furax. Mon père apparaît à nouveau. Il regarde droit dans l'objectif.

« Ricky veut que je te dise qu'au contraire, je retournerai là-dessous, chez ces foutus poissons. Il veut que je te dise que je le ferai d'ici deux semaines. Il veut que je recommence avec un vrai requin, un beau requin blanc de quatre ou cinq mètres. Il dit que je ne dois pas jouer les poules mouillées parce que les requins, c'est tout ce que j'ai. C'est sans doute vrai, je n'ai que les requins. Mais mon équilibre avec eux est rompu. »

La vidéo s'arrête d'un coup. Ricky, de rage, avait lancé la caméra à la mer. Heureusement ils étaient dans une baie abritée et en quatre brassées elle a été récupérée.

Durant sa convalescence, papa est venu me voir à Turin une semaine. C'était un être si fragile, loin de ses dangers. Il me demandait sans cesse : « Mais tu es sûre que je ne te dérange pas ? »

Il continuait à tenir fermement sa valise, malgré son bras blessé, il n'y avait pas moyen de la lui faire poser.

« Mais non, papa, je suis très heureuse que tu sois là avec moi. Ce foutu poisson m'a fait un beau cadeau finalement. Et pas seulement parce qu'il t'a recraché. Je peux te chouchouter sept jours d'affilée, tu te rends compte comme c'est chouette. »

J'étais vraiment contente. À la rigueur, c'était lui qui n'arrivait pas à l'être, sorti de son univers.

Selon moi, il se sentait comme le requin-baleine en captivité au Japon, nourri de succulentes crevettes mais prisonnier dans un bassin d'Osaka.

« Je suis allé la voir, la pauvre bête, me racontait papa au dîner, c'était l'idole de milliers de spectateurs. Sans parler des jeunes qui travaillaient à l'aquarium. Le chouchou de tous, on le traitait comme un empereur. On le caressait, on l'embrassait, on choisissait pour lui les meilleures crevettes et on lui en donnait des tonnes. »

Puis il hochait la tête : « Mais ce poisson nageait dans un monde triste, Sofia, je t'assure. J'en ai vu beaucoup des comme lui, dans la mer de Cortez. D'ailleurs je ne sais même pas si les requins ont la faculté de sentir les caresses et les baisers. Ce ne sont pas des chiens. Notre affection leur nuit peut-être plus qu'autre chose, va savoir. En le regardant, justement, pour la première fois j'ai regretté d'avoir cajolé tant de ses semblables. J'aurais peut-être dû respecter leur animalité. »

Je lui apportais le petit déjeuner au lit : une brioche fourrée à la crème achetée au café avant qu'il se réveille, un jus d'orange sanguine, un expresso déjà sucré et le journal. Je lui préparais son bain chaud aux huiles tropicales. Je le sortais, on se promenait dans le centre-ville en s'arrêtant dans les meilleurs restaurants de Turin. Je regardais même la télévision avec lui, n'importe quoi, et le laissais dormir devant les émissions de son choix. Mais tout cela était inutile.

Au cinéma, il se sentait oppressé, au bout d'un quart d'heure il agitait ses jambes avec impatience : « Pff, ces fauteuils. J'en peux plus, je suis trop grand. »

Dans les rues, il se comportait comme un renard traqué, bondissant entre les voitures, jamais au bon moment. Souvent j'étais obligée de le rattraper par la manche de sa veste : « Papa, c'est rouge ! »

Et à la maison, entre quatre murs, il devenait fou. Il lisait un article, puis se levait, faisait le tour du salon, revenait s'asseoir et rouvrait son journal en soupirant.

« Mais vous ne parlez que de Berlusconi ici ? »

Par moments il m'agaçait, même si finalement, après les sautes d'humeur, je m'en voulais.

« Parce que toi, excuse-moi, tu fais quoi ? Comme s'il n'y avait que le requin blanc. »

Un jour je lui ai dit : « Tu n'as même pas demandé à voir mes photographies.

— Montre-les-moi maintenant. J'y tiens. S'il te plaît.

— J'utilise tes requins. Je travaille à partir des images que tu m'envoies.

— Vraiment ? Mais quelle joie, quelle satisfaction. Merci, Sofia.

— Je fais nager tes poissons entre les immeubles de Turin. C'est une ville engloutie, une épave magnifique. »
J'ai pris un dossier, j'en ai sorti des feuilles : « Regarde. »

Mais lui, il n'avait que ses animaux en tête : « Hou, celui-là... C'est un tigre mâle que j'ai croisé aux Bahamas. Et celui-ci, mon Dieu, quelle bête parfaite. C'était un requin blanc très agressif mais pour bien le prendre en photo, je suis sorti de la cage. » Il était de plus en plus excité. « Cette mâchoire a fait la couverture du *National Geographic*, c'est l'essence de la *squalité*. »

Et moi, de plus en plus nerveuse : « Que penses-tu de ces ailerons noirs devant le palazzo Reale ? Et ce mako piazza Vittorio ?

— Ce n'est pas vraiment leur environnement naturel. Mais ils sont bien là aussi.

— Non, leur environnement naturel, ça, sûrement pas. En fait mes travaux ne t'intéressent pas du tout, hein ? »

Alors il a commencé à hocher frénétiquement la tête, affolé.

« Pourquoi dis-tu ça ? C'est très beau, au contraire. » Il ne savait pas comment me rassurer. Il voulait le faire, je le sentais. Sauf qu'il n'en était pas capable.

« Ben, Turin n'a pas grand-chose à voir avec une barrière de corail », il cherchait à se rattraper comme il pouvait. « Venise submergée, ce serait plus probable.

— C'est sûr. » Je me suis mise à rire. Il était tellement attendrissant, au fond.

Il a caressé son bras blessé : « J'ai l'impression que tu m'accuses de quelque chose qui n'a rien à voir ni avec mes photographies ni avec les tiennes. J'ai été très absent, je le sais. Mais c'est moi qui t'ai élevée. J'ignore ce que j'ai été capable de te donner, je sais seulement que j'ai toujours essayé d'être là, dans tous les moments importants. Comment dire, Sofia ? J'avais trouvé mon univers. Ou mon univers m'avait trouvé. Mais j'ai été un père équilibré, ça au moins tu peux le reconnaître. Pas vrai ? »

J'avais envie de pleurer, putain de merde, je l'ai serré dans mes bras : « Oui, papa, oui. Tu as été très équilibré. Je suis devenue solide comme un roc, tu ne vois pas ? »

Il est parti un jour plus tôt, il ne pouvait plus résister :

«Je crois qu'il faut que j'y aille. Tu sais, il y a un tigre pris dans un filet. Ricky ne peut pas s'en sortir tout seul. En comptant les heures de vol, le bus jusqu'au port et le trajet en bateau, ben, je risque d'arriver trop tard. Mais je dois quand même essayer. Pour ma conscience, voilà. Ricky le fait bouger avec les filets et tout, mais cet idiot s'est ficelé comme un saucisson, il faut qu'on soit deux dans l'eau. Pourvu qu'il arrive à respirer encore un peu, au moins jusqu'à mon arrivée.»

C'était clairement un prétexte. Les requins mettent très peu de temps à mourir, même moi je le sais.

«Vas-y, papa. Cours le sauver. Je comprends parfaitement.»

Alors qu'il était sur le seuil, s'obstinant à porter sa valise tout seul de son bras valide, il m'a dit : «Tu sais, ce poisson qui m'a mordu... ?»

Et moi, alors que je tenais encore ses doigts, le laissant partir à contrecœur : «Quoi ? Dis-moi ?

— Il m'a traité comme un animal. Il voulait juste me dire : ce monde n'est pas le tien. C'est le mien, et tu ne dois pas l'oublier.»

«Sofia, s'il te plaît, viens. Il n'y a que toi qui puisses m'aider à calmer Camilla. Elle a pleuré tout l'après-midi, je ne sais plus quoi faire. Quand elle a su que ton père était venu à Turin et qu'il n'est pas passé lui dire bonjour, elle l'a très mal pris. Je lui ai expliqué qu'il était en convalescence, mais une de ses amies vous a vus au cinéma et maintenant elle est inconsolable.

— J'arrive, Claudia. J'arrive tout de suite.»

Le fait est que quand je voyais Camilla pleurer, je ne pouvais pas résister. J'oubliais toutes mes jalousies et j'étais prise d'une tendresse viscérale, empathique, qui provenait de je ne sais quel abysse. Je la prenais dans mes bras et je marchais comme ça, avec elle accrochée à mon ventre comme un petit singe. Je lui parlais dans l'oreille, essuyant ses larmes avec ma joue. Personne ne pouvait la gronder en ma présence : pas même sa mère. Pas même son frère. Je la défendais toujours. Et je m'en fichais si Claudia pestait : « Tu la gâtes trop. » Tommy me jetait un regard mauvais : « Elle ne sait faire que des caprices. » Je l'emmenais avec moi tout simplement. Je m'allongeais sur son lit avec elle et j'écoutais le chagrin du jour.

« Ma meilleure amie, tu comprends ? Elle n'a même pas demandé un autographe pour moi aussi.

— Quelle conne. Je vais te faire un faux autographe de Totti, et tu vas le lui montrer à l'école. Et même un de sa fiancée, comme ça elle va baver d'envie.

— Tu sais imiter leur écriture ?

— Donne-moi ton album de footballeurs. Fais-moi voir. Ben, très facile, cette signature. Où est le problème ? »

Souvent Camilla cachait son visage contre mes cuisses : « La sœur m'a punie. Ça a fait rire toute la classe. À cause d'elle on s'est moqué de moi pendant toute la récréation.

— Mais toi tu es quoi ?

— *Anticléricale* ?

— Bravo. »

Après le coup de fil de Claudia, je me suis donc précipitée chez eux. Quand Camilla a entendu ma voix, elle est sortie de sa chambre en trombe, a couru dans l'entrée et m'a sauté dans les bras. Elle pleurait toutes les larmes de son corps.

« Il est fâché contre moi ? Pourquoi il n'est pas venu me dire bonjour ? Qu'est-ce que je lui ai fait ? »

Claudia m'a lancé un coup d'œil : « Elle a déchiré en mille morceaux la photo des deux requins d'Australie. »

Milla tremblait de colère : « Qu'est-ce que ça peut me faire d'avoir deux requins en Australie ! »

Tommy, préoccupé, nous tournait autour : « Tu parles, comme s'ils allaient répondre quand tu les appelles. Il aurait pu lui offrir un chien. Pas vrai, Milla ? » Une caresse sur la tête de sa sœur. « Maman, tu nous achètes un chien ? »

Claudia a levé les yeux au ciel : « Il nous manquerait plus qu'un chien.

— Moi je ne veux ni chien ni requin ! » Milla secouait la tête.

« Allez, trésor, on va dans ta chambre. Comme ça on va parler un peu. »

On s'est jetées sur le lit. Camilla m'a fait de la place en jetant par terre une dizaine de peluches. Puis elle a serré contre elle une baleine poilue : « C'est Ferdy qui me l'a offerte, quand il était gentil.

— Il est toujours gentil, Milla. Il t'aime, tu ne dois jamais en douter. Il était malade, il s'est fait mordre gravement, tu sais ? Il est resté en salle d'opération plusieurs heures.

— Mais vous êtes allés au cinéma. Matilde vous a vus. »

Je lui ai tendu un mouchoir en papier : « Il ne voulait peut-être pas que tu le voies comme ça. Tu comprends, Milla ? Il avait honte. Toi, au fond, tu l'as toujours considéré comme un héros. Mais ce n'est pas un héros, il s'est même fait mordre par un stupide requin gris de récif. »

Camilla a fait de grands yeux : « Par un gris de récif? Je croyais que c'était un requin blanc.

— Tu parles d'un requin blanc !

— Il s'est fait avoir par un requin à la noix ?

— Eh oui. »

Elle riait, ouf.

« Alors il n'est pas venu me voir parce qu'il ne voulait pas me le raconter. » Elle m'a regardé comme pour me demander confirmation. « Sinon je me serais moqué de lui.

— Exactement. »

Camilla a lancé sa baleine en l'air : « Je vais lui faire un mail ! "Cher Ferdy, un héros, toi, mon œil ! Alors comme ça tu t'es fait avoir par un requin d'aquarium ? Ah, Ah !" Je vais lui mettre vraiment ça : a-h virgule a-h. Un conseil, fais attention à Petit-gris et Pitchounet... ils sont *dangereux.* »

Elle riait, elle riait. Je riais aussi, avec elle.

Parmi toutes ces lettres, il y en avait une seule destinée à mon père. Naturellement, je la lisais et la relisais, sans cesse.

Mon trésor,

Je sais que tu préfères le téléphone, mais ce soir j'éprouve le besoin de te raconter quelque chose qui ne se dit pas de vive voix.

Tu sais, je n'ai toujours cru qu'au hasard. Cependant, ces derniers temps il m'arrive d'imaginer un dieu, mais un dieu qui ne connaît pas le bonheur, un dieu irrésolu.

Ma mère dit que le bonheur n'existe pas et je l'envie tellement d'avoir cette conviction. Ça aussi, c'est une invention des années soixante-dix ? Tu sais ce que je me dis quand je l'écoute ? Que finalement c'est une femme qui a de la chance. Cela me fait passer l'envie d'être rebelle, parfois. Je voudrais même lui ressembler.

Puis je regarde Sofia et je me demande : que deviendra-t-elle ? Comment cherchera-t-elle à se distinguer de moi ? Tu dis que nous sommes comme deux gouttes d'eau et ça, moi, ça me terrorise. J'espère que non. J'espère que Sofia aura seulement mes cheveux, mes ongles, mes jambes, mes yeux. Mon cul. Le reste non. Non, non et non. Je prie le dieu irrésolu *pour qu'il ne la fasse pas devenir comme moi.*

*Tu es loin et je suis trop bien et trop mal sans toi. Je ne sais pas comment cette histoire va finir. Cette histoire-*CI*, j'entends : Turin, Italie, 1977, Ferdinando Ballarò et Margherita Testa. Non, parce que ton monde sous-marin est tellement à des kilomètres de quelque histoire que ce soit. Parfois j'ai la sensation que tu vis dans une autre dimension, sans nom et sans temps. Et que les autres doivent te rappeler les coordonnées fondamentales, notamment celles de leur existence.*

J'aimerais bien moi aussi être en dehors de l'histoire, tu sais ? Et surtout en dehors de mon histoire. Mais je n'en suis pas capable.

J'espère tellement qu'en grandissant, Sofia te ressemblera. Qu'elle trouvera elle aussi un monde loin du sien et de celui des autres. Qu'elle n'essaiera pas de se connaître trop elle-même ou de comprendre ce qui se passe autour d'elle. J'aime l'imaginer comme une sirène, avec un masque et des bouteilles d'oxygène — courageuse —, prête à explorer les merveilles silencieuses de la mer. Promets-moi de l'emmener avec toi, dans tes paradis.

ICI *c'est l'enfer. Il y a quatre jours, il s'est passé quelque chose de terrible. Et moi malheureusement, j'y étais. C'était le matin, on était très nombreux, je ne sais pas, des centaines de personnes, je dirais. On manifestait dans les rues du centre-ville contre les assassins de Walter Rossi (mais sais-tu seulement qui c'est ? Non, tu ne sais rien toi, toi tu es là-bas en bas). Bref on était via Po. J'étais au milieu de la foule, je ne peux pas te le décrire exactement, j'étais si troublée quand cet homme est sorti du bar. Tout le monde s'est jeté sur lui pour l'aider. Je ne comprenais même pas ce qui s'était passé.*

J'étais avec un ami (Carlo, mon collègue) qui me tenait fermement le bras et me disait : « Ils ont balancé des cocktails Molotov à l'Angelo Azzurro. Il paraît qu'un jeune est resté coincé dans les toilettes. » L'Angelo Azzurro est un bar, un repaire de fascistes. Mais à cet instant, aucun de nous ne pensait aux fascistes. Ou du moins je n'y pensais pas, Carlo n'y pensait pas, les camarades qui étaient avec nous n'y pensaient pas. Quelqu'un avait été brûlé vif. C'était trop, trop. J'ai commencé à pleurer, je n'arrivais plus à me contrôler. Carlo me serrait toujours le bras parce que les gens poussaient et je ne tenais plus sur mes jambes. Je brûlais moi aussi, d'une douleur que je ne saurais te décrire. Ce garçon avait la peau complètement à vif. Il est mort deux jours après, on l'a su par les journaux.

Il avait vingt-deux ans, il s'appelait Roberto Crescenzio, c'était un étudiant en alternance. Un technicien industriel, inscrit en troisième année de chimie, il s'apprêtait à partir faire son service militaire. Il était là par hasard. La politique, il s'en foutait royalement.

Cette scène m'obsède. J'en rêve la nuit : le gamin pris dans les flammes. Je me réveille en hurlant. C'est de ma faute, même si je n'ai lancé aucun cocktail Molotov. C'est de ma faute quand même. Je n'arrive plus à traverser la via Po. Cela fait une semaine que je ne suis pas sortie de la maison, je n'en ai pas la force, ne serait-ce que pour aller à l'université.

Sofia est chez ma mère, je pense qu'elle est certainement mieux là-bas. J'ai la tête qui va exploser, je ne lui transmettrais que de l'angoisse. Sa grand-mère lui fait des agnolotti, *lui raconte des histoires, et l'aide à découper des vêtements pour ses poupées en papier. Quel rêve, leur monde. Et quel rêve le tien.*

Mon amour, emmène moi avec toi, je t'en supplie. Oui, c'est vrai, c'est moi qui ne veux pas venir. Encore de ma faute. Mais persuade-moi, traîne-moi de force, invente quelque chose, je t'en conjure. J'ai si peur de devenir folle.

Aujourd'hui je t'aime tellement. Je t'aime désespérément, comme on aime un espoir.

Ta Margherita.

« Papa, je te réveille ?

— Non, trésor, ne t'inquiète pas.

— Tu as une voix endormie.

— Non, non... Je somnolais juste. Allez, dis-moi tout.

— Quelle heure est-il là où tu es ?

— Trois heures du matin, mais peu importe.

— Tu l'as reçue, cette lettre ?

— Quelle lettre ?

— Celle que maman t'a écrite.

— Ta mère ne m'a jamais écrit de lettre.

— Peut-être qu'elle ne te les a jamais envoyées. Elle t'en a au moins écrit une. Moi je l'ai lue.

— Et que dit-elle ?

— Elle est très douloureuse. Tu n'es pas curieux de savoir ce qu'elle t'a écrit ?

— Je ne peux pas me l'autoriser.

— Je ne te comprends pas, papa.

— Tu te rappelles le mythe d'Orphée ?

— Oui.

— Bon, imagine-le inversé. Si Orphée se retourne, il finit aux enfers avec Eurydice. N'est-ce pas déjà suffisamment dramatique qu'il y en ait un des deux aux enfers ?

— Ben, si.

— Au fond tu l'as vécu toi aussi, Sofia, quand tu as épousé Nicola. On cherche tous à se défendre, c'est un instinct animal.

— Je sais. » Je suis restée un moment silencieuse. « Papa ? Je peux te poser une question ?

— Bien sûr.

— Elle et moi, on se ressemble ?

— Vous avez les mêmes mains. Et les mêmes ongles. Le nez et la bouche très ressemblants, selon moi. Et les cheveux, surtout les cheveux, eux, ils sont identiques. Tu as des cheveux robustes comme elle.

— Papa ?

— Oui, ma chérie.

— Je la comprends très bien, tu sais ? *Trop bien*, c'est ça le problème : j'ai peur de finir comme elle.

— Ne dis jamais ça, même pour plaisanter.

— Papa, je ne plaisante pas.

— Arrête, Sofia. Sinon je viens te chercher et je t'emmène avec moi en Australie.

— Je ne viendrai pas en Australie ! Chez tes requins de merde. Je ne viendrai pas.

— Pourquoi tu m'agresses ? Tu n'as jamais été aussi blessante.

— Parce que je vais mal.

— Je viens te chercher.

— Non.

— Je viens.

— Non.

— Je viens, un point c'est tout.

— Reste avec tes poissons, s'il te plaît.

— Il y a des choses plus importantes.

— Je ne veux pas de toi, papa.

— Sofia, Sofia... Tu m'inquiètes sérieusement cette fois. Mais qu'est-ce qu'il t'arrive ? »

Pleurs incontrôlables au téléphone.

« Rien, papa. C'est que, brutalement, je sens sur moi le poids de toute ma vie, ma vie entière. Comme si elle pesait intégralement sur mes épaules, compacte, d'un bloc. D'habitude elle t'écrase par petits bouts, moment par moment, et tu résistes. Là non. C'est comme si tous les morceaux s'étaient agglutinés.

— Je rentre immédiatement à Turin.

— Non. C'est juste un moment difficile. Mais je suis *robuste*, moi, comme mes cheveux. Ça va passer.

— C'est à cause de Marcello ? D'Arturo ? Ça suffit, Sofia. Envoie-les balader. Ce sont deux égoïstes.

— Ils n'y sont pour rien.

— À cause des lettres de ta mère, alors ? Arrête de les lire, s'il te plaît, écoute-moi.

— Ce n'est de la faute de personne, papa. Ça va passer, c'est tout. Bonne nuit, et oublie tout ce que je t'ai dit. J'avais juste besoin d'évacuer un peu. Dors tranquille, vraiment.

— D'accord. Mais toi aussi, promets-moi. Et ne fais pas de cauchemars à cause des requins. Ce ne sont pas des créatures infernales.

— Même s'ils t'ont mordu ?

— Même s'ils m'ont mordu. Il y avait une logique

dans ce geste, je te l'ai dit. Il n'y a rien d'infernal dans les choses qui possèdent une logique.

— O.K. Pas de cauchemars. Bonne nuit, p'pa.

— Ciao, ma chérie. »

Ciao, ciao et ciao. Je me contentais une fois de plus d'une mort provisoire — vingt-cinq ou trente gouttes de Noctamide, chaque soir j'augmentais la dose. *Au fond, quand je dors, à moi l'équilibre.* Immobile, horizontale, droite comme un i. *Dans le sommeil, personne n'est fou.*

20

Les poissons nettoyeurs

Le long de la Dora — coincée entre de hauts immeubles comme un canal d'Amsterdam, mais avec cet air populaire d'un affluent de province —, le printemps commençait à apparaître. C'étaient les premiers signes d'une nouvelle vitalité : les arbres tout à coup roses, le linge étendu aux balcons, les fenêtres ouvertes. L'eau verte scintillait au soleil, caressant tranquillement les berges.

Les rues autour du petit fleuve commençaient à se remplir de gens qui, happés par la nouvelle saison, sortaient pour le simple plaisir de se promener.

C'était la même chose de l'autre côté de la ville, dans les rues parisiennes entre piazza Vittorio et piazza Cavour. Surtout le dimanche, les jours où il faisait doux. Les jardins s'animaient lentement : avec des voix d'enfants, des animaux en liberté, de couples sur les bancs.

Entre les bâtiments décrépis, les forsythias explosaient de joie, les premiers bourgeons plus prudents et les pelouses déjà confiantes, d'un vert intense. Ici et là, les violettes pointaient par dizaines. Les chiens grattaient aux portes, les chats s'échappaient par les fenêtres.

Turin s'était vêtue de vert : le long du Pô un bosquet

reprenait vie, les feuilles s'élançaient vers le ciel et se miraient dans l'eau. Les rues sentaient le frais, la colline fleurissait. Dans ma cour, la glycine grimpait avec sa cargaison de grappes mauves.

Souvent, le samedi, je prenais mon vélo et pédalais en direction du Valentino, en suivant le courant du Pô. Les immeubles étaient encore plus blancs que d'habitude, illuminés par le bleu froid du ciel. Un bleu presque trop net, parfois. Mais l'eau du fleuve, dorée et aux mouvements imprévisibles, réchauffait cet excès de précision.

Mon père avait retrouvé confiance en la mer, comme si elle ne l'avait jamais trahi. Il avait même recommencé à faire des prises sous-marines seul, comme au bon vieux temps. Il m'envoyait de splendides photographies, très colorées.

« Aujourd'hui j'ai assisté à un spectacle merveilleux. Rien de sublime, peut-être même le contraire. Ce qui m'a ému, c'est de participer à un moment d'intimité sous-marine.

« Tout à coup, j'ai vu une vingtaine de requins presque immobiles autour d'un rocher au fond de l'eau. Certains étaient couchés sur le sable, d'autres nageaient en rond sans s'éloigner de ce point. En fait, ils étaient en file indienne. Ils attendaient leur tour pour se faire enlever les parasites.

« Les poissons nettoyeurs sont très beaux, ils ont souvent des couleurs vives et des nageoires légères comme des voiles. Ils travaillent avec patience sur la peau du requin, autour des branchies, centimètre par centimètre sur l'aileron, ils lui astiquent la tête et même la bouche. Le requin est parfaitement immobile.

« C'est un examen approfondi : le requin s'abandonne à eux et se laisse même toucher les yeux. Ce sont des sauveurs pour lui, ces petits poissons colorés. Ils le libèrent de tous les petits démons qui ne cessent de le tourmenter. Ainsi tu peux voir des dizaines de requins, dociles comme tout, qui se laissent soigner par ces gentilles créatures.

« Quelques minutes plus tard est arrivé un requin-marteau plutôt imposant, le front dévasté par un champignon. Il y a eu alors une scène épique : son problème était urgent, il avait besoin qu'on l'écoute tout de suite. Alors il a commencé à se retourner sur le dos, pour attirer l'attention. Les petits poissons nettoyeurs, généreux, se sont précipités sur lui pour une intervention d'urgence. »

Moi aussi je me sentais plus légère. Je traversais une phase d'euphorie, peut-être liée à la saison. C'était une journée ensoleillée et j'avais proposé à Marcello de faire un tour en voiture dans les collines des Langhe et du Roero, entre les vignes et les champs de tournesols.

« C'est vrai. » Marcello fonçait dans les virages.

« Non, je veux dire, tu as une femme avec qui tu fais l'amour dans le pire des cas une fois par semaine et avec qui tu le feras bientôt tous les jours, fertiles ou pas, pour être sûr de ne pas gaspiller le moindre spermatozoïde. Attention au camion !

— Je l'ai vu, je l'ai vu. » Il continuait à conduire comme un fou.

« Je ne vois pas pourquoi, à la fin, ce serait à moi de faire un choix douloureux. C'est absurde.

— Oui, bien sûr. »

En même temps, je regardais autour de moi : « Mais tous ces gens qui se construisent des faux châteaux médiévaux. La tour crénelée, carrément. Regarde là, et là, et là. Qu'est-ce que je disais ? Un autre château, j'en ai déjà compté cinq.

— Tu parlais d'Arturo.

— Oui, voilà. Je suis très attachée à lui, tu le sais. C'est une histoire un peu merdique, mais qu'est-ce que j'y peux ? C'est un truc viscéral, inexplicable. Tu ne peux pas me demander de le quitter. Encore moins maintenant, alors que tu t'apprêtes à avoir un bébé avec Simona.

— Ce n'était pas tout à fait mon désir à moi, tu le sais. Et puis c'est un projet à long terme.

— Mais tu ne t'es pas rétracté. Tu as accepté, la procédure est lancée.

— Oui, c'est vrai. Mais...

— Pas d'excuses, Marcello. Cesse plutôt de me faire la tête quand je vois Arturo. C'est de l'intimidation.

— Je ne le fais pas exprès, Sofia. La jalousie me dépasse. Je deviens fou quand tu es avec lui. Je commence à vous imaginer ensemble, dans le détail, et je n'arrive plus à m'arrêter. Je me dis : là, elle lui fait ci, maintenant elle le laisse lui faire ça. C'est vraiment une jalousie physique, sexuelle, primitive. Nous les hommes, on est comme ça. Pour finir, je n'arrive plus à me sortir une seconde de mon obsession et, en l'espace d'une heure, je perds complètement la tête. Un après-midi de réunion avec les producteurs, je sors, et impossible de me rappeler ce qu'ils ont dit.

— Ben, apprends à te contrôler. Comme je fais, moi.

— Tu arrives à travailler ?

— D'accord, je n'ai pas fait une photo décente depuis je ne sais combien de temps.

— Voilà, tu vois ? On ne fiche plus rien. Ni l'un ni l'autre.

— Écoute, on trouvera un équilibre.

— Je ne suis pas tellement convaincu par cette histoire d'équilibre, Sofia.

— Moi non plus, pour être franche.

— Alors fais-moi plaisir. Arrête de répéter cette phrase à la con. »

Avec Arturo, tout semblait plus facile. Lui, comme d'habitude imperturbable, soutenait qu'il n'était pas jaloux. Il disait qu'il se sentait même *soulagé*. Responsabilité divisée par deux, culpabilité divisée par deux. Il voyait carrément la disposition de Marcello à supporter la situation comme une concession.

« Remercie-le bien de ma part.

— C'est moi que tu devrais remercier, pas lui. Pour défendre notre relation, je montre les dents. »

Et Arturo, nouant sa cravate devant la glace : « Tu as sûrement de meilleures dents que moi. Je ne pourrais pas le faire : j'ai un bridge complet. Maintenant je vais chez le dentiste un jour sur deux. »

Le nœud de la cravate était parfait. En revanche, la chemise était boutonnée de travers. Je lui ai montré ce qui n'allait pas au niveau du col. Arturo, sans se lamenter, a recommencé depuis le début.

« Je ne la mérite même pas.

— Quoi ?

— Ton affection. Ta gentillesse.

— Mais ce n'est pas de l'affection. Ce n'est pas de la

gentillesse. C'est quelque chose de plus irrationnel, si tu permets. De plus profond, excuse-moi. Sinon on n'en serait pas encore là, deux ans après.

— Tu es une créature très étrange, Sofia. »

Il était prêt, moi par contre j'étais encore en slip parce que je ne trouvais pas ma jupe.

« Elle est sous l'édredon, je l'ai vue tout à l'heure, quand je cherchais mes chaussettes.

— Merci. »

Je l'ai boutonnée rapidement pour l'accompagner jusqu'à la porte. J'ai glissé dans la poche de sa veste les trois chocolats habituels — trois, ni plus ni moins : moi, lui et le vide entre nous — puis je l'ai regardé descendre les escaliers.

« Je dîne chez toi la semaine prochaine ! Jeudi ou vendredi.

— D'accord, tiens-moi au courant. Et bonne chance pour l'opération avec les chinois !

— Merci. Je te dirai comment c'est, Pékin.

— Bon voyage ! »

J'ai croisé l'index et le majeur. Je lui ai souri remplie d'une joie étrange : ma vie, durant certains instants de grâce, me semblait presque normale.

Naturellement je tenais mon père informé. En réponse, un soir, j'ai reçu une vidéo qui frôlait la perversion : des organes génitaux d'élasmobranches cartilagineux de toutes les espèces (races comprises), vivipares ou ovipares, avec des cadrages à moitié pornographiques sur la fente de ces dames, élégamment définie « cloaque », et sur les attributs masculins (« ptérygopodes ») issus de la transformation d'une quelconque nageoire.

«Je ne t'ai jamais dit que les requins ont deux bites? Ne ris pas, Sofia, c'est très sérieux. Et que fait un requin de deux bites? Ben, il en utilise une et garde l'autre en réserve. Comme ça il est tranquille : il y en aura toujours une qui fonctionne.

«Quelquefois la nature me met en rage. Tu peux m'expliquer pourquoi un don de ce genre ne nous a pas été fait, à nous? Pourquoi donc un poisson, certainement moins obsédé par le sexe qu'un homme, devrait-il se sentir rassuré à ce point? Le requin blanc a même un autre privilège : plus il vieillit, plus il a une grande bite (de grandes bites). Plus il vieillit, plus elle durcit (elles durcissent). Cela te semble juste? »

Nando est rentré à Turin pour deux semaines et j'ai tout de suite ressenti le besoin urgent de lui présenter Carlo. C'est un besoin très féminin, vous les homos, par exemple, vous n'éprouvez pas ce genre de chose. Peut-être parce que vous êtes des mecs. Toi, tu trompes, et tu te gardes bien d'en informer ton compagnon. Nous les femmes, on est différentes. Je sais que tu n'approuves pas, Nino. Mais c'était une tentative pour vivre en harmonie. J'y ai même mêlé Sofia.

Sous prétexte d'une présentation incontournable, je les ai emmenés dîner dehors tous les trois. J'étais tellement contente, j'avais l'impression que mon petit monde était recomposé le temps d'une soirée. Je ne contrôlais plus mon sourire, la lumière jaillissait de mes yeux.

Carlo était un peu rigide, parce qu'il savait tout. Mais il s'efforçait d'être naturel, peut-être par esprit de compétition. De temps en temps il me regardait et semblait me dire : « Tu vois? Moi aussi je fais partie de ta famille. Mieux, c'est moi ta vraie famille. » Il était aimable, gentil, il s'intéressait même aux pois-

sons de mon mari. En réalité, dans son for intérieur, il se moquait de lui. Il le traitait comme un pauvre fou, avec cette complaisance excessive à laquelle on recourt face aux illuminés. Comme si la supériorité de sa culture littéraire sur la culture scientifique de Nando était indiscutable. Il lui donnait raison, mais avec présomption, comme s'il pensait : « Oui, oui, tu me parles de l'intelligence des dauphins, sans doute parce que tu n'as jamais lu Valéry. » Pourtant cela ne me contrariait pas, j'étais trop aveuglée par ma joie.

De temps en temps, Carlo mettait la politique sur le tapis, exprès, pour voir Nando perdu. Il s'amusait à lui demander : « Vraiment ? Tu n'as pas suivi l'affaire Calabresi ? » Mais Nando ne se laissait pas déstabiliser. Il haussait les épaules, simplement : « En Italie il se passe trop de choses. Si je commençais à les suivre, je n'arriverais pas à me concentrer sur la mer. C'est un monde tout aussi complexe, tu ne peux pas te laisser distraire une minute. Et puis je me dis : l'eau recouvre les trois quarts de la planète, il ne manquerait plus que je m'occupe de ce petit bout de terre émergée. » La chose la plus incroyable, Nino, c'est que mon mari, à côté de Carlo, me fascinait beaucoup plus. Des regards admiratifs m'échappaient, Carlo les remarquait tout de suite. Et il ne me le pardonnait pas.

Dans tout cela, Sofia jouait son rôle. J'ignore ce que les enfants comprennent, ou ce qu'ils devinent. Plus que les maris, en tout cas. Sofia était étrange. Quoi qu'il en soit, elle qui n'est pas attachée aux choses essayait de grappiller tout ce qu'elle pouvait. Elle s'est fait offrir un stylo par Carlo, puis un petit agenda, ensuite elle a voulu manger ses pâtes et, pour finir, elle a même réussi à lui piquer sa cravate. Qu'allait-elle faire d'une cravate, mystère. Mais c'était peut-être pour le principe. Elle voulait, elle voulait, elle était ennuyeuse, insupportable, elle ne savait que réclamer. Elle avait probablement compris que Carlo avait quelque chose en jeu — à travers les regards furtifs qu'on se lançait, au ton faux qu'il employait avec son père, qui sait — alors elle s'amusait à faire monter les enchères. «Mais que vas-tu faire d'une cravate, Sofia ?» je lui ai demandé au bout d'un moment. Et elle : «J'en ai besoin pour jouer». Quel jeu ? Le nôtre ou le sien ? Les enfants sont tellement énigmatiques quand ils veulent. En outre c'était l'unique cravate que Carlo possédait, il l'avait mise juste par flagornerie, pour mieux applaudir notre Baron, car ce soir il présentait son nouveau livre.

Enfin on s'est salués. Carlo m'a donné un baiser sur l'oreille, me soufflant secrètement dans le tympan. Puis je me suis éloignée avec Nando. Alors le charme s'est rompu tout de suite. Il marchait avec son allure dégingandée, un peu maladroite, tenant Sofia par la main : «Vraiment très sympathique, ton ami.» Moi, nerveuse : «Il parle toujours de politique et de littérature. Comme s'il n'existait rien d'autre.» Nando a secoué la tête, tranquille : «Mais non. Ne sois pas méchante. Au fond c'est une brave personne.»

Voici le compte rendu, Nino. Maintenant tu peux même m'engueuler. De toute manière, c'est déjà fait. Il y en a qui arrivent à trouver un équilibre et c'est un labyrinthe. Ils le regrettent très vite.

Mais notre Jules et Jim, plus fragile que nous, était sur le point de s'échouer comme une baleine, tournant définitivement le dos à la légèreté.

Un jour, on a eu une crise de panique simultanée. Tous les trois, à trois endroits différents, à la même heure. Marcello dans un studio de Milan où il tournait une publicité. Arturo à Turin, alors qu'il traversait les jardins de piazza Cavour. Et moi à la maison. Entre

14 h 06 et 15 h 27. Actions indépendantes à finalité commune.

Marcello était agité depuis son réveil. Un mannequin norvégien, habillé en fée, était pendu au plafond depuis six heures. Marcello s'échappait sans cesse du plateau pour me téléphoner : « À quelle heure il vient chez toi ?

— À trois heures.

— Il ne travaille pas, celui-là ?

— Aujourd'hui il n'avait pas de rendez-vous.

— Donc il te voit à ses heures perdues.

— Parce que toi, tu fais quoi ?

— Ils m'appellent, je dois retourner voir ma fée. Pauvre gosse, elle n'en peut plus. De temps en temps elle demande à descendre pour aller faire pipi. Elle a les traits de plus en plus tirés. Moi aussi j'ai les traits de plus en plus tirés.

— Tu es fatigué ?

— Non, jaloux. Jure-moi de ne pas la prendre dans ta bouche.

— Tu plaisantes ?

— Tu veux dire que tu vas le sucer ?

— Marcello, arrête.

— Le directeur de production me cherche, il faut que j'y aille.

— Vas-y, vas-y.

— Je t'appelle dans dix minutes.

— Mon amour ?

— Oui ?

— Arturo ne te prive de rien.

— Je sais, je sais. Excuse-moi, je suis nerveux. Cette putain de fée de deux mètres harnachée comme un alpiniste nous coûte un prix fou.

— Hé ! Je t'aime.

— Oui, oui, merci. » Il était distant.

« Si je faisais ça, moi, le samedi soir, quand tu fais l'amour avec Simona.

— C'est différent : c'est ma femme.

— Hypocrite.

— Tu as raison, cent fois raison. Mais moi je perds la raison, tu comprends ? Il bande dur ?

— Maintenant ça suffit.

— D'après moi, il prend du Viagra.

— J'ai dit ça suffit.

— Oui, tu as raison. Cent fois raison. »

J'ai raccroché et j'ai senti quelque chose dans mes poumons. Quelque chose comme un bouchon. J'ai pensé, j'ai trop fumé. Puis j'ai arrêté de penser même aux choses les plus élémentaires parce que je ne respirais plus.

Je me suis ruée vers la fenêtre, je l'ai ouverte et me suis mise à respirer de grandes bouffées. J'inhalais les fumées des pots d'échappement des voitures arrêtées au feu. J'étais encore plus intoxiquée qu'avant. Alors j'ai couru à la cuisine pour respirer sur le balcon qui donne sur la cour. Rien. J'étais comme bouchée. Alors j'ai couru à la salle de bains pour me laver le visage. Je me suis rincée à l'eau glacée puis j'ai relevé la tête et me suis regardée dans le miroir. J'étais violette. *J'étouffe.* Je me suis précipitée dans ma chambre et me suis jetée sur le matelas.

J'ai attrapé mon téléphone et j'ai appelé Arturo. Naturellement, il était sur messagerie. L'espace d'un instant, j'ai été tentée de lui laisser un message. *Ne viens pas, je t'en prie ne viens pas.* Finalement j'ai raccroché. Pendant une dizaine de minutes, je suis restée comme ça, blottie contre mon oreiller.

Peu de temps après, mon téléphone a sonné. C'était à nouveau Marcello : « Il faut que je sorte du studio. J'ai la tête pleine d'eau. Je parle et c'est comme si j'écoutais quelqu'un d'autre. J'ai des vertiges.

— Ne me dis pas ça. Je suis au lit. L'air ne circule plus dans mes poumons.

— Une crise de panique ?

— Je crois que oui. À moins que ce ne soit un infarctus. Je fais même de la tachycardie.

— La panique, c'est juste une crise de panique. Fais-moi confiance, Sofia, je suis un spécialiste.

— Encore heureux.

— En plus j'ai de légères paresthésies aux bras et aux mains. J'espère que ce n'est pas une attaque.

— Toi aussi, c'est la panique, Marcello. Je croyais que tu étais un spécialiste.

— Mince, on est vraiment synchronisés.

— C'est mieux qu'un orgasme simultané. »

On a ri un moment. Mais les symptômes prévalaient, dans toute leur réalité physique.

« Marcello, il faut que je raccroche, je n'arrive pas à parler.

— Oui, moi aussi j'ai du mal. Je suis en pleine dépersonnalisation. J'ai l'impression d'épier une autre conversation. »

En même temps j'attendais Arturo. Je fixais l'horloge lumineuse du magnétoscope : il était en retard d'une demi-heure.

Peu de temps après, le téléphone a sonné à nouveau. Je me suis dit : *Je vais le débrancher, Marcello n'a pas le droit de me harceler comme ça.* En fait c'était Arturo : « Mon trésor, mon trésor. »

Je me suis tout de suite inquiétée. Désormais il m'appelait *trésor* seulement quand il avait quelque chose à se faire pardonner.

« Cette fois, j'ai vraiment exagéré. Ou plutôt, comme d'habitude j'ai exagéré. Je ne sais pas comment m'excuser. »

Moi toujours muette.

« Sofia ?

— Hein ?

— Tu sais, le dermatologue m'a fait attendre une heure. Mais ce n'est pas ça. J'ai un petit problème.

— Dis-moi.

— Je marche et j'ai l'impression d'avoir le vent contraire.

— Comment ça ?

— Eh bien, j'ai été obligé de m'arrêter et de m'asseoir sur un banc. Je suis là, dans un stupide square, assis entre deux retraités. Je ne respire plus, Sofia. Je ne tiens plus sur mes jambes. Ce doit être l'angoisse. Une crise de panique, je pense. Je n'ai même pas mes gouttes de Xanax à portée de main. Si j'y arrive, je vais me traîner jusqu'à une pharmacie.

— Toi aussi ?

— Comment ça, moi aussi ? »

Je n'arrivais même pas à rire, tellement j'étais épuisée. Je restais muette au téléphone, encore plus sonnée qu'avant.

« Sofia ? Tu es toujours là ? Pardonne-moi, trésor, pardonne-moi. Je suis vraiment mal en point. J'ai des sueurs froides. Je me ferai pardonner, je te le promets. »

En tout cas, le lendemain, ils avaient parfaitement récupéré tous les deux. Marcello avait retrouvé la forme le soir même. Dès qu'il avait su qu'Arturo n'était pas venu. Il m'avait téléphoné triomphant : «Je t'aime, Sofia. Je t'aime, je t'extraime, je t'hyperaime.

— Je te précise que ce n'est pas de mon fait.

— C'est pareil, je suis content quand même.»

Et Arturo, le lendemain matin, relativisait déjà. Je l'avais appelé, toute préoccupée : « Comment vas-tu? C'est passé, ta crise de panique ? »

Et lui : « Quelle crise de panique ?

— Celle que tu as eue hier, au square. Piazza Cavour.

— Oh, c'est rien. Ce sont des choses qui arrivent. L'acquisition va peut-être aboutir, tu sais ?

— Je suis contente pour toi.

— Pendant que je dînais avec ces Chinois, je me suis mis à parler de la pêche braconnière. Je les ai convaincus de ne pas manger d'ailerons de requins. Dix Chinois de moins. Ce n'est pas grand-chose, mais...

— Merci.

— C'est une espèce en voie de disparition, non ?

— Bien sûr.

— Tu sais, je sens désormais que j'en ai fait une bataille personnelle. Les Chinois font des choses horribles à ces pauvres poissons. Il faut les arrêter.

— Je suis touchée.

— Dis le à ton père, s'il te plaît.

— Je transmettrai. »

Il n'y avait que moi qui continuais à ne pas respirer. L'agitation m'était restée sur les bras, elle me semblait même décuplée. La mienne plus la leur, c'est ça.

Je cherchais du réconfort dans les paroles de ma mère, qui pourtant était tout sauf rassurante.

J'aime ma fille d'un amour égoïste et malsain. Je m'endors dans son lit, en la serrant dans mes bras comme une bouée de sauvetage, et puis je tombe par terre pendant la nuit et me réveille le matin sur le sol. Ça suffit. Je veux changer. Je veux devenir une bonne mère, Nino.

Peu importe Carlo, peu importe le concours, peu importe la politique. Je veux être une bonne mère, un point c'est tout. J'ai même arrêté de boire et d'avaler des saloperies. Juste quelques pétards de temps en temps, pour mieux dormir. Voilà tout. Et je fume sur le balcon, comme ça l'odeur ne reste pas dans la maison.

Je sais que cela te fait rire. Pourtant je parle sérieusement. Tu verras. J'ai même rempli le frigo.

Maintenant, le soir, au lieu de baiser dans la Fiat 500 de Carlo ou de polycopier des tracts durant d'interminables réunions de comité, je lis à Sofia les contes d'Andersen.

Et puis j'ai décidé : ma connaissance de l'anglais et du français ne doit pas servir seulement à lire Rimbaud ou Dylan Thomas, et encore moins à faire carrière universitaire. Non, ma connaissance doit être utile à Sofia.

On joue avec un magnétophone, cette trouvaille l'amuse. Je lui montre une couleur et elle répond : rouge, red. *Je mets un chapeau de putain sur ma tête et elle, avec sa petite voix :* chapeau*, hat. *Je soulève un crayon et elle :* crayon*, pencil. *Elle a cinq ans, elle apprend très vite. Aujourd'hui elle me suit d'une manière frappante, demain elle me haïra, mais un jour elle me sera reconnaissante. Je l'espère.*

J'ai aussi pris rendez-vous chez le psychiatre. Je lui ai dit : « Docteur, ne me laissez pas me foutre en l'air, j'ai une fille. »

En contrepartie j'ai envoyé mon analyste se faire voir. Il n'y a que mon narcissisme qui l'intéresse. Mais moi maintenant, j'ai besoin de me confronter à des choses plus concrètes. J'en peux plus de fouiner dans le tréfonds de mon âme.

Carlo veut que je prenne une décision, il craque. Mais moi, à Rome, je n'ai pas envie d'y aller, Nino. Je ne veux pas y aller.

Par exemple, Turin, ce soir : en mai elle est si belle. Il pleut, il fait froid, le ciel est gris, le vert phosphorescent. Ce sont mes couleurs.

Les douceurs de Rome me fascinent, mais les doux orangés de ses couchers de soleil, les lumières chaudes qui se reflètent sur les immeubles, le vert presque jaune du Tibre, eh bien, cela ne peut pas m'appartenir. Rome peut être mienne seulement comme un mirage.

Je m'aperçois que le conflit n'est même pas entre un mari et un amant. C'est un conflit de couleurs. Entre l'esprit d'une ville et celui d'une autre ville. Entre des paysages intérieurs.

Je veux mourir ici. Dans cette Turin un peu étrangère, cette Turin de frontière, qui ne ressemble guère au reste de l'Italie, parmi ses habitants en apparence si conventionnels mais à bien y regarder très singuliers.

Je m'aperçois seulement maintenant que je t'ai écrit je veux mourir *ici, et non* vivre *ici. Mais pourquoi suis-je aussi obsédée par la fin ?* Death, mort[*]. *(Ça, par contre, je ne l'ai pas appris à Sofia. L'apprendra-t-elle seule ?)*

Quoi qu'il en soit, je ne me comprends pas. J'ai tout. Une fille époustouflante, deux hommes qui m'aiment, un travail qui me plaît. Et un ami précieux comme toi. Pourtant les Parques prennent un malin plaisir à m'effleurer le menton avec la pointe de leurs ciseaux.

Nino, je me fais peur. Ne crois pas que ton chat n'aime pas sa balustrade. Je suis sûre qu'il s'y agrippe.

Je t'aime d'une amitié pure. Et je souhaite à ton chat tout l'équilibre que je me souhaite à moi.

21

Diabolique légèreté

Un après-midi, je marchais sous les arcades, via Roma, et j'ai croisé Nicola. Il m'avait reconnue de loin, il gesticulait. Quand on s'est retrouvés l'un en face de l'autre, j'ai ouvert grands les yeux comme devant une apparition.

« Mais qu'est-ce que tu fais là ? je lui ai dit.

— Je n'ai jamais quitté Turin, cela m'arrive aussi de faire du lèche-vitrine, il m'a répondu.

— Excuse-moi. Quelle phrase idiote.

— Non, j'ai compris ce que tu voulais dire. Tu entendais : Mais que fais-tu à nouveau sur mon chemin ? Précisément maintenant, en un moment si difficile ? »

J'ai serré fort les poignées de mes sacs, il me troublait : « Comment sais-tu que c'est un moment difficile ? » J'étais suspicieuse.

« Je me suis regardé maintes fois dans la glace, même quand il valait mieux ne pas le faire. Je sais reconnaître les gens qui ne vont pas bien.

— Cela se voit tant que ça ? » J'étais désarmée.

« Je peux t'offrir un café, Sofia ? Je ne voudrais pas me montrer indélicat au beau milieu de la rue. »

J'ai laissé tomber mes paquets par terre et je l'ai embrassé.

Tout s'est précipité si rapidement. Oh mon Dieu, Nino, quel désastre. Mais quand rentres-tu du Brésil ? J'ai un tas de choses à te raconter. Et un grand besoin de toi.

Je vais essayer de procéder par ordre. (De l'ordre, de l'ordre, de l'ordre ? Et puis quoi encore.)

Donc : après des mois de réflexions déchirantes, j'ai enfin pris une décision. J'ai dit à Carlo que j'étais prête à tout quitter pour le suivre à Rome. Et tu sais ce qu'il a fait, lui ? Il a fait marche arrière.

Au début il faisait semblant d'être content, il n'avait pas le courage de me dire la vérité. « Merveilleux, c'est merveilleux... Je suis impatient. » Toutefois il était étrange. Puis — lâchement, au compte-gouttes — la vérité a éclaté.

« Réfléchis encore, mon amour. On n'est pas pressés. Je veux que tu sois sûre », il me disait. Et moi, qui n'avais rien compris : « J'ai bien réfléchi. Je suis sûre. » Comme je ne reculais pas, à un moment donné, il a été contraint d'avouer : « Je ne voudrais pas qu'on commette une erreur, Margherita. J'ai quelques craintes. » Et moi, qui m'obstinais à ne pas comprendre : « Quelles craintes ? » Réponse : « Je me demande si toi et moi on pourra jamais être heureux ensemble. Dans la vie quotidienne, j'entends. » J'ai blêmi.

Carlo a fait un pas vers moi et a tendu le bras, comme pour me caresser. Alors j'ai commencé à hurler. Je l'ai poussé vers la porte, en pressant mes mains contre sa poitrine. Mais il ne voulait pas s'en aller. Il continuait à me répéter : « Calme-toi, calme-toi » (lui qui m'a privée de calme pendant des années). Alors j'ai commencé à lui jeter des livres à la figure. Mes livres de poésie. Ceux avec la couverture rigide, qui font plus mal.

Le même soir, j'ai déversé ma colère sur mon mari. Je lui ai tout avoué. Nando s'est contenté de me répondre : « Tu me déçois. » Je l'ai haï pour sa réponse sèche et me suis enfermée dans la chambre de Sofia.

Je pleurais sur son lit, elle me regardait. « Qu'est-ce que tu as, maman ? » elle m'a demandé. Et moi : « Rien, ça va passer. J'ai juste perdu l'équilibre. » Alors Sofia s'est approchée de moi sur la pointe des pieds : « Maman ? C'est comment, un équilibre ? Comme ça je te le dessine et tu en as un nouveau. » J'ai éclaté de rire. Je riais et pleurais en même temps. Je l'ai prise dans mes bras et lui ai couvert le visage de baisers. « C'est un poisson, j'ai répondu. Un poisson qui nage tout droit. »

On s'est assis au Fiorio. C'était mon café préféré car Tomasi di Lampedusa y avait tourné *Le professeur et la sirène.*

« Alors comment ça va ? » lui ai-je demandé d'une voix joyeuse à l'excès.

Nicola me regardait avec des yeux profonds. Comme pour me reprocher mon manque de naturel.

« Je ne suis plus avocat.

— Pourquoi ça ? » Je me sentais tellement stupide. À cause du ton que j'employais avec lui, superficiel et fuyant, comme si on n'avait jamais été mariés, comme si on n'avait pas passé tout ce temps ensemble.

« Parce que je ne peux assumer aucune responsabilité. C'est un sacré handicap, je sais, mais autant avoir les idées claires. Je travaille avec mon père, maintenant. Dans sa société de transformation alimentaire, au service commercial. Comme ça si je vais mal, je n'ai pas à donner d'explications gênantes à qui que ce soit. Je m'absente et c'est tout. Au moins je ne crée pas de problèmes.

— Cela t'arrive souvent ? » Je redevenais son ex-femme, elliptique comme quelqu'un qui peut se permettre de sauter plusieurs épisodes.

« J'ai eu ma dernière crise il y a deux ans. La médecine progresse. »

J'ai dû lancer un regard dans le vide pour le moins ambigu, parce qu'il m'a tout de suite demandé : « Tu ne crois pas au pouvoir des médicaments ? Tu as rencontré d'autres dépressifs ? »

J'ai éclaté en sanglots. Je me couvrais le visage d'une main, tout le monde me regardait. « Excuse-moi, Nicola. J'ai été trop légère avec toi.

— Tu avais vingt ans, Sofia, il m'a répondu. Heureusement que tu l'as été. »

« Les pêcheurs avaient surnommé les mantes "diables des mers". Mais elles n'ont de diabolique que leur légèreté : elles volent dans la mer, en agitant leurs nageoires comme des ailes. Elles évoquent le diable parce qu'elles ont deux petites cornes sur la tête, qui sont en fait des petites mains entortillées qu'elles déploient pour porter la nourriture à leur bouche.

« Leur corps est comme un manteau, un manteau élégant qui pourrait appartenir au démon de Goethe ou à celui de Boulgakov. En réalité ce sont de gentilles créatures, très intelligentes.

« Elles ont un cerveau plus grand que celui de tous les poissons cartilagineux et de tous les poissons en général. Il n'est comparable qu'à celui des cétacés. En effet, les mantes sont curieuses. Elles ne dédaignent pas le moins du monde la compagnie de l'homme et se laissent volontiers approcher. Mais elles sont fuyantes. Et mystérieuses.

« Elles peuvent disparaître d'un moment à l'autre parce qu'elles nagent très vite. Tu t'agrippes à leur nageoire et en un éclair tu te retrouves seul. Quand elles se lassent de ta présence, plus rapides que l'aigle, elles se volatilisent dans l'abysse.

« Elles sont si rapides que pour nager avec elles je dois utiliser un scooter sous-marin à piles, le fameux *maiale* inventé durant la Seconde Guerre mondiale. Sinon au revoir, même pour un champion de natation avec ses palmes.

« Ici, à San Benedicto, île volcanique avec des falaises à pic, on en trouve plein. C'est un spectacle époustouflant, Sofia.

« Les mantes sont énormes, leur envergure peut aller de quatre à six mètres, et toi, d'en bas, tu vois ces gigantesques manteaux qui ondoient dans l'eau bleue, telles les capes d'un matador. Sombres, gracieuses, elles volent à contre-jour au-dessus de ta tête. Tu as hâte de les rejoindre, de les toucher, comme si elles avaient le pouvoir de satisfaire tous tes désirs. C'est peut-être en cela qu'elles sont diaboliques.

« Les Polynésiens les croyaient capables d'emmener dans une étreinte un homme au fond de l'eau et, là-dessous, dans leurs profondeurs, de le transformer en démon.

« Il y a du vrai derrière tout ça : quand tu nages avec elles, les mantes te donnent l'impression d'être tout-puissant. Tu as la sensation de voler dans la mer, au-dessus des gouffres qui mènent on ne sait où. C'est une ivresse un peu maléfique. »

« Un jour je voudrais t'emmener visiter notre société. J'y tiens.

— Alors tu es content de ton travail. Cela me fait plaisir. Et sinon ? »

Merde, il lisait tout sur mon visage.

« Tu veux savoir si j'ai quelqu'un ? Non, je n'ai personne. Je n'ai pas le courage d'imposer à quiconque le calvaire que je t'ai fait subir. Quelle vie pourrais-je offrir ? »

J'ai baissé la tête. Je ne pouvais dire qu'une chose stupide. D'ailleurs je l'ai dite : « Tu n'as pas eu de rechutes depuis deux ans, tu es peut-être guéri.

— Sofia, tu le sais aussi bien que moi. *Ça revient.* »

Dès lors, on avait atteint un tel degré de désespoir que j'ai avoué : « Tu sais, je suis en train de lire les lettres de ma mère. »

Nicola m'a pris la main : « Fais attention. »

« Les raies et les mantes sont les cousines des requins, c'est-à-dire des créatures cartilagineuses sans structure osseuse. Mais — si les mantes sont gentilles — les raies sont très dangereuses. Du moins certaines espèces. Plus que les requins.

« Un de mes amis, brillant documentariste sous-marin, est mort comme ça. Je te l'ai déjà raconté ? Je ne crois pas. C'est une page de mon histoire que tu ne connais sans doute pas.

« Il était californien, il s'appelait Ron, on travaillait souvent ensemble. Il avait commencé à se consacrer aux requins bien avant moi. Il a testé sur sa peau les nouveaux répulsifs antirequins, tu imagines. C'était un biologiste au service de la marine américaine. Il n'avait peur de rien. Il avait même fait trois mômes, assuré qu'il était de toujours s'en sortir. L'idée de mourir ne l'effleurait pas le moins du monde.

« Un jour il est allé se baigner pour se détendre. Près du rivage, en maillot de bain, comme n'importe quel gamin en vacances. Sans masque et sans palmes. J'étais avec lui, allongé sur le sable, je me reposais. Ron m'a crié : "Viens ! Regarde comme elle est belle, cette baie ! Il n'y a personne !" Je lui ai répondu : "Je n'ai pas envie ! J'ai passé la journée dans l'eau. Mais mets quand même un masque et des palmes, il y a peut-être des coquillages venimeux ou des serpents." Et lui, en courant vers la mer : "Tu parles, je fais juste un plouf."

« Il a marché sur une raie venimeuse qui était cachée dans le sable. J'ai entendu un cri. J'ai couru vers lui, il était encore au bord de l'eau, à deux pas de moi. Je l'ai pris dans mes bras et l'ai étendu sur ma serviette. Il était si pâle. Il m'a dit : "Je crois que c'est une putain de raie. Le parent pauvre du requin", et il a ri. Je l'ai porté sur mon épaule jusqu'à la voiture, en courant. J'ai conduit comme un fou jusqu'à la ville la plus proche. Seulement on était dans le trou du cul du monde et l'aiguillon était très toxique. Ron me demandait : "D'après toi, je suis en train de mourir ?" Et moi : "Mais ne dis pas de conneries. Ils vont te filer un sérum et dans une semaine tu seras d'attaque pour te jeter au milieu des requins." Et lui : "En vérité je suis en train de mourir, je le sais. J'ai peur, Nando, pour la première fois de ma vie j'ai peur." Et moi : "Allez, arrête. C'est juste une piqûre." Et lui :

“Ce n’est pas juste une piqûre, ne te fous pas de moi, tu es un expert comme moi en poissons. Ne te fous pas de moi pendant que je suis en train de crever.”

« Quand on est arrivés à l’hôpital, il était déjà en état de choc anaphylactique, empoisonné de la tête aux pieds, et il délirait. Je n’ai rien pu faire pour le sauver. Il avait vingt-neuf ans, c’est moi qui ai dû l’annoncer à sa femme.

« Et tu sais quand c’est arrivé ? Pendant que ta mère allait mal, exactement dix jours avant qu’elle se jette de cette fenêtre de merde. Je n’avais pas la tête à comprendre ce qui se passait chez elle. Ron était mon meilleur ami, on avait fait des documentaires et des livres ensemble pendant des années, on avait commencé ensemble. Et puis j’étais abruti par les formalités administratives, occupé à rapporter le corps à Santa Monica et à consoler Elisabeth, sa femme, qui m’avait rejoint en Nouvelle-Zélande, par le premier avion. J’avais trop de peine pour écouter la mienne, de femme. Ça s’est passé comme ça. »

« Tu ne m’as encore rien raconté sur toi. »

Nicola continuait à me tenir la main. Il avait un regard rassurant, comme s’il avait pu rassurer qualqu’un. Peut-être qu’il pouvait.

« Ben, je lis ces lettres, je te l’ai dit.

— Ce n’est pas un travail de lire des lettres. Et c’est une relation fictive, ta mère est morte. Pourquoi veux-tu à tout prix me parler de la vie de quelqu’un d’autre ? »

Je suis restée silencieuse, j’ai plongé ma cuillère dans la glace au gianduja.

« Je n’ai presque rien qui m’appartienne, en ce moment. À part un peu de déprime. »

Il m'observait avec beaucoup d'attention, presque trop : « Mais est-ce vraiment la *tienne* cette déprime ?

— Que veux-tu dire ?

— Je crains que tu ne cherches à *expier* quelque chose. »

La cuillère m'a glissé des mains, j'ai sali la nappe.

« Sofia, ne t'identifie pas trop. Cela ne sert à rien. Tu risques de te faire du mal, rien d'autre. À moins que ce ne soit *ce que tu veux.* »

J'avais beaucoup de mal à répondre. Je l'ai regardé longuement, avant de parler : « Je n'arrive pas à comprendre si ma mère est à l'origine de tout ou si c'est juste un prétexte. »

Nicola m'a souri : « Tu t'es trouvé un autre dépressif ?

— Deux. » J'ai haussé les épaules.

« Deux ? Merde. C'est du boulot.

— Mais je ne suis pas sûre qu'ils soient vraiment malades. Ils se plaignent beaucoup de leur fragilité, et ils sont effectivement fragiles, ça oui, mais finalement, si j'y réfléchis...

— Ils vont très bien ?

— À peu près.

— En clair, pas d'hospitalisation, pas de pompiers ni d'ambulances ? » Il riait. « Les dilettantes ! »

J'ai posé ma main sur son bras, je riais aussi.

« Cela me fait du bien de parler avec toi. »

Nino, je ne comprends pas les hommes. Ni Carlo ni mon mari. Leur réactions me semblent si étranges, peut-être même plus illogiques que les miennes. Ils continuent à me déconcerter tous les deux.

Parfois j'ai la sensation que la vraie différence entre les ani-

maux et nous ne réside pas dans la parole. Après tout eux aussi ils ont un langage, plus ou moins compliqué selon les espèces. La grande différence se trouve peut-être ailleurs : les animaux se trompent, mais ils ne font pas des choses insensées. Au fond, derrière chacun de leur comportement, il y a toujours une motivation. Derrière nos comportements, par contre, il peut très bien ne pas y en avoir.

Après notre discussion, Nando a préparé un sac. Il m'a dit : «Je m'en vais.» Et moi, croyant à une séparation définitive, convaincue qu'il y avait un lien entre son voyage et la crise de notre couple, je lui ai demandé : «Comme ça ? Sans parler ?» Nando a haussé les épaules. Puis il s'est assis sur un tabouret de la cuisine, comme pour me faire plaisir. «Si tu y tiens, je t'explique. Il y a environ sept ans, en 1973, on a exploré les profondeurs d'une lagune, en Micronésie. À Truk, en février 1944, plus de soixante-dix avions de chasse américains, les F6F Hellcat, les Chats de l'Enfer, plus je ne sais combien de bombardiers et de torpilleurs, ont attaqué par surprise. Truk ne s'est rendu qu'en août, entre-temps quelque chose comme mille trois cents tonnes de bombes ont été larguées.» Je l'écoutais, tendue, cherchant à déchiffrer la métaphore. Puis Nando a continué : «Bref, il paraît que là-dessous il y a quelque chose d'incroyable : plus de quarante épaves de navires japonais, des chars d'assaut recouverts d'algues, des avions entiers sur le sable. Tout est resté tel quel. On peut encore voir les masques à gaz, les assiettes en porcelaine au mess, les cales pleines de provisions, et même une pile de vieux soixante-dix-huit tours. Ron m'a demandé si je voulais aller photographier les épaves avec lui. On a dix jours, avant de commencer notre documentaire en Nouvelle-Zélande. J'ai accepté, naturellement. Tu te rends compte, Margherita ? C'est la guerre recouverte de coraux, la violence écrasée par le silence de la mer. La folie des hommes hantée par la sagesse des poissons. »

J'ai dégluti, puis j'ai susurré : « Tu veux divorcer ? » Nando a réfléchi un instant, mais tranquille, comme si je lui avais demandé : « Tu veux un café ? » Il m'a répondu : « Non, je ne crois pas. On verra plus tard, éventuellement. » Je me suis levée, j'ai défroissé ma jupe avec mes mains et, le regard perdu dans le vide, je lui ai dit : « Je vais réveiller Sofia, comme ça tu pourras lui dire au revoir. »

Le lendemain, j'ai appelé Carlo, je voulais des explications, savoir pourquoi il avait changé d'avis. C'est difficile d'accepter les choses sans les comprendre. Et moi j'avais besoin de comprendre et d'accepter, c'était un minimum. Aussi je lui ai demandé de passer à la maison. Il est venu. Il avait un paquet de journaux sous le bras. Il est entré et les a jetés sur la table. « Tu as vu ? On a tué Tobagi, le journaliste du Corriere. Et Donat Cattin a fui en France. Cossiga semble avoir averti le père que son fils avait des ennuis. Tu sais, entre democristiani. Il a beau faire partie de Prima Linea et avoir tué plein de gens, il reste le fils du vice-secrétaire du parti. »

Mais pourquoi tout le monde me parle d'autre chose ? Pourquoi font-ils comme s'il ne s'était rien passé ? Explique-moi, Nino, s'il te plaît. D'accord, il se passe d'autres choses, certainement plus importantes que les nôtres. Mais je suis fatiguée, personne ne me répond. Nando a le cœur déchiré par des épaves de la Seconde Guerre mondiale, il est ému par des Japonais ensevelis sous les coraux. Et Carlo se ronge les sangs pour un militant protégé par ses adversaires, comme si c'était une trahison personnelle. Entre temps on a descendu un journaliste, mais tant pis. C'est une information qui fait la une des journaux mais cela ne le touche pas. Alors je me demande : mais qu'est-ce qui les concerne ? Leur vie, par exemple, ça les concerne ? C'est facile de se laisser embarquer par des événements qui ne sont pas sous notre responsabilité directe. C'est facile de s'émouvoir et de s'indigner quand on reste simples observateurs. Tout bien réfléchi, ils ont une seule caractéristique commune : ils sont tous les deux très attentifs à ne pas se regarder dans la glace.

Heureusement, Sofia est arrivée; elle a presque six ans et ignore tout des Japonais trucidés, sans parler de cette féroce bataille entre droite et gauche. Elle est entrée dans le salon et a lancé un coup d'œil à Carlo. Puis elle m'a demandé : « Maman ? Mais il va venir vivre ici ? » Son ICI, si contingent, si précis — ICI, pas ailleurs, exactement ICI — m'a touchée. Elle semblait être la seule capable de donner une valeur à notre existence qui, d'une manière ou d'une autre, devait bien avoir son pourquoi. Je l'ai prise dans mes bras et lui ai répondu : « Non. ICI personne ne vient. ICI il n'y a que nous deux. » Elle a salué Carlo de la main, très satisfaite de l'explication. Tout de suite après, j'ai salué Carlo moi aussi, évidemment pas aussi satisfaite qu'elle. Mais sensiblement plus sereine, ça oui. Je me sentais comprise par quelqu'un. Et surtout j'arrivais à comprendre quelqu'un : Sofia, voilà, elle. Parfois c'est beau d'être mère. Pendant un instant, j'ai eu un sentiment de grande richesse.

22

Qu'ont en tête les baleines ?

On était début mai et Turin s'était à nouveau rafraîchie. Le soir, on mettait une veste pour sortir, il pleuvait, il pleuvait à torrents. La ville avait tourné le dos au printemps. D'un coup, elle ne l'acceptait plus.

Le Pô, nerveux, bouillonnait sous des cascades d'eau et les ponts s'effaçaient dans le brouillard comme en automne. Le ciel était sombre et les façades, par effet de contraste, s'illuminaient d'un blanc spectral. De part et d'autre de la pointe de la Mole les éclairs se déchaînaient. Tout le monde dans la rue avançait caché sous son parapluie.

Je suis arrivée chez Claudia complètement trempée, j'ai vite retiré ma veste. Tommy est venu à ma rencontre en tee-shirt et en short.

« Tu n'as pas froid comme ça ?

— Je ne veux pas donner satisfaction à ce temps de merde, il m'a répondu.

— S'il suffisait d'être aussi déterminé. Claudia et Camilla, où sont-elles ?

— À l'aéroport. Maman arrive, elle m'a téléphoné il y a dix minutes, le vol était un peu retardé.

— Quel vol ?

— Tu n'es pas au courant ? Milla va retrouver ton père en Californie. Ils vont voir les baleines. Elle prend l'avion toute seule, confiée à une hôtesse. Elle était super excitée. Moi aussi j'aimerais bien aller en Amérique, mais pas pour les baleines. Nando a été gentil, il nous avait offert le voyage à tous les deux. Mais moi je ne peux pas, j'ai mes championnats de tennis. Tu es bizarre, Sofia. Tu as de la fièvre ?

— Non, pourquoi ?

— Tu as les yeux qui brillent.

— C'est sans doute le vent.

— Ah. En tout cas, moi, je ne suis pas d'accord.

— Sur quoi ?

— Les baleines, et tout ça. Nando n'est pas son père, et ce n'est pas le mien non plus. C'est le tien.

— Tu es sensible. Merci. Mais je vous le prête.

— Ne triche pas avec moi. Tu n'as envie de le *prêter* à personne. Tu crèves de jalousie, tu te retiens juste parce que tu es adulte. Je te comprends parce que moi aussi je suis grand et je dois souvent me retenir.

— Si seulement j'étais adulte. Cela dit, que ce soit clair : tu n'es pas un adulte, Tommy, tu es un adolescent. Accroche-toi à ce privilège.

— Tu parles d'un privilège. J'ai un âge de merde : je ne suis ni chair ni poisson.

— Ni filet ni requin ? »

On a ri. Puis il m'a touché le bras : « Va-t'en avant que ma mère arrive. Je sais que devant elle tu ne veux pas montrer tes sentiments, pour ne pas lui faire de peine. Je lui dirai que tu avais la grippe.

— Tu m'étonneras toujours, Tommy.

— Vas-y, vas-y. On se verra quand tu auras digéré la baleine.

— Elle est grosse.

— Eh, je sais qu'elle est grosse. Justement. Vas-y... Sinon ma mère va arriver et elle va te faire la belle côte de bœuf qu'elle a achetée exprès pour toi et, en plus de la baleine, tu devras digérer ça.

— Tu es vraiment sympa, Tommy.

— Merci. Tout le monde n'est pas du même avis, mais je sais.

— Tu es en train de devenir un homme fort.

— Espérons. »

Moi, par contre, je n'étais pas solide du tout, surtout si on me touchait à certains endroits. J'avais oublié mon parapluie chez Claudia, dans ma précipitation, et je marchais sous la pluie, me fichant complètement de me faire tremper. Au moins mes larmes passaient inaperçues, ces larmes irrationnelles dont j'avais tellement honte. *Tu n'as plus cinq ans, Sofia.*

Les baleines que j'avais toujours rêvé de voir. Et lui, il emmenait Camilla. Il l'avait invitée elle, pas moi. Camilla lui donnait bien plus de satisfaction, évidemment. Et peut-être moins de problèmes. *Tu es trop fatigante, Sofia.*

Cela ne m'aurait sûrement pas passionnée, les éclaboussures hautes comme des geysers, ni les queues triangulaires qui sortent tout à coup de l'eau, ni les dos gigantesques qui s'arc-boutent sur la mer. Je lui aurais demandé obsessionnellement : « Mais pourquoi les baleines se suicident, papa ? »

Je lui aurais posé mille questions insupportables sur leur langage, sur le chant solitaire des mégaptères et sur les claquements des cachalots, ce bruit si semblable au trot des chevaux, et pourtant plein de sens : « Mais qu'est-ce qu'ils se disent là-dessous ? »

Je n'arrivais pas à lui pardonner. Quand j'étais petite, il m'avait offert un disque qui était vendu avec la revue du *National Geographic.* Il s'intitulait *Songs of Whales.* C'étaient les chansons des mégaptères, enregistrées par un biologiste marin. Et moi j'écoutais hypnotisée cette musique, faite de thèmes, de phrases et de refrains comme la nôtre, je l'écoutais en boucle. Et je rêvais de l'entendre en vrai. « Tu m'emmèneras au concert des baleines ? » je lui demandais. Et lui, rassurant comme toujours : « Mais bien sûr. Je t'emmènerai. »

Je suis entrée dans une pharmacie, je ne me supportais plus : « Je voudrais trois flacons de Noctamide s'il vous plait.

— Vous avez l'ordonnance ? »

J'ai ouvert mon portefeuille : « La voilà. »

La pharmacienne m'a regardée, suspicieuse : « Trois ? Vous êtes sûre ?

— Oui, merci. Trois. »

Je me sentais déjà plus légère, avec ce sachet vert et blanc dans les mains, et mes trois petites boîtes. Idéalement proche du sommeil. *Je dors donc je ne demande rien.* Le sommeil comme une forme d'orgueil. *Je dors donc je ne dépends de personne.* Trois flacons pas plus : moi, les autres et le vide entre nous. *Je dors donc je suis libre.*

Nino, doux Nino, je pourrais peut-être vendre mon collier de perles et avec cet argent m'acheter un billet pour le Brésil. Je pourrais peut-être m'échapper et te rejoindre. Je serre les dents sur ma lucidité, mais je la sens qui m'échappe.

J'ai même des pertes de mémoire. Hier je suis allée chez ma mère, pendant qu'elle n'était pas là. J'ai récupéré Sofia et l'ai ramenée à la maison. Au bout d'une heure, maman a téléphoné : « Pourquoi as-tu emmené Sofia ? J'étais descendue une minute acheter du lait pour son goûter, je suis rentrée et j'ai trouvé ton mot dans la cuisine. On était en train de finir de copier les phrases que m'a données la maîtresse. Comment va-t-elle faire ses devoirs si c'est moi qui ai les phrases ? Il faut que je te les dicte. » J'étais muette. Je ne me rappelais pas être allée là-bas, et encore moins avoir laissé un mot dans la cuisine. Et le pire, c'est que j'étais convaincue d'être seule à la maison.

J'ai raccroché et suis allée ouvrir la porte de la chambre de Sofia. Effectivement elle était là. Elle jouait. Alors j'ai balbutié : « Viens, il faut finir tes devoirs. » Mon angoisse était telle que je m'en suis pris à la petite : « Tu aurais pu me le dire, non ? » Elle m'a regardée avec inquiétude : « Quoi ? — Que tu n'avais pas fini tes devoirs, idiote ! » Je ne l'avais jamais insultée, même pour rire. Ses yeux se sont remplis de larmes : « Pardon maman, pardon... Je t'ai sentie tellement pressée... » Pressée, *elle a dit ça. Comment ça, pressée ? Pressée de mourir, peut-être. À cet instant, cela me semblait être la seule urgence.*

Hier Ron, le meilleur ami de mon mari, est mort. Nando pleurait au téléphone, ils étaient très liés. Moi je ne l'ai vu qu'une fois, quand il est venu en Italie avec sa femme. C'était un gars musclé, grand et blond, quelle fin absurde.

Moi aussi je marcherais sur une raie, si on me garantissait de succomber en quelques heures. Mais Ron ne voulait pas mourir. Notre Dieu, je continue à le penser, n'agit pas avec la liberté d'une personne déterminée. Il se trompe toujours dans ses choix.

Quoi qu'il en soit, j'ai couru chez mon analyste. Seulement ma théologie ne l'intéressait pas. Quand j'ai fait allusion aux amnésies, je n'ai pas pu m'empêcher de fondre en larmes. J'avais honte, je crois. Alors il s'est levé et s'est approché de moi. Il m'a serrée dans ses bras et a commencé à me faire plein de petits baisers sur les yeux pour me calmer. On a fait l'amour, très lentement, avec douceur. Peut-être même que cela m'a plu. Ou peut-être que non, pas du tout. J'ai à nouveau une amnésie. Je sais juste qu'aujourd'hui j'ai normalement rendez-vous avec lui et que je n'irai pas.

Mon psychiatre n'est pas là, malheureusement. Sinon je courrais chez lui, tant que je suis suffisamment lucide pour savoir que d'ici peu je ne le serai plus.

« Arturo ? Tu es chez toi ? Si tu entends ton répondeur, s'il te plaît, réponds-moi. S'il te plaît, rappelle-moi. Je vais de plus en plus mal, ce n'est pas une fausse alerte. Arturo, tu es là ? »

Mon Nino, je continue à t'écrire des lettres et à ne pas te les envoyer parce que cela me demande trop d'efforts de me rendre à la poste. Je passe mes journées au lit. Je ne me lave pas, je ne m'habille pas. Je pue. Alors tu penses, aller à la poste, avec ces files d'attente.

Je n'emmène même pas Sofia à l'école parce que je n'arrive pas à me réveiller. Je lui ai dit que c'était déjà les vacances.

Heureusement ma mère est allée voir sa sœur et je ne l'ai plus dans mes pattes. J'espère qu'elle va rester un bon bout de temps à Gênes, encore deux semaines minimum. Comme ça elle ne nous surveille pas.

Sofia et moi, on est très bien ici, toutes seules. On n'a besoin de personne. On mange à minuit, on se lève à midi. On vit en pyjama. Elle est heureuse, tu sais ? Elle m'aime à la folie. Je n'ai jamais autant profité de ma fille. On n'est qu'une seule et même chose.

Je suis toujours ivre, mais j'ai découvert qu'avec le Martini je joue mieux. J'ai bien plus d'imagination. Hier on était des pirates. Mon lit, défait et sale depuis dix jours parce qu'on mange dessus, était un vaisseau fantôme. On a saccagé un bateau.

Dans le frigo il n'y avait que des œufs crus, sans doute périmés. On les a mangés comme ça. En femmes libres, en faisant couler le blanc transparent sur le drap. Sofia rayonnait de joie, elle m'a dit : « Maman… si grand-mère nous voyait, elle nous tuerait toutes les deux. Mais moi je t'aime tellement. Et puis tant pis si les œufs sont meilleurs à la poêle ou brouillés, et si comme ça ils font vomir. Tu sais quoi ? Je ne me suis jamais autant amusée. On joue tout le temps, comme c'est chouette. »

J'ai connu des jours meilleurs, pour ma part. Quand Sofia s'endort — par terre, sur le canapé ou sur les draps où a coulé le blanc d'œuf cru — je pleure jusqu'à me vider de mon humanité.

De temps en temps, dans la nuit, je téléphone à Carlo. Il est glacial. Comme s'il m'avait déjà oubliée, comme si je l'ennuyais et c'est tout. Il a tourné la page très rapidement. Hop là. Comme ça. Évidemment les sentiments qu'il éprouvait pour moi n'étaient pas aussi profonds qu'il le disait. Moins profond que les poissons de mon mari.

Que je méprise les hommes qui vivent de faux abysses. Finalement j'ai juste perdu quelques mètres de fond. Du sable, des coraux morts et des coquilles vides. Je regrette mon mari et ses profondeurs, même si elles me sont si étrangères.

« Marcello ?

— Je vous écoute… Une minute… je sors. » Puis susurrant : « Attends, je ferme la porte. Pourquoi tu m'appelles à cette heure-ci ? Je suis chez moi avec ma femme. Que se passe-t-il ?

— Je suis agitée. J'en ai besoin. Ce sont sans doute les lettres de ma mère. Les dernières sont terribles. Je t'en prie, viens.

— Là, je ne peux pas. Il est dix heures du soir, on est déjà en pyjama. Je ne saurais pas quelle excuse inventer.

— Mon Dieu, ce pluriel.

— Quel pluriel ?

— Le vôtre... Vos pyjamas.

— Pardon, je n'ai pas fait attention.

— Je me brise, Marcello.

— Appelle Arturo, s'il te plaît. Je te jure que je ne suis pas jaloux. C'est plus important de te savoir tranquille avec quelqu'un. Ne m'inquiète pas, hein ? Je dois retourner à côté, Simona m'appelle.

— Tu me demandes d'appeler Arturo ? » J'ai ri.

« Je courrais volontiers chez toi. Mais je ne peux pas, mon amour.

— Comme c'est facile.

— Quoi ?

— D'utiliser le conditionnel. Quel choix hypocrite.

— Tu me traites d'hypocrite ?

— Non, non, penses-tu. Cours auprès d'elle. C'est un impératif. »

Un jour, Nino, tu recevras ces lettres toutes ensemble. Un jour, j'irai à la poste et tu les recevras. Mais ce jour n'est pas encore arrivé. En attendant j'écris. Et je réfléchis, quand j'y arrive.

Tu sais, je suis très occupée. Je passe mes matinées à sauter sur le lit avec Sofia pour faire voler les détritus. Les restes de nos repas, les serviettes en papier sales, les verres en carton écrasés, tous les rebuts du déjeuner et du dîner. Allez, vole ! Nous, on saute sur le matelas, et vole !

De temps en temps on jette tout ça, mais la saleté se renouvelle. Elle nous envahit. Alors on saute à pieds joints sur les ressorts du matelas et les ordures volent avec nous. C'est une sensation étrange, une espèce de prise de conscience. Parfois très amère. Même si, pendant nos sauts dans le vide, on rit. Il n'y a peut-être pas vraiment de quoi rire. Même Sofia l'a compris, à six ans. Hier elle m'a dit : « Maman, on vole comme des serviettes en papier. »

L'après-midi, par contre, nos vies se séparent. Elle s'enferme dans sa chambre pour jouer. Et moi je t'écris ces lettres.

De temps en temps je vais espionner ma fille. Je me suis aperçue que dans sa chambre, elle essaie d'évacuer l'angoisse que je lui transmets. Hier elle criait sur une Barbie : « Allez, saute sur le matelas ! Si tu fais voler les détritus, je te fais quelque chose à manger. Je m'en fiche si tu as faim. Tu es folle, tu sais ? Tu es une Barbie folle. Et sale, parce que tu ne te laves jamais. Ta grand-mère serait très fâchée contre toi. Mais vous, les Barbie, vous n'avez pas de grand-mère. »

Cela m'a touchée alors j'ai appelé ma mère. Sauf que j'étais complètement ivre et bourrée de calmants, alors je bafouillais. Cette garce s'en est aperçue tout de suite. Elle me répétait en boucle : « Tu n'as pas bu, Margherita ? Avec les médicaments tu ne peux pas, tu n'as pas le droit. Tu n'as pas forcé sur les calmants ? Passe-moi Sofia. » Et moi, plus garce qu'elle : « Sofia est à l'école. »

Quand Sofia s'est aperçue que je parlais avec sa grand-mère, elle s'est ruée sur moi. Elle tirait sur ma manche : « Passe-la-moi, passe-la-moi. Je veux lui dire bonjour. Elle me manque. »

Et tu sais ce que j'ai fait ? J'ai raccroché. Je lui ai répondu : « Grand-mère n'a pas le temps de parler avec toi. »

Je suis jalouse de ma mère et de son équilibre. J'aime Sofia plus qu'elle, donc elle est à moi. Ça m'est égal si elle l'aime bien et moi mal. Je l'aime plus, c'est tout. On ne fait qu'un, Sofia et moi. Une seule et même chose. Sofia est à moi. À moi, à moi, à moi.

Dieu a demandé à Abraham de tuer Isaac, pas au père d'Abraham, grand-père d'Isaac. Et il avait ses raisons, Dieu. Parce que le grand-père d'Isaac n'aurait pas pu accepter, vu qu'Isaac n'était pas sa chose à lui. Cela aurait été comme de tuer la brebis d'un autre. Tu parles d'un sacrifice. Abraham pouvait, lui. Et il a accepté.

C'était dimanche matin. Nicola est passé me prendre en bas de chez moi. Il tenait vraiment à me montrer l'endroit où il travaillait. Je ne comprenais pas pourquoi, mais je voulais lui faire plaisir.

« La société est fermée, mais j'ai les clés. Je t'emmène aujourd'hui parce qu'elle est plus belle, vide.

— Moi aussi j'aime les choses vides. Les places vides, les rues vides, les villes vides.

— Je sais, je m'en souviens. On a été mariés plusieurs années. »

On a sauté dans la voiture et on a rejoint la périphérie en une dizaine de minutes. D'habitude, pour traverser la ville, il faut beaucoup plus de temps, mais à cette heure-ci il n'y a personne dans les rues.

En quittant le centre, Turin avait un aspect encore plus spectral. Elle avait quelque chose d'une plate-forme pétrolière en plein naufrage. Elle exhibait ses misères de ville industrielle en période postindustrielle dans une souffrance double. Des restes pachydermiques d'un bien-être lointain témoignaient de sa chute.

« Cela te plaît vraiment, ces transformateurs alimentaires, hein ?

— C'est tout ce que j'ai. »

Je ne savais pas quoi répondre. Mais il m'a tout de suite tirée d'embarras : « Pour moi, c'est un soutien, ou plutôt une force. À cause de leur tangibilité, je crois. Je dois les étudier, expliquer aux clients comment ils fonctionnent, les vendre. Ils me posent des problèmes pratiques, et je dois les résoudre. Je répète cela, jour après jour. Au moins je n'ai pas le temps de penser à la maladie, de m'affoler, de me demander quand elle reviendra. J'ai trop à faire. En fait depuis que je travaille ici, je n'ai plus eu de délires. »

On s'est arrêtés sur un terre-plein boueux. Nicola a sorti du coffre un parapluie et m'a pris le bras. En marchant dans la boue, on est entrés dans le bâtiment. Il a allumé les lumières puis a soupiré : « Regarde-moi ces belles bêtes. Elles me fascinent, même d'un point de vue esthétique. À les voir ainsi, immobiles et inutiles, j'aurais presque envie d'appeler un artiste et de les lui faire peindre toutes. Imagine-toi qu'elles sont capables de produire des quintaux de conserves en quelques minutes. Celle-ci, par exemple : à elle seule elle fait office de raffineuse, de pétrisseuse, de mixeur, de hache-viande, de râpe, d'homogénéisateur et de pasteurisateur. Pas mal, hein ? Elle est automatique, tout est informatisé. »

Il a fait quelques pas puis a caressé un géant noir, comme si c'était un animal : « Je te présente un cutter. On en a des grands, industriels comme celui-ci, et aussi des petits qu'on vend aux restaurateurs et aux pâtissiers. »

Il a posé sa main au creux de mon dos pour me faire passer derrière une colonne : « Elle, c'est une fondeuse. Et le gaillard menaçant que tu vois là-bas, c'est un hache-légumes. »

Ensuite il m'a invitée à prendre un café dans son bureau, mais au moment de le préparer, il s'est aperçu que la machine à expresso était cassée.

« Ce n'est pas nous qui les fabriquons, celles-ci. Mais c'est quand même une honte, des machines qui ne fonctionnent pas il ne devrait pas y en avoir une seule ici. » Il a éclaté de rire. « La seule machine qui ne fonctionne pas d'habitude, c'est moi. »

Puis il m'a invitée à déjeuner dans mon restaurant préféré, *Sotto la Mole.* On s'est assis, on a commandé du vin et un antipasto. J'ai disparu sous la table pour caresser le basset de la patronne.

« Alors ? Où en est la lecture ? m'a demandé Nicola.

— Tu sais, par moments j'ai l'impression de lire l'histoire de quelqu'un d'autre. J'étais avec elle, à cette période. On était toutes les deux. Mais je ne me souviens de rien.

— C'est mieux. »

Le serveur est arrivé avec deux petits flans nappés de fromage fondu.

« Elle avait un amant, il s'appelait Carlo. En lisant *La Stampa* j'ai découvert qu'il vient ici présenter un livre la semaine prochaine. Je veux y aller, je dois lui parler.

— Ne fais pas ça, Sofia.

— Si, justement. La mort a besoin de détails.

— Alors je viens avec toi.

— Tu es sérieux ? » Je lui ai pris la main pour y déposer un baiser.

« Je crois que c'est à moi de te soutenir, cette fois.

— Je ne t'ai pas soutenu si bien que ça.

— Je ne t'ai jamais donné de note, Sofia, à aucun moment. La situation était bien plus complexe, tu le sais comme moi. Et puis... qu'est-ce que tu crois ? Que ce n'est pas gratifiant pour moi d'aider quelqu'un d'autre ? Tu me donnes une chance de me racheter. Que faire de toute mon humanité si personne ne me demande de l'utiliser ? »

« Quelle drôle de lettre tu m'as écrite, Sofia. Pourquoi cette colère contre moi ? Tu as le bonjour de Camilla. Je ne la filme pas parce qu'elle a un herpès sur la lèvre et elle ne veut pas qu'on la voie. En outre elle est de mauvaise humeur, elle n'aime pas les baleines. »

Pendant ce temps, presque négligemment, il me montrait des images d'archives.

« Je n'ai pas réussi à faire de jolie séquences, alors contente-toi de mes archives. La baleine endiablée que tu vois saute pour se libérer de ses poux. Et là, ce sont des bélugas qui se grattent entre eux pour se débarrasser de leurs parasites.

« Lundi, Camilla a vu son père. Tu sais, on a appris qu'il venait de s'installer ici, à San Diego, alors on lui a téléphoné. Je l'ai accompagnée chez lui, et je l'ai attendue dehors. Elle est sortie au bout d'une heure, avec une tête de trois pieds de long. Elle ne l'avait pas vu depuis neuf ans, ils ne savaient pas quoi se dire. Je crois que son herpès, c'est nerveux.

« Elle se contrefout de mes baleines, elle les regarde avec mélancolie. Elle n'a qu'une envie, c'est de me dire des méchancetés, du type : "Tu as du ventre, mon père non. À partir de demain je te mets au régime. Tu es horrible comme ça." Ou bien : "Vous avez le même âge mais toi tu fais dix ans de plus, tu devrais te teindre les cheveux." Ou encore : "Lui il a une maison. Pourquoi toi tu n'arrives pas à te poser quelque part ?"

« Elle est de plus en plus intolérante à mon égard. On dirait que je l'ai invitée pour l'embêter. Elle téléphone sans cesse à sa mère, en me faisant dépenser une fortune, et elle critique les baleines : "Je ne vois qu'un crachat dans l'eau." Ou : "Elles ne font pas peur du tout, je m'ennuie."

« Par contre la terreur des requins lui est venue tout à coup. Petite, elle plongeait au milieu des requins-tigres et maintenant elle ne veut plus mettre un orteil dans l'eau, même sur la plage. Elle effleure l'écume de ses pieds et part en courant. Elle me crie : "En Californie il y a des requins blancs. L'année dernière, deux personnes sont mortes. Non, non, je n'y vais pas." Je lui explique : "Écoute, la probabilité d'une attaque est infime. Les gens meurent plus facilement d'accidents de voiture ou de cancers. Et puis les requins ne mangent pas de chair humaine, ils le font uniquement par erreur. Cela arrive parfois avec les surfeurs, parce qu'ils les confondent avec des tortues mais..." Elle fait la moue et court vers le parasol : "L'eau est gelée, je n'aime pas ça." Alors moi : "Milla, tu as touché un requin blanc avec tes mains : tu t'en rappelles oui ou non ?" Et elle, inflexible : "Même morte je ne recommencerais pas."

« Loin de la mer aussi, on est en mauvais termes. Je l'invite à manger un poisson frit sur le port et elle me répond : "Le poisson frit me donne envie de vomir." Elle veut une pizza, mais pas celle avec du saucisson dessus et de la mozzarella qui sent l'emmenthal. Elle m'oblige à arpenter San Diego de long en large jusqu'à ce qu'on trouve une pizzeria italienne. Tout est comme ça. Un caprice après l'autre. Comme si c'était ma faute, si son père l'a déçue. Je ne peux plus la supporter. Et toi tu es jalouse ?

« À trente ans, Sofia, tu devrais être mère, tu n'as pas à te sentir en compétition avec une gamine de onze ans. Entre Camilla et moi il y a toujours eu une profonde sympathie, une forme d'amour même, tu as raison, mais c'est un sentiment fragile. On se regarde dans les yeux et il y a quelque chose qui cloche : rien à faire, ce n'est pas ma fille.

« Elle est là, en Californie, avec moi et les baleines, mais elle voudrait voir son père à ma place, son père qui ne s'occupe pas de poissons vivants mais de poissons morts, parce qu'il a pris en gérance un restaurant japonais.

« Pour lui faire plaisir, je l'ai emmenée chez lui. Dans son restaurant. Et tu sais ce qu'elle a fait ? Elle a mangé des ailerons de requin. Elle a fait exprès de les commander. Après dîner, je suis allé la chercher, Milla a couru vers moi rayonnante. J'ai pensé *La rencontre avec son papa s'est bien passée, quel soulagement.* Tout content, je lui ai demandé : "Alors, comment ça s'est passé ?" Et elle : "Très bien, mon petit papa cuisine comme un dieu. C'était bon, cette soupe de requin. Qu'est-ce que c'était bon."

« Tu veux savoir quelle est la différence ? Il y a des choses que tu es prêt à supporter venant de tes enfants. Pas des enfants des autres. »

Sa douleur liée à la trahison de Camilla était pour moi une double trahison. Alors, le soir même, je suis allée dans un restaurant chinois et j'ai commandé des ailerons de requin moi aussi.

Je me demande ce qu'ils m'ont servi, à Turin. C'était peut-être du thon, peut-être de l'espadon, ou peut-être une soupe au rat d'égout. Mais c'était juste pour le principe. Je dégustais cette horreur comme s'il s'agissait de la chair d'un requin ami de mon père. Et j'aurais donné n'importe quoi pour qu'il me voie : « Des ailerons de requin, s'il vous plaît. Une belle portion. »

Eh non. Le coup des baleines, je ne le lui avais pas pardonné. Comme je ne lui avais jamais pardonné d'avoir emmené Camilla à l'aquarium de Gênes sans me le dire. Quand je l'ai su, j'étais folle de rage : « Tu l'as emmenée à l'aquarium de Gênes ? Je n'arrive pas à le croire.

— Mais c'est une gamine.

— Rien à foutre. C'était mon rêve, tu le sais. Les requins... mais à distance. Derrière une grande vitre. C'était important pour moi.

— Je ne m'en souvenais plus.

— Parfait, à Gênes, j'irai toute seule. Je ferai une chose importante seule. Au fond c'est très bien de faire des choses importantes seul.

— Sofia, tu es si fatigante. Et parfois tu es vraiment puérile.

— Je sais.

— Écoute, dès que je viens en Italie, on va à Gênes ensemble. Je te le promets.

— Non, maintenant c'est décidé. Visiter l'aquarium

sera un événement fondamental de ma vie et je ne veux le célébrer avec personne d'autre que moi-même.

— Tu es pire que ta mère.

— Je sais ça aussi.

— De toute façon, tu va être déçue. Ce ne sont pas des animaux faits pour rester derrière une vitre, les requins.

— Peu importe. Je fais de ces poissons une affaire toute personnelle : je serai touchée même par les minables qui sont là-bas. »

Ainsi, ce soir-là, après avoir mangé mes pseudo-ailerons de requin, j'ai appelé mon père en Californie.

« Salut papa, comment vont les baleines ? » Je mourais d'impatience de lui balancer à la figure le récit de mon dîner exotique.

« Hier on n'a pas pris le bateau. Camilla a voulu faire du shopping. Maintenant elle dit qu'elle a le mal de mer.

— Tu n'as qu'à l'emmener à l'aquarium. » Je riais.

« Encore cette histoire d'aquarium. Mais tu vas vraiment ruminer ça toute ta vie ?

— Mais non, arrête, je plaisantais. » On ne peut plus fausse. *Mais quel régal la soupe de requin. Mmm.*

« Comment se fait-il que tu me téléphones à cette heure-ci ? Tu es encore jalouse ?

— Je suis excessive, je m'en rends bien compte. Excessive comme maman. » *Elle jouait à Abraham et Isaac, et toi tu pensais aux victimes des raies.* Le ton était acerbe.

« Pourquoi ramènes-tu toujours tout à ta mère ? Tu ne le faisais pas avant. Maintenant tu prononces son nom tous les jours. Cela devient une obsession.

— Parce que je me suis aperçue que j'étais comme

elle. » Mes lèvres ont laissé un rot s'échapper. Le requin m'était resté sur l'estomac.

« Non, Sofia, tu te trompes.

— Je ne me trompe pas du tout. Mais je ne t'ai pas appelé pour ça. » *Là, la soupe, tu n'y couperas pas.*

« Dis-moi, mon amour. Je t'écoute. »

J'ai roté à nouveau, coupable. Le requin se rebellait dans mon ventre. Il ne voulait de mal à personne, lui.

« Tu peux m'expliquer ce que les baleines ont dans la tête ?

— Quoi ?

— Je veux savoir pourquoi elles se suicident.

— Maintenant ? Au téléphone ?

— Oui, papa. C'est une question qui me tourmente sans cesse.

— Mais c'est une histoire longue et compliquée. Je vais te faire dépenser une somme folle.

— Tant pis. Je dois comprendre.

— Bon... Les scientifiques ne sont pas encore arrivés à une conclusion définitive. Ils ont différentes théories. Certains disent que les suicides de masse sont dus aux parasites. Une femelle, gênée par des parasites qui lui dévorent l'oreille ou le cerveau, perd le sens de l'orientation et embarque avec elle tout le troupeau du mauvais côté, dans les eaux trop basses. D'autres soutiennent que la cause réside dans les particules de magnétite présentes dans le cerveau de certaines espèces. S'il est vrai que les baleines ont recours à des informations géomagnétiques pour tracer leurs routes, alors il est possible qu'une anomalie quelconque du système les mette dans la mauvaise direction.

— En résumé, les baleines deviennent folles.

— Euh, le mot est un peu fort, impropre disons.
— Elles ne veulent pas mourir mais elles se suicident.
— Oui, en un certain sens, oui.
— Merci, c'est tout ce que je voulais savoir. Salut, papa. Je raccroche. J'ai dépensé une fortune.
— Sofia ?
— Hein ?
— Tout va bien ?
— Très bien. Bonne nuit, papa. »

23

Shark attack

La chaleur était arrivée, enfin. Je portais une robe décolletée et des chaussures ouvertes, lacées autour des chevilles avec des talons en corde. Une robe un peu années soixante-dix. Nicola est venu à ma rencontre : « Quand tu sors avec moi, tu arrives en jean et en baskets. Je vais commencer à me vexer. Tu t'es fait belle pour la présentation du livre ?

— C'est une nouvelle tenue. Tu aimes ?

— Oui, tu es très jolie. »

Nicola m'a donné le bras, on s'est dirigés vers la librairie. « J'espère que tu n'as pas l'intention de séduire l'amant de ta mère. Laisse-moi te rappeler que le fou, c'est moi. Et voilà un privilège que je ne tiens pas à te céder.

— Je veux juste lui parler. Je l'obligerai à me répondre.

— Mais qu'attends-tu qu'il te dise ?

— Je ne sais pas. Quelque chose.

— Bof, je reste perplexe. »

On était arrivés. Mon cœur battait et mes jambes tremblaient. Il y avait pas mal de monde dans la librairie.

« Selon toi, lequel c'est ? j'ai murmuré à Nicola entre mes dents.

— Celui qui sourit avec assurance, j'en mettrais ma main au feu. Je me suis toujours méfié des gens trop sûrs d'eux.

— C'est pourtant un homme fascinant. »

Nicola m'a attrapée par le bras : « Eh, écoute-moi bien : prudence.

— Bien sûr. »

Le livre parlait d'une poétesse argentine dont le nom m'était complètement étranger. Carlo racontait sa vie sans détacher son regard de moi : « Alfonsina Storni est née dans le Tessin en 1892 mais, dans sa quatrième année, sa famille part vivre à Buenos Aires. En Argentine, elle est considérée encore aujourd'hui comme un mythe, une des plus grandes poétesses nationales. Il y a même une célèbre chanson de Mercedes Sosa, réinterprétée récemment par Franca Masu, qui lui est dédiée. Et c'est justement par cette chanson que je veux commencer. Parce qu'elle raconte la fin d'Alfonsina, qui s'est suicidée à seulement quarante-six ans en se jetant à la mer. Atteinte d'un cancer, elle ne voulait sans doute pas affronter l'énième opération. Mais beaucoup soutiennent qu'elle l'a fait par amour, comme semblent le suggérer les derniers vers de son ultime poésie, *Voy a dormir*. Je vous les lis : "*Ah, un service : / s'il appelle encore au téléphone / dis-lui de ne pas insister, que je suis sortie...*" Elle conclut exactement comme ça, en disant *he salido*. Je suis sortie. »

Carlo continuait à parler en me regardant. Toujours moi, rien que moi. Mais je ne le regardais pas. J'écoutais en baissant les yeux.

« Ce qui est sûr c'est que, depuis des années, elle souffrait de violentes crises dépressives. Et la chanson, je dois dire, raconte très bien cette souffrance : "*Dieu seul sait quelles angoisses t'ont accompagnée / Quelles douleurs anciennes tu as tues.*"

« Et puis Mercedes Sosa, avec son timbre profond, évoque tout un monde marin, qui était en fait le monde d'Alfonsina Storni : "*Alfonsina endormie, vêtue de mer.*" Elle l'imagine le long d'un chemin d'algues entourée de cinq sirènes, de coraux et d'hippocampes phosphorescents. Elle cite les vers de sa dernière poésie, ceux que je vous ai lus, dans lesquels elle dit : "*S'il appelle encore, dis-lui que je suis sortie...*" Et elle termine avec le refrain : "*Tu t'en vas, Alfonsina, avec ta solitude.*" »

À la fin j'avais juste envie de fuir. La présentation terminée, je me suis levée précipitamment. Mais Carlo m'a rejoint avant que je n'aie eu le temps de m'éloigner : « Mais tu es Sofia ? La fille de Margherita ? »

Je suis devenue toute pâle, j'ai commencé à balbutier.

« Oui. Ben, oui. Oui.

— Tu es la même.

— Que ma mère ?

— Non. Tu es la même que quand tu avais cinq ans. Tu n'étais qu'une petite fille, mais j'ai reconnu ton regard. Tu n'as pas changé du tout.

— Vraiment ?

— J'aimerais parler un peu avec toi. J'y pense depuis si longtemps. Quand je suis arrivé à Turin, un instant j'ai été tenté de te téléphoner. Mais finalement je n'en ai pas eu le courage. Tu as des obligations ce soir ? Je peux t'inviter à dîner ?

— C'est gentil.

— Attends. Je vais dire à mon éditeur que je ne peux pas aller avec eux. Je reviens dans cinq minutes.

— Je t'attends dehors. Je vais fumer une cigarette. »

J'ai rejoint Nicola en courant. « Viens, on sort. Il m'a reconnue, il veut me parler, il m'a invitée à dîner. » Je mangeais mes mots.

« Il ne me plaît pas du tout. S'il espère laver sa conscience en écrivant des livres sur des poétesses suicidées, douées ou médiocres, c'est pareil. Regarde sa bibliographie, ça fait presque rire. D'abord un essai sur Sylvia Plath, puis un sur Amelia Rosselli. Ensuite sur Antonia Pozzi. Et maintenant Alfonsina Storni. Ça suffit. Franchement je trouve même ça de mauvais goût. »

Je fouillais dans mon sac pour chercher mes cigarettes, mes mains tremblaient tellement que je n'arrivais pas à allumer mon briquet.

« Je suis très agitée. »

À ce moment là, Carlo est arrivé. Je lui ai présenté Nicola : « Mon ex-mari. »

Carlo lui a serré la main : « Ravi de vous rencontrer. Je suis un vieil ami de la famille. »

Il ne pouvait pas trouver pire définition. Nicola a tout de suite réagi : « Vous savez, cela m'a vraiment touché l'histoire d'Alfonsina *vestida de mar*. J'en ai encore les yeux qui brillent », sur un ton ironique, venimeux et insolent.

Carlo essayait de sourire : « Il faut que Sofia écoute la chanson de Mercedes Sosa. »

Nicola l'a regardé froidement : « Peut-être que Sofia a déjà suffisamment écouté. Vous ne pensez pas ? » Il a levé légèrement le menton, méprisant. « Bon, je dois y aller.

— Je t'appelle demain ! » J'ai crié.

Carlo lui a tendu à nouveau la main : « À bientôt, j'espère.

— Certainement. Pour la prochaine poétesse suicidée. J'y compte bien. Qui sait, il y en a peut-être encore une qui va se pendre. »

Carlo s'est tourné vers moi : « Mais qu'est-ce que je lui ai fait ? »

« On m'a demandé de faire un documentaire sur les attaques de requin. Un projet commercial, les gens aiment ces trucs de film d'horreur. Je n'ai pas pu refuser tout simplement parce qu'ils m'ont proposé beaucoup d'argent. De l'argent que j'utiliserai ensuite pour réaliser un documentaire comme je les aime. J'ai déjà le sujet en tête. Un jeune Indonésien, que j'ai rencontré par hasard dans un port, m'a dit que "chez lui", c'est-à-dire sur une île du Pacifique d'où il a émigré, "les requins marchent". Je veux absolument approfondir la question, cela me semble digne d'intérêt. Mais pour me payer le voyage et tout le reste, je dois prendre mon mal en patience et faire le film qu'on m'a commandé.

« Me voici donc en train de reconstruire des histoires pas très réjouissantes, tant pour les hommes que pour les requins. Certains accidents portent sévèrement atteinte à l'image de ces belles créatures qui, malheureusement, commettent des erreurs comme nous. Ce ne sont pas des monstres, ce sont des animaux.

« Les pauvres bestioles, si elles sentent l'odeur d'un bon poisson qu'un crétin a harponné dans leurs eaux, naturellement elles vont le chercher. Et elles ne se posent pas mille questions si, accroché à ce poisson, il y a un bras. Je ferais la même chose à leur place. Bref, les gens qui vont faire de la pêche sous-marine dans certaines mers, devraient prendre leurs responsabilités. Il est vrai que je n'aime guère ce sport, et la pêche en général.

« Ce qui me met le plus en rage, c'est qu'après les médias se déchaînent contre les requins pour faire leur une. Un homme attaqué par un requin blanc ! En lettres majuscules. Merci bien, un débile nageait au large avec un thon ensanglanté accroché à son fusil. Mais les gens ne comprennent pas. C'est toujours très pratique d'avoir un monstre sous la main.

« Puis il y a les surfeurs, qui passent des heures à plat ventre sur leur planche, les jambes et les bras dans l'eau. Vus d'en bas ils sont pris pour des tortues ou des otaries. Toutefois j'ai plus de sympathie pour eux, au moins ils savent que cela peut arriver.

« J'ai connu un jeune homme qui y a laissé un pied, mais qui n'a pas pour autant renoncé à surfer. Il m'a dit : “Je n'en veux pas à ce requin. Quand il s'est aperçu que je n'étais pas une tortue, il a lâché prise. Je savais très bien que je courais ce risque. De toute façon, le surf c'est ma vie.” J'aime les personnes lucides.

« Enfin il y a les naufragés. Et ça, c'est vraiment tragique. Parce que les requins en pleine mer ont faim et ils n'y vont pas par quatre chemins. Ils n'aiment pas la chair humaine, mais s'ils ont le ventre vide depuis plusieurs semaines ils croquent ce qu'ils trouvent.

« Aujourd'hui j'ai dû interviewer deux rescapés d'une croisière qui a mal tourné. Ils sont partis à cinq. Le voilier a pris feu et a coulé au large de la Floride. À cause d'une erreur administrative, les gardes-côtes n'ont pas été alertés. Ils sont restés sur un canot pendant quatre jours. Une jeune fille, blessée à la jambe, est morte d'une infection. Les quatre autres ont jeté le cadavre à la mer et je ne te dis pas ce qu'ils ont vu. Le deuxième jour, après avoir bu de l'eau salée, deux sont devenus fous. Dans leur délire, ils se sont jetés par-dessus bord l'un après l'autre.

« Les survivants m'ont raconté qu'ils ont entendu leurs cris, ils ont vu les éclaboussures et la mer se teinter de rouge. De peur, ils se sont blottis au fond du canot (plein d'eau, d'urine et de sang infecté), et ils sont restés là jusqu'à ce qu'apparaisse un remorqueur. Dans le fond du canot, ils sentaient les coups incessants des requins qui nageaient dessous. Terrifiant. Cette nuit, je vais peut-être faire des cauchemars moi aussi. »

Quand on s'est retrouvés à table tous les deux, je n'avais plus de questions pour Carlo et Carlo n'en avait plus pour moi. C'était même embarrassant, on n'arrivait même pas à se regarder en face. On parlait de cuisine, de vins, de musées. Sans trêve, pourvu qu'on évite le sujet fatidique.

« Il faut absolument que tu ailles à Rivoli, si tu n'y as pas encore été. C'est le plus beau musée du monde, selon moi. On m'emmène à Rivoli, et je suis contente. Puis il y a une merveilleuse exposition à la Galleria civica d'arte moderna e contemporanea.

— On commande ce barolo ? Qu'en dis-tu ? À moins que tu préfères un vin plus léger ?

— Va pour le barolo, on mange plutôt des plats d'hiver ici.

— Moi, je vais prendre le risotto aux poivrons.

— Oui allez, moi aussi. »

Puis il y a eu une pause, glaçante. Un silence qu'on ne savait comment gérer. Il nous a conduits inévitablement à la vérité, pendant un court moment.

« J'ai toujours un dessin de toi, tu sais ?

— Je faisais des dessins pour toi ?

— Tu en as fait un. Un portrait de moi, en forme de lapin. Parce que tu disais que je ressemblais à un lapin. Et tu riais.

— Je ne me souviens de rien.

— Cela vaut mieux. »

Silence à nouveau. Alors j'ai regardé Carlo droit dans les yeux : « Mais tu l'aimais vraiment ?

— Je ne sais pas. J'étais jeune, Sofia. On s'enflammait pour tout, à l'époque : pour la politique, la poésie, l'amour. Autant d'éléments qui, aujourd'hui, me laissent beaucoup plus indifférent. C'est difficile de reconstruire. C'était de la passion, mais il y a tellement d'autres choses dans la vie. Maintenant j'ai trois enfants, je suis différent. »

Cette incertitude me faisait très mal. À cet instant, je n'étais capable d'entendre que des réponses franches : oui ou non. J'ai bu tout le vin, d'une traite.

« Eh bien, au moins c'est sincère.

— Toi aussi tu me détestes ?

— C'est tout ce qui te préoccupe, qu'on te déteste ?

— Sache que j'ai souffert autant que toi.

— Je ne crois pas, justement. Les dernières semaines, on était seules toutes les deux. Tu en avais marre de ses appels et tu n'as même pas songé une seconde à venir voir ce qui se passait, putain. Mon père était en Nouvelle-Zélande, Nino était au Brésil et ma grand-mère en Ligurie. Son psychiatre, lui, était en congrès. Le seul qui était là, son criminel d'analyste, a cru bon de la baiser. Non content de cela, quand mon père lui a téléphoné, il a fait semblant de l'avoir encore en consultation. Tu sais ce qu'il a eu le courage de lui répondre ? "N'intervenez pas dans l'analyse, monsieur Ballarò." Ici, personne n'assume ses responsabilités.

— Mais de quelles responsabilités parles-tu, Sofia ? Ce ne sont pas des choses qu'on peut contrôler. »

Je me suis rappelé quand j'étais sous la table et que je pensais *Maman tu vas tomber, attention tu vas tomber, eh ! tu vas tomber.* En même temps je revoyais Nicola sur le toit et les sirènes dans la nuit et les flacons vides sur la table de chevet. La tête me tournait, c'était peut-être à cause du barolo. Je me suis levée : « Je suis très fatiguée, Carlo. C'est une profonde fatigue », va savoir pourquoi je le disais précisément à lui. J'ai attrapé mon sac. « Excuse-moi, *voy a dormir.* »

Puis je ne sais pas ce qui m'a pris, ce soir-là. Je savais que Marcello devait aller dîner dehors avec sa femme et des amis. J'étais jalouse de leur normalité. Aussi, une fois quitté Carlo, je suis partie à leur recherche dans le Quadrilatère. Je rentrais dans les restaurants et regardais si Marcello était là. Exprès pour le perturber. Je voulais perturber la vie qu'il essayait de protéger avec tant de soins. Je me sentais privée de vie, je n'avais rien à perdre. *Notre histoire est trop irréelle, Sofia.* Cela me mettait encore plus en rage. Moi aussi j'aurais aimé aller dîner avec lui et ses amis, m'amuser comme les autres.

Je l'ai trouvé presque du premier coup, aux *Tre Galli.* Quand il m'a vue, Marcello est devenu blême. Il s'est levé immédiatement, en s'excusant : « Je dois aller aux toilettes. » Avec un sourire horriblement naturel, il a laissé tomber sa serviette dans son assiette. J'ai couru l'attendre dans les toilettes.

« Mais qu'est-ce que tu fais là ?

— Pourquoi ? Je dérange ?

— Tu es très agitée, Sofia.

— Oui, plutôt, oui.

— Je suis inquiet.

— Pour toi ou pour moi ?

— Qu'est-ce que tu veux faire ? Détruire mon mariage ? D'accord. Vas-y, détruis-le. »

Je me suis appuyée sur le lavabo et j'ai commencé à pleurer. Maintenant je pleure n'importe où.

« Je crois que je suis déprimée.

— Fais-toi soigner, Sofia, s'il te plaît.

— Ah, c'est vrai, déprimée je suis dangereuse. Le premier symptôme, c'est l'agressivité incontrôlée. Et cela risque de t'attirer des ennuis.

— Je dois retourner à table, Sofia. Je ne peux pas rester trois heures aux chiottes. Essaie de te calmer, mon amour. Demain je viens chez toi et on reparle de tout ça. Tu ne peux pas appeler quelqu'un ?

— Arturo, par exemple ?

— Mais oui, oui. Pourquoi pas. Le plus important, c'est que tu sois tranquille.

— Tu penses, ça t'arrange bien. Quand il y a des problèmes, tu me jettes toujours dans les bras d'Arturo. On se demande pourquoi.

— Tu ne comprends sans doute pas à quel point cela me fait mal de te voir comme ça.

— Oh, bien sûr. Pauvre petit.

— Je dois y aller, Sofia, vraiment.

— Oui, vas-y, vas-y.
— Je t'aime, tu sais.
— Tu n'as pas besoin de le dire, c'est si évident. »

Il était minuit, mais j'étais trop anxieuse pour aller dormir. Je trimballais une sorte de souffrance, il fallait que je la déverse sur quelqu'un. Arturo était la bonne personne.

Il pardonnait tous mes accès d'irrationalité, incontrôlables comme des fuites de gaz. Je pouvais me défouler autant que je voulais sur sa messagerie, de toute manière il me pardonnait. Bien sûr, je m'excusais quand même, dès que je reprenais possession de mes facultés. Sa patience me rendait amoureuse. Je remplissais sa messagerie d'angoisse et très souvent d'insultes. Néanmoins il me répondait : « Mais non, trésor, je ne t'en veux pas. D'accord, ma messagerie est saturée de paroles insensées et même assez cruelles. Mais je te connais maintenant. Je sais que tu en as besoin parfois. J'ai déjà tout oublié, sois tranquille. »

C'était ce qui me touchait le plus chez Arturo. Une forme d'amour passive, presque.

« Arturo, tu es chez toi ? S'il te plaît, si tu écoutes ton répondeur, décroche. Je sais qu'il est tard, mais pour moi la journée a été infernale. J'ai dîné avec l'amant de ma mère, je n'aurais pas dû le faire. Je tourne dans les rues de Turin comme une âme en peine. Je t'en prie, réponds-moi.

— Allô, allô. Me voilà.

— Oh mon Dieu, quel soulagement. Je peux venir chez toi ?

— Sofia, je prépare un mémorandum pour les Chinois.

— Je t'en prie, juste un petit moment. On fait l'amour en une demi-heure et puis je te laisse continuer.

— Non, vraiment, je ne peux pas. Je perdrais ma concentration.

— Mais j'en ai vraiment besoin, Arturo. Juste un petit moment, s'il te plaît. Je suis déjà en bas de chez toi.

— N'insiste pas...

— D'accord, d'accord. »

J'errais, j'errais encore, sans savoir où aller. Chez moi, je ne pouvais pas, non, je n'avais pas la force d'affronter la solitude. Quand, soudain, je me suis rappelé que j'avais quelqu'un sur qui compter.

« Nicola ?

— Sofia ? Tu termines ton dîner seulement maintenant ?

— Non, non. C'est fini depuis un bout de temps.

— Comment ça s'est passé ?

— Une soirée de merde.

— Je le savais.

— Je suis démolie.

— Viens.

— Tu parles sérieusement ?

— Mais bien sûr.

— Tu n'es pas couché ?

— Je me bourre la gueule tout seul.

— Tu as le droit de boire maintenant ?

— Non, mais j'ai moi aussi mes faiblesses, comme tes fiancés.

— Alors je viens me bourrer la gueule avec toi.

— Parfait.

— Je suis chez toi dans cinq minutes. »

J'ai traversé la via Garibaldi en courant. Sous les arcades de la piazza Castello, un vieil homme jouait du violon. Il n'y avait personne alentour, pourtant il jouait. Turin est ainsi. Pleine de gens qui parlent tout seuls dans la rue, qui jouent de la musique pour un public fantôme. J'ai traversé la galerie, le cinéma fermait et un serveur rentrait les tables de son restaurant. *J'aime Turin vide*, je me suis répétée. Mais je sentais un pincement, comme si ce vide me fixait. J'ai tourné rapidement à l'angle et suis arrivée devant le porche. Je me suis jetée sur la sonnette, j'étais pressée.

« C'est moi, c'est moi », je ne savais vraiment pas où me mettre.

« Troisième étage, monte. »

La cour était très belle. Les immeubles de Turin s'ouvrent toujours sur une contradiction : élégantes portes art déco et grandioses arcades baroques voisinent avec galeries décrépies, balustrades rouillées et linge aux fenêtres. Je me suis arrêtée un instant pour regarder : c'était une façon de lui rendre hommage, un de ces infinis petits moments entre elle et moi, ma Turin. Alors — tout à coup plus sereine — j'ai grimpé l'escalier.

Nicola m'attendait sur le seuil de la porte. « Tu veux savoir une chose, Sofia ? »

Je me suis assise sur le canapé et j'avais encore cette cour au fond des yeux. « Oui.

— Enfin je n'ai plus de raisons d'avoir honte devant toi.

— Mais qu'est-ce que tu dis ? » J'étais fatiguée, quelque part, loin... je n'avais pas envie d'avoir une discussion éprouvante.

« C'est vrai, ce que je dis. N'as-tu pas toujours aimé la vérité ? C'est tellement important d'inverser les rôles, de temps en temps. Cela fait du bien à tout le monde. »

J'ai levé les yeux, même si mon seul désir était de les fermer. « Quand on était mariés, tu me répétais sans cesse : "Tu es une femme forte, Sofia." Eh bien non, regarde-moi maintenant, je ne suis plus forte, plus du tout. Les autres le sont devenus et moi je ne le suis plus, j'ignore pourquoi. Les rôles se sont inversés, c'est vrai. Mais je me demande si c'est une bonne chose pour tout le monde. Pour moi non, par exemple. Je préférais avant. »

Puis rien, je me suis endormie. Je n'ai pas été d'une très bonne compagnie. Quand Nicola est revenu de la cuisine avec mon verre, je dormais déjà sur le canapé.

24

Le requin qui marche

Une chape de chaleur et de pollution écrasait Turin. Juin pesait sur les façades baroques et sur l'asphalte des rues qui, de loin, tremblaient comme des mirages. Les chiens lapaient le jet d'eau fraîche qui sortait des têtes de taureaux et les gens, penchés au-dessus des fontaines, se mouillaient le visage et les poignets.

Mais la lumière n'était pas toujours limpide. Parfois l'été se cachait derrière une espèce de brume, éblouissante et opaque, qui rendait la chaleur encore plus insupportable. Le Pô, rocailleux, roulait les cailloux en faisant des cascades.

Moi, je marchais dans les rues tel un fantôme, traînant mes pieds et mes pensées. L'appareil photo pesait autour de mon cou et c'est tout. Désormais je l'emmenais avec moi comme un joug. De toute façon plus rien ne m'intéressait.

Je levais les yeux, lasse — vers un immeuble bouillant ou sur les cimes râpeuses des montagnes — et je les baissais tout de suite, ennuyée.

Mes journées passaient ainsi, entre promenades vaines

et contacts humains éphémères, harassés. Je tendais à rester seule. Tout me fatiguait.

Je ne cherchais plus Arturo avec angoisse. Et je fuyais Marcello. Mon père, je ne lui écrivais jamais.

De temps en temps seulement, la nuit, quand l'insomnie chassait mon angoisse au profit d'un sursaut d'énergie, je cherchais encore la compagnie de ma mère ; qui venait d'ailleurs me rendre visite comme un cauchemar, ou un *memento mori.*

À présent je distillais les mots des dernières lettres, j'approchais de la fin. Entre nous, arrivée à ce stade, il m'en fallait peu : quelques phrases et j'étais déjà à cran.

Sofia ne veut plus manger d'œufs crus, alors j'ai perdu patience. Je lui en ai enfoncé un dans la bouche avec la coquille. Elle a tout recraché sur mon ventre. Je me suis énervée parce qu'elle m'avait salie. « Regarde dans quel état tu as mis ma robe ! » je lui ai crié. Alors je me suis regardée : j'étais nue. Je me suis jetée par terre, j'ai commencé à lui baiser les pieds : « Excuse-moi, excuse-moi, excuse-moi mon amour. » Elle n'a ni pleuré ni ri. Elle s'est retournée, a marché jusqu'à son lit et s'est endormie.

Alors je me suis vite habillée, j'ai mis ce qui me tombait sous la main. Je suis descendue chez le primeur et j'ai acheté des fraises. J'ai couru la réveiller, pour lui donner les fraises. Mais elle ne voulait pas les manger. Je me suis énervée à nouveau. Je les lui lançais sur son oreiller, à la figure, contre le mur, elles frôlaient sa tête. Son ingratitude me rendait folle : « Quoi ? Tu ne veux pas de fraises ? Je suis descendue exprès pour ça ! Je les ai achetées pour toi ! » Ma fille ne m'aime plus.

Les seules exceptions étaient Nicola, Claudia et Camilla : eux, je les laissais encore m'approcher, mais seulement à petites doses. Peut-être parce qu'ils s'imposaient.

Un jour Camilla s'est pointée chez moi avec un pot de glace : « Mais où diable étais-tu passée ? Pourquoi tu ne viens plus manger à la maison ?

— J'ai beaucoup de travail. » Foutaises. Je n'avais pas développé une photo depuis des mois.

« Tiens. Je t'ai apporté ton sorbet préféré. On l'a fait avec la sorbetière, Tommy et moi.

— Merci, Milla. Tu es un amour. » J'avais envie de pleurer.

« Qu'est-ce qu'il y a ? Tu pleures pour une glace ?

— Non, non... C'est que... je suis fatiguée.

— Tu me fais entrer ou tu me laisses ici ? »

J'ai fait un pas en arrière, maladroite : « Excuse-moi, je ne suis vraiment pas dans mon assiette. »

Camilla regardait autour d'elle, suspicieuse : « Tu ne me dis pas la vérité. Regarde ton appartement, quelle porcherie. Je ne comprends pas, tu es toujours si ordonnée d'habitude. »

Puis elle a relevé la tête : « Tu veux qu'on en parle ? Je te jure que je ne dirai rien à personne. Même pas à maman. »

Je l'ai prise dans mes bras : « Sois tranquille, je vais bien. Je suis juste fatiguée. »

Elle a planté ses poings sur ses hanches : « Ça suffit ! Je t'emmène à la mer !

— Toi ?

— On achète un matelas gonflable et on s'amuse à monter dessus tous les trois. Tommy, toi et moi. Qu'est-ce que tu en dis ? Ce ne serait pas génial ?

— Bien sûr. Génial. Mais pas maintenant.

— Pourquoi pas maintenant?

— Parce que j'ai ce travail à finir, je te l'ai dit.

— Ah. »

Alors elle s'est précipitée à la cuisine, a grimpé sur une chaise pour prendre deux tasses, puis elle a récupéré des cuillères dans le lave-vaisselle. « Maintenant la glace! Et tu dois en manger au moins un demi-kilo parce que tu as trop maigri. Tu as des rides et tes nichons ont fondu. »

J'étais vraiment touchée. Et je l'aurais été encore plus si elle ne m'avait pas refilé ses poux.

Le soir même, Claudia m'a téléphoné à l'heure du dîner : « J'ai une très mauvaise nouvelle.

— C'est-à-dire?

— Camilla a des poux.

— Oh, zut. Fais-lui un bisou de ma part.

— Tu n'as pas l'air de comprendre, Sofia. Cela signifie que maintenant tu en as aussi.

— Moi?

— Tu l'as embrassée?

— Ben, oui.

— Alors tu les as attrapés. Camilla me dit de te dire que les siens sautent déjà.

— Ils sautent? Mon Dieu, quelle horreur!

— Écoute, reste calme. Dans une heure je viens chez toi avec le shampooing et le peigne spécial. Il pue affreusement, ce shampooing. Mais il n'y a pas d'autre solution. Un conseil : lave tout de suite à quatre-vingt-dix degrés tous tes draps, tous tes coussins et toutes tes housses de canapé. Ils doivent être pleins de lentes.

— Des lentes?

— Désolée, Sofia. On vient juste de s'en apercevoir.

Elle les a refilés aussi à Tommy et à moi. Figure-toi que ce soir j'avais une soirée, mon unique et première invitation de la part d'un homme. J'ai dû lui dire que je ne pouvais pas parce que j'avais des poux. Mais j'arrive. Je sèche les cheveux des enfants et j'arrive. »

Nicola aussi m'avait à l'œil. Mon comportement ne lui plaisait pas du tout. Encore moins mes discours.

« J'ai découvert que l'analyste de ma mère, cet incompétent, criminel, ignorant, porc, assassin, bref, non seulement ce type est vivant mais il continue d'exercer joyeusement sa profession. Alors j'ai décidé de me chercher un avocat et de lui en faire voir de toutes les couleurs.

— Sofia ?

— Hein ?

— Tu me sembles un peu nerveuse.

— Nerveuse ? Non. J'ai des comptes à régler, c'est tout.

— Sofia ? Tu as les mains qui tremblent.

— C'est vrai ? J'ai peut-être bu un peu trop de café. »

Nicola a haussé les sourcils : « Avec Arturo et Marcello, comment ça va ?

— Mes requins ? » J'ai renversé la tête et éclaté de rire. « Papa m'a envoyé une photo, ils mesurent déjà deux mètres.

— Ne te fous pas de moi. Sache que j'ai une certaine expérience. Je reconnais parfaitement les symptômes. J'ai dû apprendre à surveiller les miens. Tu as besoin de médicaments, cette fois. J'en suis sûr.

— Tu dis ça juste parce que tu espères que je finisse comme toi. Une belle revanche, hein ?

— Quelle méchanceté, Sofia. Ça, je ne le méritais

pas. Je te pardonne uniquement parce que là encore, c'est un symptôme, et le plus clair de tous. S'il te plaît, écoute-moi. Ne crois pas que je ne me sente pas responsable. Je t'ai tellement usée moi aussi.

— Tu ne le faisais tout de même pas exprès.

— Non, bien sûr que non.

— Bon, alors ? Considère-toi comme absous et fous-moi la paix. »

Je me suis levée, il m'a attrapée par le bras : « Sofia, attends ! »

À cet instant, j'ai fait preuve de la pire bassesse. Je voulais échapper à ses attentions et je ne voyais pas d'autre moyen. Je lui ai dit : « Tu ne peux aider personne. La seule chose que tu puisses faire pour moi, c'est de ne pas m'approcher. »

Nicola a libéré mon bras. Il a pris sa tête dans ses mains, il ne me regardait plus.

Heureusement mon père était loin. Il était occupé avec ses poissons. Dieu merci, il ne s'était aperçu de rien et ne cherchait pas à me traîner chez un médecin.

« Sofia, Sofia ! J'ai réussi à découvrir une nouvelle espèce de requin. Je me sens heureux aujourd'hui. C'est un sentiment tellement rare. J'essaie de le comprendre, parce qu'il est profond. Le bonheur, je veux dire. Mais je n'arrive pas à lui donner une forme racontable. Alors je vais te décrire mon poisson.

« C'est un petit requin moucheté qui appartient à la famille des *Hemiscyllium*, appelés aussi “bamboo shark”, et mieux connus sous le nom de “epaulette shark”, parce qu'ils ont des taches sur les nageoires qui ressemblent à des épaulettes.

« Si tu voyais comme il est mignon. Il est petit et fin, moins d'un mètre cinquante. Il était là, tranquille sur le *reef*. De temps en temps il ouvrait un œil et me regardait, entre deux roupillons.

« Je suis revenu le voir de nuit, quand il se réveille et part chasser les crabes et les coquillages. Merveille d'entre les merveilles : j'ai vu mon ami marcher sur le sable avec ses nageoires.

« Ses nageoires pectorales, utilisées comme de petites pattes. Il a l'allure vacillante d'un amphibie. Si tu vas l'embêter, naturellement il sait nager comme tous les requins. Mais je ne l'ai pas embêté et je suis tombé amoureux de sa façon de se déplacer : il marche.

« J'étais tout ému, Sofia. C'est un animal si fragile.

« Ici, en Indonésie, ils pêchent avec des bombes, ou du cyanure, pour étourdir les poissons à exporter vivant sur le marché chinois. Puis il y a la pêche industrielle, qui sévit aussi dans ces profondeurs : si on ne fait rien pour la contrôler, cela va être un désastre. Mon nouvel ami est vraiment en danger.

« Dans ces eaux, les espèces se reproduisent très lentement. Et l'homme peut faire des dégâts incommensurables. Tu sais, l'équilibre de ce *reef* est particulièrement délicat. Mon requin qui marche pourrait très bien ne plus exister demain. Je l'ai baptisé "requin acrobate", parce qu'il encourt les mêmes risques qu'un funambule qui avance dans le vide. »

Moi aussi je marchais ainsi désormais, à plat ventre, sur mes nageoires. Surtout quand je restais seule avec ma mère.

« Maman, je voudrais du vernis à ongles bordeaux. »

Je me le suis acheté, sombre comme le sang. Et je m'en suis mis avec application sur les pieds.

« Merci, chers morts. »

Ce soir j'ai lu à Sofia La Petite Sirène *d'Andersen. En même temps je regardais ses ongles de pied ; ils étaient noirs. Après l'histoire, au lieu de lui enlever le vernis, je lui ai donné le mien. Comme ça le noir ne se voyait plus.*

Tandis que je lui peignais les pieds, Sofia, qui était assise sur le bidet, m'a demandé : « Maman ? Je suis une petite sirène ? Tu me mets du vernis pour cacher ma queue de poisson ? » Et moi : « Oui, tu es une petite sirène. Je te mets du vernis, pendant que tu as des pieds. Bientôt ils deviendront des nageoires. — Alors mon vrai monde c'est la mer », elle me regardait un peu préoccupée. « Oui, c'est la mer. Avec papa. Promets-moi que tu deviendras une petite sirène. — Pourquoi ? elle m'a demandé. — Parce que les poissons sont plus heureux. » Sofia a pris un air sérieux : « Mais la petite sirène de l'histoire, elle n'était pas heureuse du tout. Elle voulait être humaine. » J'ai pris son visage entre mes mains, bien fort : « En mer ou sur terre, tu seras toujours humaine. »

25

Les abysses

Deux jours avant le grand saut, pas sur le matelas mais de la fenêtre, ma mère avait revu Carlo. Moi, elle m'avait confiée à la voisine pour tenter de voler un après-midi au bonheur.

Je me suis lavée, habillée, maquillée et parfumée. Quand il est entré, je l'ai embrassé et lui ai dit : « Je t'en prie, pendant trois heures, faisons comme s'il ne s'était rien passé. » Il était perplexe : « Cela ne va-t-il pas nous faire trop de mal ? » Finalement il m'a satisfaite.

On a tout de suite fait l'amour. Et je me suis abandonnée comme si je n'avais jamais perdu confiance en lui.

Ensuite on a ouvert une bouteille de vin qui a ravivé notre vieille passion pour la politique, et on a commencé à parler des révélations de Patrizio Peci. Tout semblait comme avant, quand on commentait ensemble les journaux, en buvant notre café.

Mais ce n'était pas comme avant. Je n'étais pas la même. Carlo continuait à parler, avec ferveur, seulement moi, au bout d'un moment, je ne l'écoutais plus.

Soudainement j'ai plaqué mes mains sur mon visage. Je lui ai dit : « Je ne supporte plus cette violence. » J'ai relevé la tête et je lui ai craché à la figure. Puis j'ai éclaté de rire. Carlo est devenu pâle, il a fait un pas en arrière : « Mais qu'est-ce que tu fous ? »

Je riais encore : « Quelle année de merde, 1980. 79 aussi, et 78, 77, 76. Toutes celles que j'ai passées avec toi. » Je riais. Il me fixait, épouvanté. « On est juste au début du mois de juin, mais je ne suis pas sûre de vouloir aller jusqu'au bout de cette horrible année 1980. Qui sait ce qui va se passer à la fin de ce mois, et en juillet, et en août. » Je me suis levée, je lui ai montré la porte : « Va-t'en. Tu portes malheur. Tu te rappelles cette nuit à Rome ? Quand tu as préparé les pâtes au poisson et que tu as failli mettre le feu à la cuisine de ton meilleur ami ? Le lendemain matin, tu t'en souviens ? On venait juste de trouver le cadavre de Moro. Tu te rappelles l'air qu'on respirait dans la ville ? Tout avait changé, en l'espace de douze heures. L'histoire nous punit, Carlo. L'histoire ne veut pas qu'on s'aime. » Carlo a pris son sac : « Tu es complètement folle. » J'ai hoché la tête : « C'est une sacrée responsabilité, il faut qu'on fasse attention. Il faut qu'on fasse un sacrifice. »

Quand il a fermé la porte derrière lui, j'ai éclaté en sanglots. De honte, peut-être. Parce que, malgré tout, au début, pendant qu'on faisait l'amour, j'avais réussi à me sentir heureuse. La joie est donc un tel abysse ?

« Le véritable abysse, Sofia, c'est autre chose. Ces derniers jours, j'ai eu la plus grande opportunité qui puisse être donnée à l'amoureux de la mer que je suis. On m'a proposé de participer à une expédition sponsorisée par le National Geographic et la BBC. Avec dix autres spécialistes des fonds marins, choisis parmi les meilleurs du monde, on m'a demandé de faire un documentaire sur les abysses.

« On a plongé trois par trois, un pilote et deux observateurs, dans un submersible en titane pouvant résister à la pression jusqu'à quatre mille cinq cents mètres de profondeur. Pénétrer dans cette espèce de vaisseau spatial a été le plus grand moment de gloire de ma carrière.

« Songe que les hommes qui ont marché sur la Lune sont plus nombreux que ceux qui ont observé de leurs propres yeux les abysses. Eh bien nous, on est descendus jusque dans la fosse des Mariannes, l'endroit le plus profond de l'océan.

« On est passés au-dessus d'escarpements qui rejoignent presque le centre de la terre. On a survolé dans le noir les dorsales médio-océaniques, les plus grandes formations géologiques de la planète.

« Tu ne peux imaginer ce qu'est l'Abysse, Sofia. C'est un lieu qui bouleverse ta conception du monde. Parce que tu découvres que la vie ne dépend pas du soleil, comme on le croyait. La vie peut également se développer dans l'obscurité.

« Là-dessous il y a des volcans : tu l'aurais cru ? Et pourtant c'est vrai. Dans les abysses, tu peux voir d'énormes évents qui crachent de l'eau à très haute température, des cheminées préhistoriques qui projettent vers le haut des colonnes denses de fumée noire. L'eau est saturée en sulfure d'hydrogène, ultratoxique, et pourtant on rencontre des organismes vivants. Certains cratères sont carrément habités. Par des plantes, de gros mollusques et de gros crabes. Et sais-tu ce que cela signifie ? Qu'il peut exister un écosystème même en l'absence de lumière. C'est une révolution copernicienne. »

Mais moi, je me sentais très loin des grandes profondeurs. Ma douleur était peut-être une créature abyssale, mais elle flottait comme un corps mort à la surface, comme un noyé. Seule ma fatigue était profonde.

J'avais perdu toute curiosité, je ne marchais plus avec mon appareil photo autour du cou. Je disais que c'était à cause de la chaleur. Les rues de Turin me semblaient toutes les mêmes. Lentement, j'ai aussi arrêté de me promener.

Je ne mangeais plus parce que cela me demandait trop d'effort de descendre faire les courses. Je regardais la télévision histoire de regarder quelque chose. Mais juste quelques minutes, je n'arrivais pas à rester concentrée même devant des variétés. Je ne les comprenais pas.

Une seule chose m'intéressait encore : mon lit. Je faisais des lessives en permanence. Je voulais que mes draps soient toujours parfumés. Peut-être parce que le lit dont parlait ma mère, couvert de détritus, de miettes, d'œufs et de fraises, m'obsédait. Non. Le mien était toujours frais et sentait l'assouplissant.

Je ne répondais plus au téléphone non plus. Ma messagerie débordait de messages que j'écoutais, indifférente, et supprimais tout de suite.

Lundi, 15 h 30 : « Salut, c'est Camilla. Mais où es-tu passée ? Je t'ai fait une tarte, quand est-ce que je peux te l'apporter ? Elle est un peu brûlée mais c'est de la faute de Tommy. C'était lui, le responsable du four. Écoute ça, j'ai acheté un matelas gonflable en forme de crocodile. Alors, quand est-ce qu'on va à la mer ? Oh, réponds un peu ! Bisou. »

Lundi, 18 h 23 : « C'est Nicola. Je vois que tu ne me réponds pas, Sofia. Mais ne crois pas que je vais me faire une raison. Tu as eu beaucoup de patience avec moi et je veux en avoir autant avec toi. Je sais ce qu'est une maladie : une chose qui demande énormément de patience, justement. Donc je suis là. Tu es loin de t'être débarrassée de moi, tu sais ? Bon, maintenant je change de discours, sinon tu ne me répondras jamais. Laisse-moi deviner pourquoi tu as disparu. Tu as tué l'analyste de ta mère et tu as fui en Amérique du Sud ? Non, j'y suis : tu as convaincu Arturo et Marcello de se rencontrer, ça a donné un truc à trois et ils ont tous les deux fait un infarctus. Ils croyaient que c'était une énième crise de panique, et en fait... Si tu as besoin d'aide pour jeter les cadavres dans le Pô, siffle-moi. Blague à part, rappelle-moi. Cela fait une semaine que tu ne donnes pas de nouvelles. Je m'inquiète sérieusement. »

Mardi, 10 h 13 : « Trésor, c'est Claudia. Je ne veux pas te déranger, Camilla m'a dit que tu étais très prise par ton travail. Si tu fais une pause, rappelle-moi. Je voulais juste te raconter quelque chose d'amusant. Quand on a tout lavé pour désinfecter la maison, on a oublié le rideau de douche. Du coup, on a eu des poux à nouveau, tous les trois. Mais maintenant, on les a anéantis jusqu'à la dernière lente, alors on t'attend à la maison pour dîner. »

Mardi, 19 h 21 : « C'est encore Nicola, tu ne m'as pas répondu. J'ai vraiment très peur, Sofia. Je sens quelque chose de sombre ».

« Mais moi j'y suis allé. Je sais désormais. L'Abysse te change, Sofia. Tu as vu ce noir total, ces créatures dont nul ne soupçonnait l'existence.

« La descente a été inquiétante et merveilleuse. Plus

tu descends et plus il fait noir, car la lumière de la surface s'éloigne. Petit à petit tu rencontres tout un peuple de créatures absurdes qui semblent tout droit sorties d'un tableau surréaliste ou d'un film de science-fiction. Des bêtes à la mâchoire proéminente qui ne parviennent pas à fermer leur bouche gigantesque parce qu'elles ont de trop grandes dents. Des êtres filamenteux et transparents qui se déplacent en agitant des cils pareils à des plumes d'autruche et des voiles comme ceux d'une robe de bal. Des poissons qui prennent appui sur des nageoires fines comme des pattes d'insecte. Des poulpes avec des oreilles d'éléphant. Des créatures aux grands yeux, comme des mouches marines. Des calamars transparents. Des sphères jaunes qui roulent dans l'eau, en montrant leurs entrailles telles des horloges dont tu découvres le mécanisme.

« Ici, tout le monde est transparent comme les méduses. Si tu les éclaires avec les phares du sous-marin, on croirait les manèges d'une fête foraine. Quand tu éteins les phares, tu assistes à un spectacle encore plus extraordinaire : un ciel criblé de lucioles. C'est le phénomène de la *bioluminescence*.

« Beaucoup tendent au bleu ou au vert, mais il y en a aussi qui ont choisi le rouge. Ces organes lumineux ont des finalités diverses. Certains les utilisent comme des appâts. Par exemple la grenouille des abysses tourne avec une espèce d'étoile phosphorescente sur la tête pour capturer les poissons qui s'approchent, intrigués par son diadème. D'autres au contraire exploitent la bioluminescence comme un langage. Tu peux voir des tas de petites lanternes qui s'allument et s'éteignent par intermittence. Ils font ça pour communiquer ou pour brouiller les pistes. À quoi sert un langage sinon à communiquer ou à brouiller les pistes ?

« Mais il y en a qui trouvent des solutions encore plus géniales. Par exemple la crevette. Dans l'eau, une substance bleue fluorescente se répand pour semer son agresseur. J'ai vu des calamars, des lucioles et des copépodes qui ressemblent à des étoiles filantes et laissent des traînées pareilles à celles que tu vois dans le ciel en été : j'ai fait un vœu. »

Mercredi, 18 h 47 : « C'est Marcello. Excuse-moi si je ne me suis pas beaucoup manifesté ces jours-ci. Depuis qu'on a commencé à tourner, je n'ai pas une minute à moi. Tu sais, c'est moi qui ai pris les choses en main pour le film. Je n'écoute plus personne. Tu es fière de moi ? J'improvise, Sofia, je ne regarde même pas le scénario. Par chance, les acteurs sont excellents. Je suis vraiment content d'eux. Pour le reste, je me demande ce que cela va donner. Parfois cela me semble être un très beau film, parfois un navet. On verra. Ce soir je dîne dehors avec ma femme, donc ne m'appelle pas. Je te ferai signe demain. Bisous, mon amour. Et merci pour tout le soutien que tu m'as apporté, tu es ma force. »

Mercredi, 20 h 36 : « Sofia ? C'est Arturo. Comment vas-tu ? Ton dernier message m'a un peu inquiété. Je voudrais te donner le numéro de mon psychiatre. Ce n'est pas vrai qu'il ne m'a pas guéri, comme tu le dis toi. Tu sais, c'est plus subtil. Ce n'est pas une question de guérison. Le problème, c'est de vivre avec la maladie. Les médicaments servent à ça. Demain tu peux me joindre sur mon portable, je vais en Suisse. J'ai peut-être trouvé quelqu'un qui est prêt à investir dans la société des Chinois et une banque intéressée pour financer l'opération, croise les doigts. Rappelle-moi, s'il te plaît. »

« À quatre mille mètres de profondeur, l'eau est incroyablement transparente parce qu'elle contient très peu de matière organique. Alors toi, tu penses : j'ai beaucoup de mal à y voir clair mais si je parviens à descendre jusqu'ici, tout s'éclaircit.

« C'est une sensation très agréable, une espèce de triomphe de tes capacités humaines. Pour une fois tu as réussi à atteindre les grandes profondeurs et tu découvres que là, c'est presque plus facile. Enfin, tu vois vraiment. Et tu ne te sens pas présomptueux parce que tu n'y es pour rien, c'est le mérite de la profondeur. »

Jeudi, 11 h 27 : « C'est encore moi, Marcello. Mais où es-tu ? J'ai un tas de choses à te raconter. Si je n'en parle pas avec toi, avec qui alors ? Rappelle-moi. »

Jeudi, 12 h 46 : « Encore moi, Marcello. Mais où es-tu ? Où es-tu ? Sans toi je me sens très seul. »

Jeudi, 14 h 32 : « Salut Sofia, c'est Arturo. Je viens d'atterrir à Zurich et je voulais te dicter ce numéro. Tu as peut-être déjà essayé de me joindre, pendant que j'étais dans l'avion. J'ai averti mon psychiatre que tu allais l'appeler. Comme ça on ne perd pas de temps. Écoute, je laisse mon portable allumé. »

Jeudi, 15 h 13 : « C'est Nicola. Si tu ne me réponds pas, j'appelle les pompiers. Attention parce que je suis prêt à monter sur le toit de ton immeuble, si cela peut servir à attirer l'attention de quelque expert. Je l'ai déjà fait plusieurs fois, sans tomber, tu sais. Écoute, je n'ai plus envie de plaisanter. Je vois que c'est inutile. Alors je vais te parler clair : Fais pas de conneries. J'ai parfaitement compris ce que tu as. C'est une chose que je connais très bien, je n'exagère et ne minimise rien. On peut en parler en détail, si tu veux. Réfléchis-y. »

« Je suis descendu pour les requins. Mais pour une fois, les requins m'ont bien moins fasciné que le reste.

« J'ai photographié pas mal de chimères : mystérieuses, fuyantes, elles ont un museau d'écureuil et les grands yeux d'êtres habitués à l'obscurité. Puis un requin griset qui, depuis cent cinquante millions d'années, est toujours égal à lui-même. C'est difficile de le rencontrer et de l'immortaliser — celui-là, immortel de facto — mais je n'ai éprouvé aucune émotion. Sa cohérence m'énerve. Je ne supporte pas les êtres qui ne savent pas changer et qui n'aspirent à aucune forme de perfection. Le requin blanc est différent : il est semblable à lui-même depuis des millions d'années, seulement la perfection, il l'a atteinte et comment ! Le requin blanc, c'est le Caravage, et le griset, c'est un témoin de son temps, point. Voilà la différence.

« J'ai aussi filmé un laimargue du Pacifique. Mais pas la moindre émotion devant lui non plus. Je ne le trouvais pas beau, que veux-tu que je te dise. On aurait dit un clochard des mers, réduit à brasser l'immondice de l'océan, à mordre dans une carcasse de baleine pleine de vers.

« Bref, pour une fois les requins n'ont été qu'un prétexte. On m'a invité en tant que grand expert des plus grands prédateurs. Et moi j'ai eu la possibilité de me découvrir, tout petit homme dans les immenses profondeurs. Sofia, trésor, on vit pour ça. »

Il était sept heures du soir et j'étais encore en chemise de nuit. J'ai entendu sonner à la porte. J'ai ouvert. C'était Nicola.

« Qu'est-ce que tu fais ici ?

— Tu me poses toujours la même question ? »

Je me suis peigné les cheveux avec les mains : « Ne me regarde pas. J'ai honte.

— Cela m'est arrivé plein de fois à moi aussi. Mais même la honte passe. »

Je l'ai fait entrer. Je ne savais pas quoi lui offrir, mon frigo était vide. « Je n'ai que de l'alcool fort.

— Allez, faisons-nous interner tous les deux. C'est presque romantique. En fait, je suis venu ici juste pour t'inviter à la clinique. Tu n'en as pas marre de la banalité de tes fiancés ? Eux, ils ne savent que t'emmener au restaurant. »

Je riais. Cela faisait longtemps que je n'avais pas ri.

« Qu'est-ce que tu veux ? » J'ai pris deux verres dans le buffet.

« Attends, laisse-moi réfléchir. Je veux, je veux... Je veux que tu me fasses un peu confiance. Le seul vrai fou ici, c'est moi, je l'ai mérité. »

Je me suis assise en face de lui, j'ai posé les mains sur mes genoux. « J'apprécie, tu sais ? Mais ne plaisantons pas sur notre passé. Il a été douloureux pour tous les deux.

— Je sais.

— J'ai fui une fois, je fuirais encore, Nicola.

— Je sais ça aussi.

— Et alors ? Pourquoi es-tu encore là ?

— Et toi ? Pourquoi es-tu encore en chemise de nuit ? »

J'ai ri à nouveau, pour me défendre, je crois.

« Alors ? Ce petit séjour en clinique ? Cela ne t'inspire vraiment pas ? Dommage. J'aurais tant aimé y retourner, en jouant le rôle du parent. "Excusez-moi, mais qui êtes-vous ? — Je suis son mari."

— Ex.

— Je savais que tu le soulignerais. Rassure-toi, allez, tu n'as pas vraiment changé. Par chance, les deux pseudofragiles ne t'ont pas encore détruite. Tu es aussi terrible qu'avant, estime-toi heureuse. Je peux partir tranquille maintenant. »

Il s'est levé, m'a embrassée sur le front. « Je ne te dérangerai plus, promis. L'essentiel, c'est de te savoir lucide. Peut-être que je projette mes propres peurs sur toi. Excuse-moi. »

26

«Et le sommeil se dilate dans le sommeil»

Tout a été très simple. J'étais fatiguée. Un jour j'étais plus fatiguée que les autres jours. Alors je voulais dormir. Rien de compliqué, je voulais juste dormir. Il ne s'était rien passé de particulier ce jour-là. Je n'avais lu aucune lettre de ma mère. Je n'avais pas regardé s'il y avait des mails de mon père. Je n'avais pas écouté ma messagerie. J'avais sommeil, c'est tout. C'était un sommeil indécent. «*L'esprit dérobé à lui-même / se recouvre de paupières. / Et le sommeil se dilate dans le sommeil / comme un second corps intolérable.*» Un jour je me suis endormie.

J'ai compté les gouttes jusqu'à cent. Puis deux cents, trois cents. Et je n'ai plus compté. Je les ai laissées descendre jusqu'au fond. J'ai posé le verre sur la table et je l'ai regardé. Sans émotion, c'était un verre transparent, point.

Je craignais une seule chose : que cela ne suffise pas. Mais j'étais si paisible, si merveilleusement paisible, que même ce doute ne me tourmentait pas plus que ça. «*Je n'ai que trente ans. / Et comme le chat, j'ai neuf fois à mourir.*» Pour moi c'était la première, il y avait même un peu de marge. «*Mourir / est un art, comme le reste.*» Et moi j'étais une artiste, habituée à me tromper, à essayer et réessayer.

Mais il y a eu un moment d'angoisse. Une fissure, inattendue, a soudain lézardé ma tranquillité. Je voulais écouter de la musique, alors j'ai commencé à fouiller dans les disques. Là, toute ma passion boulimique pour la beauté a resurgi. Ce n'était pas du tout prévu. Pendant quelques minutes, elle a ébranlé ma volonté. Je n'arrivais pas à choisir. Qui ? Mozart ou Schubert ? Bach ou Brahms ? Et Beethoven ? J'étais sur le point de m'exclure définitivement de tout, et toutefois l'idée d'exclure l'un d'entre eux me faisait souffrir. Je me suis agitée : j'écoutais un morceau, puis un autre, puis un autre encore.

À un moment donné, j'ai eu sous les yeux le deuxième concerto pour piano de Chostakovitch. J'ai mis le disque dans le lecteur, méfiante. Mais ça a commencé par l'*Andante*. Je me suis reconnue dans ces phrases. Ce n'était sûrement pas la plus belle chose qui eût été écrite, mais je n'avais aucun souci d'absolu. C'était beau, un point c'est tout. Très beau, et cela me suffisait. *J'ai trouvé mon Andante et je m'en vais.* Je pouvais enfin dormir.

Alors j'ai pris le verre dans mes mains. Sans trembler, sans éprouver quoi que ce soit. J'ai bu comme on boit de l'eau. De l'eau un peu amère, certes. Cependant le goût des benzodiazépines me rassurait, au fond il m'était familier, je le trouvais même doux.

Je me suis étendue sur le lit, soulagée, comme après une journée fatigante, un peu de repos bien mérité. *Une récompense.* J'ai fermé les yeux avec une immense sensation de paix.

Je n'aurais jamais soupçonné qu'un geste de ce genre pouvait être aussi serein. Pourtant il l'était. Me voilà, j'étais là, devant mon premier requin blanc, et je n'éprouvais aucune des sensations que j'avais imaginées. Parfois j'ai presque la nostalgie de cette sérénité.

Mais cela n'a duré qu'une nuit. Le lendemain matin j'ai ressuscité et je me sentais juste un peu perdue. La douleur est arrivée avec le retour à la réalité. En tout cas, je ne m'y attendais pas. J'étais là, les yeux ouverts, non préparée. Comme un acteur qui doit remplacer quelqu'un à la dernière minute et qu'on vient de pousser sur scène alors qu'il ne connaît pas sa réplique. J'avais peur.

J'ai tenté de me lever, je voulais aller fouiller dans les médicaments pour voir s'il y avait moyen d'y remédier, mais je ne pouvais pas. Je me rendormais, je rêvais que je marchais dans l'appartement, en fait j'étais toujours au lit. Dans ce demi-sommeil, j'entendais même des voix. Cela venait de ma messagerie.

« C'est encore Nicola, c'est le troisième message que je te laisse. J'ai été stupide de partir comme ça l'autre soir. En rentrant chez moi, j'ai réalisé que je n'étais absolument pas tranquille pour toi. Bien sûr, tu avais la repartie facile, tu riais, mais je devrais savoir mieux que quiconque que cela ne veut rien dire. Écoute, je termine cette réunion avec mes clients et je passe chez toi. Que tu le veuilles ou non. »

J'ai rassemblé mes forces et me suis assise. La tête me tournait. J'ai posé les pieds par terre et me suis levée en poussant sur les bras. *Je dois faire vite.* J'ai trébuché plusieurs fois avant d'atteindre l'armoire à pharmacie. Puis, sur la pointe des pieds, je l'ai ouverte et j'ai sorti un petit panier. Je fouillais de mes doigts inquiets, je prenais les choses et elles me tombaient des mains. À un moment donné, j'ai reconnu le Xanax. Je me suis approchée lentement de la boîte, comme si elle pouvait m'échapper. Alors, d'un geste vif, comme pour attraper un poisson, je l'ai empoignée.

J'ai parcouru le couloir, vacillante, prenant de temps en temps appui sur les murs. Un pied devant l'autre, doucement, je suis entrée dans la cuisine. Le soleil inondait la pièce, j'ai plissé les yeux. Je suis allée jusqu'au frigo et j'ai sorti une bouteille d'eau. Elle était très froide, cela m'a laissé une sensation de brûlure au creux de la main. Je me suis reposée un instant, chaque mouvement me coûtait une immense fatigue. Puis j'ai levé le bras pour tenter de saisir la poignée du buffet. J'avais l'impression que les choses bougeaient. J'ai tiré la porte vers moi d'un coup sec et j'ai vu une rangée de verres, on aurait dit autant de petit cubes de glace. J'en ai pris un : il tremblait. J'ai réussi à le poser sur le plan de travail. Ensuite j'ai dévissé le bouchon du Xanax et j'ai commencé à agiter le flacon pour qu'il se vide rapidement. J'ai versé de l'eau, mais la bouteille était pleine de condensation, je ne la tenais pas bien. Ç'a un peu débordé, une petite flaque s'est formée autour du verre. Je l'ai pris : en l'entourant de mes deux mains, comme pour lui tendre une embuscade. Et j'ai tout avalé, d'une traite.

Mais, quelques minutes plus tard, j'ai senti une espèce de vague remonter en moi, plus haut, plus haut, très vite, jusqu'à la gorge. Je n'avais pas franchi la porte de la cuisine que déjà il fallait faire marche arrière. J'ai couru vers l'évier et me suis penchée en avant. Mon épaule me brûlait tant le spasme était violent.

Mon corps de trente ans s'était rebellé. Il n'avait aucune intention de mourir, lui.

Ils disent que j'étais lucide, que je plaisantais. Mais moi, à partir de ce moment-là, je ne me rappelle absolument rien. Il paraît que j'étais dans un couloir d'hôpital avec une perfusion au bras. Je peux reconstruire mon réveil seulement grâce au récit de Nicola. Quand j'ai ouvert les yeux, il était assis à côté de moi.

« Cela faisait longtemps que je n'avais pas fait un petit tour en ambulance. Merci, Sofia, cela me manquait justement. »

Je lui ai serré la main. Puis j'ai tourné la tête et j'ai vu Marcello qui allait et venait, son portable à l'oreille.

Je lui ai demandé : « Mais à qui est-ce qu'il téléphone ?

— À son analyste. Séance extraordinaire. Il essaie de surmonter son traumatisme. »

On a éclaté de rire.

« Pendant que je parlais avec le médecin, je l'ai laissé un moment avec toi. Il m'a dit que tu voulais arracher ta perf et que tu lui avais proposé de faire l'amour dans les toilettes de l'hôpital.

— Moi ? » J'étais stupéfaite.

« Tu ne te souviens de rien, Sofia ? Bon, avec toutes les saletés que tu as avalées, c'est normal. En tout cas, Marcello en a conclu que tu allais mieux. Donc il s'est senti autorisé à s'éloigner pour téléphoner à son analyste. Il m'a dit : "Elle va très bien, maintenant il faut que je pense à moi. Je me demande comment je vais faire pour me remettre de cette histoire."

— Dis-lui qu'il y a un brancard libre dans le couloir. S'il a besoin de s'allonger. »

On a ri à nouveau.

« C'est toi qui l'as prévenu ?

— Oui. J'ai pris les numéros sur ton portable. J'ai aussi cherché à joindre Arturo, mais il ne répondait pas. J'ai laissé un message.

— Ne t'en fais pas, son répondeur est habitué au pire.

— Enfin, ici, tu as eu bien plus de succès que moi, je suis plutôt envieux. Tu imagines que le psychiatre qui t'a examinée, après t'avoir raccompagnée dans le couloir sur le brancard, m'a dit : "Je n'avais pas ri comme ça depuis longtemps. Dommage qu'elle se soit rendormie."

— Dieu sait ce que j'ai pu lui raconter.

— Ça, je ne sais pas. Par contre j'ai pris ma revanche. Il m'a demandé : "Vous êtes de la famille ?" Alors moi, très fier : "Oui, je suis son mari." Comme tu dormais, tu ne pouvais pas ajouter "ex". Grâce à cette petite omission, j'ai le plaisir de pouvoir signer toute la paperasse nécessaire pour te faire sortir. Je présume que tu n'as aucune envie de passer la nuit ici.

— Non, en effet, je n'ai pas envie. Merci, Nicola.

— Remercie Basaglia, bichette. Et retire tous les noms d'oiseaux que tu lui as donnés. Il a sans doute fait quelques erreurs de calcul, mais il était de notre côté.

— C'est vrai.

— Enfin, le véritable héros s'est avéré, comme d'habitude, être ton père. À un moment donné, le médecin s'est approché de moi et m'a demandé tout bas : "Votre femme m'a dit que son père plongeait sans protection avec des requins blancs : c'est vrai ?" Je lui ai expliqué que c'était vrai, bien sûr, enfin que tu n'étais pas en plein délire. Alors il s'est illuminé : "Et il va venir, le père de votre femme ? — On l'attend", je lui ai répondu. Je ne voulais pas le décevoir.

— Papa sait quelque chose ?

— Il a pris le premier avion au Cap, mais il ne va pas arriver tout de suite. Claudia est passée dans l'après-midi. Elle a laissé un ordinateur portable, il y a une vidéo pour toi. »

Marcello avait fini de téléphoner. Il me regardait de loin, il essayait de me sourire.

Nicola a posé une main sur mon bras : « Tu veux que je te laisse seule avec lui ?

— Oui, merci. »

Nicola s'est levé mais, avant de s'éloigner, il s'est à nouveau penché sur moi : « Je l'ai appelé à treize heures et il s'est pointé ici à dix-huit heures. Il voulait finir son tournage. Je tenais à ce que tu le saches. »

On a beaucoup parlé, Marcello et moi, mais je ne sais plus ce qu'on s'est dit. J'ai un gros trou de mémoire. Nicola faisait les cent pas dans le couloir, il n'a saisi que quelques phrases. D'après lui, Marcello n'arrêtait pas de répéter : « Mais comment est-ce possible ? Je n'arrive toujours pas à le croire. Tu étais *ma force* ». Durant un instant, Nicola lui a même souri — il connaissait cette phrase — avec une grande mélancolie.

Récemment j'ai eu des nouvelles de mes deux requins australiens. Apparemment ils ont plongé et il n'y a pas eu moyen de retrouver leur trace avec le transmetteur radio. Bob, l'ami de papa, était très ennuyé. Il a écrit un mail à mon père pour s'excuser : « Arturo et Marcello, les requins de ta fille, ont disparu en pleine mer. Cela n'a servi à rien de leur donner du thon. J'ai passé trois jours à les chercher en canot avec tous les instruments sophistiqués que tu m'as donnés : rien à faire.

« Je te jure que j'ai fait de mon mieux. Putain, tous les matins j'allais sur le ponton leur donner du poisson frais. Les ingrats. Je suis mortifié, Nando. Je sais que tu y tenais aux requins de Sofia. Du reste ce n'est pas de ma faute. Tu as peut-être surestimé ces animaux. Ce sont peut-être des bestioles qui ne s'attachent à personne. La prochaine fois, offre-lui plutôt des dauphins. »

Mais le message vidéo de mon père, celui que Claudia m'avait apporté à l'hôpital, démentait cette théorie. Ce jour-là je l'ai regardé, puis je l'ai oublié comme tout le reste. Mais il était là. J'ai donc eu la possibilité de rouvrir le fichier cent fois au cours des mois suivants.

« Quand Claudia m'a téléphoné pour me dire ce qui était arrivé, j'étais sur le bateau. J'étais en train d'enfiler ma combinaison. Je l'ai enlevée immédiatement. Ricky a rejoint une zone de couverture et a commencé à appeler les compagnies aériennes, pour me chercher un vol.

« Et tu sais ce que j'ai fait pendant ce temps ? Je suis descendu sur la passerelle et je me suis assis, les jambes dans l'eau, pour regarder l'horizon. De la folie en sachant qu'un requin blanc tournait depuis une demi-heure autour du bateau. Il aurait pu m'attraper par les pieds, juste par curiosité.

« Seulement, tu vois, je m'en fichais. Peut-être même que c'était ce que je voulais. Mais il s'est produit une chose incroyable.

« Le requin s'est approché et m'a donné un petit coup dans les mollets, un coup délicat. J'ai tourné les yeux : on aurait dit de la compassion humaine.

« Alors il est sorti de l'eau, la gueule grande ouverte, comme il sait faire. J'ai tendu la main et je lui ai caressé le museau. Pas sur le nez, je ne voulais pas l'immobiliser. Je l'ai caressé plus en arrière, en tendant le bras. Je n'ai pas eu peur qu'il me l'arrache. Je voulais simplement que le contact, si contact il y avait, soit vrai. Cela n'a duré qu'un instant. Mais c'était bouleversant. Je l'ai vraiment touché, sans l'étourdir avant, et il s'est vraiment laissé toucher par moi, sans me dévorer.

« Puis il a replongé. Doucement, avec sa queue, il m'a salué à nouveau et a repris sa route.

« Lorsque Ricky est sorti sur le cockpit, il a commencé à crier : “Mais tu es dingue ? Qu'est-ce que tu fous, là ? L'appât ?” Il est descendu en courant, m'a pris sous les bras et m'a traîné sur le pont du bateau.

« J'étais incapable de lui expliquer ce qui m'arrivait. L'expérience la plus terrible de ma vie et, en même temps, la plus belle.

« La mort de ta mère a été une douleur que je ne saurais décrire. Mais ce que tu as fait toi, c'est pire. Et je ne le dis pas pour te culpabiliser — jamais, Dieu sait quelles angoisses t'ont accompagnée —, je le dis seulement pour te faire comprendre ce que j'ai ressenti. Tu vois, tu passes ta vie à essayer de protéger ta fille — comme tu peux, de ton mieux, dans tes limites, mais en donnant tout ce que tu as pendant trente ans — et elle, elle se détruit toute seule. Elle s'en va comme ça, sans explication, muette comme un poisson. Heureusement, ce poisson m'a parlé. »

27

Le phare

Le 15 août était passé et Nicola était parti. Il me téléphonait d'une toute petite île au sud de la Sardaigne. Un endroit sans voitures, accessible uniquement en bateau. Il s'était acheté un pied-à-terre là-bas, une vieille *tonnara* retapée en appartement, avec des poutres au plafond et d'épais murs blancs qui gardent la fraîcheur.

Pour me convaincre de le rejoindre, il me décrivait sa terrasse : « Mieux qu'une terrasse, c'est le pont d'un bateau. Tu n'as pas *vue* sur la mer, tu *es* dans la mer. Si tu étends une serviette sur la corde qui sert de rambarde et qu'elle tombe, ta serviette finit dans l'eau. Si tu mets des pots de fleurs dehors, les mouettes viennent y pondre leurs œufs. Quand le sirocco souffle, tu peux te baigner en te laissant simplement tomber du balcon. Et le soir, c'est extraordinaire : je bois un verre de vin sous les étoiles ; quel calme. L'île est tellement sombre que tu vois le ciel comme en pleine mer. Tu peux reconnaître les constellations, c'est presque un observatoire. Mais le plus émouvant, c'est le bruit : la présence infatigable de la mer t'accompagne jour et nuit. Elle est là avec toi, elle t'endort, te réveille, hante tes pensées. Allez, viens, Sofia. »

L'amour de la mer doit faire partie de mon ADN. C'est ma queue de sirène. Ce côté poisson, je le tiens sans doute de mon père. J'ai peut-être une queue de requin verticale, qui sait. Je suis probablement une sirène qui a grandi de travers. J'étais attirée, c'était comme un appel.

Toutefois ma moitié humaine était sceptique. Au-dessus de la taille, désormais j'ai compris, je ressemble à ma mère. Je suis une femme qui a grandi au pied des montagnes, dans les rues très européennes de Turin, dans une lumière nordique et pénétrante, je suis une femme amoureuse de la poésie et assaillie de doutes. Je n'étais pas très sûre de vouloir repartir de zéro. « *Faire et défaire, c'est toujours travailler.* » Mais j'étais attirée. « *Je préfère le bruit de la mer.* »

Nicola insistait : « Allez, Sofia, saute dans un avion. C'est splendide ici. Tu auras une chambre rien que pour toi, tu n'es pas obligée de dormir avec moi. Je te propose juste de venir en vacances. »

J'ai fini par céder. J'ai fourré deux maillots de bain dans un sac et j'ai cherché un vol.

On était assis au pied du phare. Devant nous, une falaise tombait à pic dans la mer. Les vagues se brisaient contre les rochers, poussées par un violent mistral, et les embruns montaient jusqu'à nous. L'herbe était brûlée par le soleil, l'eau moutonnait du rivage jusqu'à l'horizon, autour de nous il n'y avait personne. On était seuls avec le phare.

« Malgré tout, je ne regrette pas d'avoir lu ces lettres. Cela m'a beaucoup coûté, mais au moins je la connais maintenant. Je sais que la femme était plus complexe que son geste. Moi aussi d'ailleurs, je suis plus complexe que mon geste. »

Nicola m'écoutait en fermant les yeux, le visage tourné vers le soleil.

« Dernièrement, en mettant la boîte en lieu sûr, je me suis aperçue qu'une lettre m'avait échappé. Elle était encore dans son enveloppe blanche, fermée ; peut-être que celle-ci, elle voulait l'envoyer à quelqu'un. J'ai découvert une phrase qui m'a beaucoup intéressée. Elle parlait d'un livre auquel elle travaillait depuis longtemps, sur Sylvia Plath. Je ne sais même pas ce qu'est devenu ce manuscrit, on ne l'a jamais trouvé. »

Nicola s'est retourné, il a ouvert un œil. « Carlo l'a volé, c'est clair. Il n'a pas publié un essai sur Sylvia Plath ? »

J'ai éclaté de rire. « Ça, on ne le saura jamais.

— Excuse-moi, je t'ai interrompue. Que disait ta mère ?

— Elle disait : "*Je n'ai pas réussi à vivre une fois. Je n'ai pas réussi à mourir une fois. J'ai maintenant un respect plus complet pour chaque échec. Maintes fois je n'ai pas réussi à écrire et cela ne m'a jamais étonnée : évidemment, je suis plus mûre en tant qu'écrivain.*" »

L'espace d'un instant, j'ignore pourquoi, j'ai éprouvé une profonde satisfaction. J'ai tendu la main pour caresser la forme cylindrique du phare, le métal blanc. Puis j'ai levé la tête vers la grande lanterne prisonnière de son vitrage.

« Comme c'est beau », j'ai dit à Nicola. J'ai fait glisser mes doigts sur les vis. « Papa et moi, on a toujours dit que quand on sera vieux, on serait gardiens de phare. On se retirerait dans un endroit comme ça.

— Tu as failli le laisser tout seul.

— Je sais, c'est ce qui me fait le plus mal. »

J'ai cessé de parler.

« À quoi penses-tu ? m'a demandé Nicola au bout d'un moment.

— À ma queue de sirène. Je suis contente d'avoir du temps devant moi. Mi-humaine mi-marine, peu importe, pourvu que je devienne une créature plus complète, tôt ou tard. Avec un peu de chance, capable de vivre quelques moments d'harmonie.

— Écoute, sirène, je vais me baigner, m'a annoncé Nicola. Tu viens avec moi ?

— Dans cette baie ? Dans l'eau profonde, toute bleue ? Tu plaisantes ?

— Tu as toujours peur des requins ?

— Moi, là-dedans, je n'y mets pas les pieds, tu peux l'oublier.

— Mais il n'y a pas de requin ici.

— Et qui te l'a dit ? Il y en a plein en Méditerranée.

— Ne fait pas la chochotte, allez. Je te prête mon masque.

— C'est pire. Je préfère ne pas savoir qui va me dévorer.

— D'accord. Allons dans la petite baie avec l'eau verte et transparente, où on peut voir le fond. Tu es une sirène de merde. »

Les journées étaient radieuses. On restait des heures dans l'eau, on jouait au tennis, on faisait de longues promenades autour de l'île, on lisait le journal sur les rochers. On ramassait des poulpes avec les mains, on les caressait, on bavardait avec eux. Il paraît que ce sont des animaux très intelligents.

On donnait à manger aux mouettes dans nos mains, elles entraient carrément chez nous. Le soir on allait à Carloforte avec le bateau de pêche de l'île et on dînait sur le port. Puis on rentrait en bateau, à la nuit tombée. On s'asseyait à l'avant et on s'emmitouflait dans nos coupe-vent.

Il était minuit, on était assis à la table de la terrasse. On voyait tout le Chariot. La mer parlait, léchait les rochers plats autour de nous.

« Tu veux du rhum ? J'ai une merveilleuse bouteille.

— Un doigt, je ne devrais pas boire. Je prends tellement de médicaments. Les régulateurs de l'humeur, les antidépresseurs, les gouttes pour dormir.

— Toujours le Noctamide ?

— Désormais c'est mon fidèle compagnon. »

Nicola a versé le rhum dans les verres. « La vie n'est pas si dégueulasse. Tu ne trouves pas? Parfois j'ai honte. » Il m'a pris la main. « L'ennui, c'est que les maladies du corps ne t'enlèvent pas la capacité de percevoir la beauté des choses. Les maladies de l'âme, oui, par contre. C'est peut-être pour cela qu'elles nous culpabilisent autant. Dès que tu redeviens lucide, tu te demandes : mais comment ai-je pu ne pas... »

Mais il s'est interrompu tout de suite. Il s'est levé d'un bond et a couru vers la rambarde. « Regarde ! » Il pointait le doigt en direction des rochers. « Regarde, Sofia, un requin ! »

J'ai bondi à mon tour. « Où ?

— Là-dessous. On voit son aileron, la mer est basse. »

J'ai senti un frisson me parcourir le dos. Mais un frisson de plaisir, de joie.

« Allume la lumière de la terrasse, s'il te plaît. Je veux voir sa silhouette. »

On est restés un moment à l'observer. Il était si élégant dans sa nage saccadée, sinueuse entre les rochers. Mais il est vite parti. Il a pris le large puis a disparu dans le noir.

« Quelle merveilleuse créature.

— Il est venu te saluer, Sofia.

— Tu sais, je regrette de n'avoir jamais vu mes deux requins australiens. J'ai raté une grande occasion, j'aurais pu les caresser. »

Je restais là, appuyée sur la corde, à regarder la mer.

« On en rate tellement. » Alors Nicola m'a fait un geste de la main : « Qu'est-ce que tu fais là-bas ? Pourquoi tu ne viens pas t'asseoir ?

— Je veux attendre encore un peu. Il va peut-être revenir.

— Toi, tu aimes un peu trop attendre que les choses reviennent, Sofia. Pourtant elles ne reviennent presque jamais. »

Je me suis retournée : « Et nous ? » Je le regardais troublée. « Tu reviens vivre avec moi ? Pourquoi on est là ? »

Nicola s'est levé et a éteint la lumière. Il m'a répondu : « On est là parce qu'on est seuls tous les deux. On commettrait une grave erreur en vivant de nouveau ensemble. Sais-tu quelle est l'unique chose qui *revient* ? La dépression.

— Je sais. Ma mère le disait, Arturo aussi. Et toi tu n'as pas cessé de me le répéter. Je ne me fais aucune illusion, je n'ai sûrement pas fini de l'entendre.

— Tu n'imagines pas quelles sont mes illusions à moi. » Il a soupiré. «Je pense être encore amoureux de toi. Mais je ne pourrais t'offrir que l'enfer que tu connais déjà.

— C'est pire — je me suis approchée et lui ai caressé le visage —, maintenant je m'y suis mise moi aussi. Qui déstabilise qui ? Il faudrait instaurer un roulement. »

Nicola a ri : « En fin de compte tu es délicate, à ta manière. Je t'apprécie beaucoup.

— Moi aussi. »

Le silence est tombé. On est restés un moment sans rien dire, à écouter le bruit de la mer.

Tout à coup, j'ai ressenti le besoin de lui raconter quelque chose.

« Une fois, mon père est allé à un congrès écologique. Il ne s'est jamais intéressé à la politique, mais il était très préoccupé par l'extermination des requins et par les conséquences de ce massacre sur l'équilibre du monde marin, alors il voulait être de la partie. Il était passé par Turin et il n'avait aucune envie de repartir. Encore moins de parler devant des caméras de télévision et des journalistes. Il déteste ces choses-là. Enfin, il était sur le pas de la porte, sa valise à la main, de mauvaise humeur. Cependant, au bout d'un moment, il s'est retourné et, d'un calme olympien, en homme qui a eu le courage de se retirer du monde pour le regarder sous un autre angle, il m'a dit : "Tu sais, les cultures païennes du Pacifique en ont fait un dieu. En réalité, les requins sont juste des créatures très fragiles." Sur ces mots, il a refermé la porte derrière lui. Je suis restée seule avec cette révélation. *Les requins sont des créatures fragiles.* »

Le lendemain, je suis partie. Mes valises étaient prêtes et le bateau m'attendait. Les adieux étaient difficiles.

« Merci. Et je ne fais pas seulement référence aux vacances.

— Bon voyage, sirène. Et tâche de ne pas rentrer à Turin à la nage. Je sais bien qu'aujourd'hui on trouve des baleines, des dauphins et toutes sortes de poissons dans tous les fleuves. Mais dans le Pô, cela n'est encore jamais arrivé. Fais attention, la ville est très polluée. »

Je l'ai embrassé sur les lèvres : « Ciao, Nicola.

— Tu te libères toujours, toi ?

— Si seulement. »

J'ai pris place dans l'avion, j'ai attaché ma ceinture et j'ai appuyé mon front contre la vitre. Je suivais la piste des yeux, l'herbe qui défilait sous le coup de l'accélération. Un petit lièvre s'est réfugié derrière un buisson. Voilà, je ne touchais plus terre. Le nez de l'avion a pointé vers le haut. C'était vraiment un sentiment proche de la liberté.

Mais le plus beau, c'était à l'atterrissage. Je regardais les montagnes, on aurait dit des volcans blancs, une éruption en chaîne ; au-dessus de chaque sommet s'élevait un champignon de nuages rouge-orange. J'ai collé mon visage au hublot. Je volais au-dessus de rectangles blancs, parfaits et immenses, d'un labyrinthe géométrique et plein d'air le long duquel une ligne verte, traversée de ponts un peu solennels, montait doucement vers la colline.

Je me suis retournée à nouveau, toute tordue sur mon siège, peut-être pour ne pas perdre de vue la coupole d'Antonelli, couronnée d'une discrète courbe rose, avec sa lance caractéristique, cette épée plantée dans le cœur de la ville. J'ai levé la main (à peine, c'est une chose entre nous) et j'ai salué Turin d'en haut.

Puis je suis descendue, j'ai récupéré mes bagages que j'ai déposés rapidement à la maison, et je me suis précipitée dehors. J'avais envie de photographier la ville.

C'était le mois d'août, il n'y avait personne. Le vent nettoyait les cimes et détourait les montagnes en laissant un fond bleu parfait. Les façades blanches, dans leur course rectiligne, sondaient minutieusement l'infini. Vide, élégante, mesurée, Turin était follement belle.

Composition Graphic Hainaut
et impression CPI Bussière
à Saint-Amand (Cher), le 15 décembre 2009.
Dépôt légal : décembre 2009.
Numéro d'imprimeur : 093434/4.
ISBN 978-2-07-012140-3./Imprimé en France.

159447